SEM JUÍZO

SÉRIE *LEGAL BRIEFS*

Universo dos Livros Editora Ltda.

Rua do Bosque, 1589 – Bloco 2 – Conj. 603/606

CEP 01136-001 – Barra Funda – São Paulo/SP

Telefone/Fax: (11) 3392-3336

www.universodoslivros.com.br

e-mail: editor@universodoslivros.com.br

Siga-nos no Twitter: @univdoslivros

EMMA CHASE

SEM JUÍZO

SÉRIE *LEGAL BRIEFS*

São Paulo
2017

UNIVERSO DOS LIVROS

Título original: *Overruled*

Diretor editorial: **Luis Matos**
Editora-chefe: **Marcia Batista**
Assistentes editoriais: **Aline Graça e Letícia Nakamura**
Tradução: **Mauricio Tamboni**
Preparação: **Cristina Lasaits**
Revisão: **Geisa Oliveira e Cely Couto**
Arte: **Francine C. Silva e Valdinei Gomes**
Adaptação de capa: **Francine C. Silva**

Dados Internacionais de Catalogação na Publicação (CIP)
Angélica Ilacqua CRB-8/7057

C436s Chase, Emma
Sem juízo / Emma Chase; tradução de Mauricio Tamboni.
– São Paulo: Universo dos Livros, 2017.
304 p.
ISBN: 978-85-503-0131-0
Título original: Overruled
1. Ficção norte-americana 2. Literatura erótica 3. Amor na literatura I. Título II. Tamboni, Mauricio

17-0213 CDD 813

Ao meu pai e à minha mãe, por terem me
mostrado como é cuidar dos filhos.

AGRADECIMENTOS

Dar início a uma nova série foi uma alegria e um terror. Uma alegria porque há novos personagens a explorar, novos lugares a descobrir, novos enredos nos quais me perder. As possibilidades do Capítulo 1 são infinitas. E um terror porque… bem… uma palavra: novidade. É algo diferente, uma mudança. Um silenciar dos personagens que já conheço e amo, que se tornaram meus melhores e mais fiéis amigos.

Muitos escritores veem seus livros como filhos, como seus descendentes. Eu realmente não entendia a comparação até começar a escrever *Overruled*. O filho número um era tudo para mim – de longe a coisa mais maravilhosa que eu tinha feito. Poderia a sensação ser a mesma quando o filho número dois chegasse? Seria mesmo possível amar outro filho tanto quanto eu já amava o primeiro?

A resposta, é claro, viria na afirmativa. Não era apenas possível, mas uma coisa maravilhosa, certa, absoluta.

Conforme as páginas se transformavam em capítulos, passei a conhecer os personagens da série *Legal Briefs* – suas histórias, suas vozes, suas idiossincrasias, seus pontos fortes. E agora posso dizer, sem sombra de dúvida, que os adoro tanto quanto os personagens da série *Tangled*. De formas diferentes, por motivos diferentes, mas certamente os amo tanto quanto os demais.

Assim como sou grata aos novos personagens que entraram em minha vida, também agradeço às muitas pessoas que ajudaram a fazer essa história chegar às prateleiras. A maioria de vocês sabe quem é, mas é uma honra poder agradecê-los aqui, com a tinta preta contra o fundo branco.

Minha superagente Amy Tannenbaum e todo o pessoal da Jane Rotrosen Agency – eu teria ficado completamente perdida sem vocês! Muito, muito mesmo.

Minhas relações públicas Nina Bocci e Kristin Dwyer – tenho muita sorte por tê-las por perto.

Minha editora Micki Nuding – trabalhar com você é um privilégio enorme. Obrigada por entender exatamente aonde eu queria levar meus personagens e por saber exatamente o que dizer para me ajudar a chegar lá.

À minha assistente Juliet Fowler – suas inovações e organização são inestimáveis. Obrigada por cuidar de tudo enquanto eu ficava enfiada na caverna do escritor.

Kim Jones, autora de *Saving Dallas* – obrigada por dedicar seu tempo a conversar comigo e trocar mensagens sobre tudo relacionado ao Missisipi! Stanton é um homem melhor – ou um sulista melhor – graças a você.

Meus *publishers* na Gallery Books, Jennifer Bergstrom e Louis Burke – até hoje me belisco para ter certeza de que trabalhar com vocês não é apenas um sonho. Obrigada por acreditarem em mim e por seu apoio contínuo.

A todos os meus amigos talentosos e queridos que também são escritores – vocês são meus heróis e uma fonte fantástica de estímulos.

A todos os meus amigos blogueiros – muito obrigada por seu trabalho incansável, por seu incrível apoio e por fazerem o que fazem tão bem.

A meu marido e meus dois filhos amados – eu jamais conseguiria escrever sobre as alegrias dos meus personagens se vocês não fossem a alegria da minha vida.

Por fim, a todos os meus incríveis leitores – penso em vocês enquanto escrevo, sempre com a esperança de entretê-los, de fazê-los rir, engasgar, se entregar e sorrir. Obrigada por participarem comigo dessa jornada e espero que se apaixonem tanto quanto eu me apaixonei por esses novos personagens.

CAPÍTULO 1

ÚLTIMO ANO DO COLEGIAL, OUTUBRO
SUNSHINE, MISSISSIPPI

A maioria das histórias começa do começo. Mas esta não. Esta começa do fim. Ou pelo menos do que eu achei que fosse o fim – da minha vida, dos meus sonhos, do meu futuro. Pensei que tudo tinha acabado quando ouvi duas palavras:

– Deu positivo.

Duas palavras. Duas linhazinhas azuis.

Sinto o estômago em queda livre e os joelhos bambearem. Minha jaqueta do time de futebol americano da escola prendendo meu torso, manchada debaixo das axilas – e essas manchas não tinham nada a ver com o sol do Mississippi. Puxo o teste da mão de Jenny e o sacudo na esperança de uma dessas linhas azuis desaparecer.

Mas ela não desaparece.

– Puta merda!

Mas, aos 17 anos, tenho boas habilidades de debate. Ofereço um contra-argumento, uma explicação. Uma dúvida racional.

– Talvez você tenha usado do jeito errado. Ou pode ser que esteja com defeito... Deveríamos comprar outro e fazer de novo.

Jenny bufa enquanto as lágrimas se formam em seus olhos.

– Stanton, já faz duas semanas que sinto enjoos todas as manhãs. Não menstruo há dois meses. É positivo. – Ela usa as mãos para secar as bochechas e ergue o queixo. – Não vou roubar outro teste da loja do senhor Hawkin para nos dizer o que já sabemos.

Quando você mora em uma cidade pequena – e em especial em uma cidade pequena do sul dos Estados Unidos –, todo mundo conhece todo mundo. As pessoas conhecem seu avô, sua mãe, seu irmão mais velho, sua irmãzinha mais nova; sabem tudo sobre o seu tio que passou algum tempo em uma penitenciária federal e sobre o primo que nunca ficou totalmente bom depois de um acidente de trator. As cidades pequenas dificultam o acesso a preservativos e a anticoncepcionais. E é impossível conseguir um teste de gravidez.

A não ser, é claro, que você *queira* que seus pais saibam de tudo antes mesmo de sua namorada conseguir fazer xixi no bastãozinho.

Jenny passa os braços trêmulos sobre a barriga. Por mais assustado que eu esteja, sei que o que sinto não é nada comparado ao que ela sente. E a culpa é minha. Eu fiz isso – minha ansiedade, meu tesão. Minha maldita burrice.

As pessoas podem dizer o que quiserem sobre feminismo e igualdade entre os gêneros, e tudo bem, não há nada de errado nisso. Mas eu cresci com a ideia de que os homens são protetores. Responsáveis pelas coisas. Provedores. Então, o fato de minha garota estar "encrencada" não é culpa de ninguém senão minha.

– Ei, venha cá. – Ajeito seu corpo delicado contra meu peito, abraçando-a bem apertado. – Vai ficar tudo bem. Vai ficar tudo, tudo bem.

Seus ombros tremem enquanto ela chora.

– Eu sinto muito, Stanton.

Conheci Jenny Monroe na primeira série. Coloquei um sapo em sua mochila porque meu irmão me desafiou. Como forma de retaliação, ela passou dois meses atirando bolinhas de papel na parte de trás da minha cabeça. Na terceira série, pensei estar apaixonado por ela. Na sexta série, tive certeza. Ela era linda, engraçada e sabia jogar futebol melhor do que as outras meninas – e metade dos rapazes – que eu conhecia. Terminamos na oitava série, quando Tara-Mae Forrester ofereceu-me a oportunidade de passar a mão em seus peitos.

E eu aceitei.

Voltamos no verão seguinte, quando ganhei um ursinho para ela na quermesse.

Jenny é mais do que meu primeiro beijo. É minha "primeiro tudo". Jenny é minha melhor amiga. E eu sou o melhor amigo dela.

Afasto-me para poder olhá-la nos olhos. Toco seu rosto e acaricio seus cabelos loiros e sedosos.

– Você não tem nada de que se culpar. Não fez isso sozinha. – Arqueio as sobrancelhas e ofereço um sorriso. – Eu também estava lá, lembra?

O comentário a faz rir. Ela passa o dedo debaixo dos olhos.

– Sim, foi uma noite muito boa.

Coloco a mão em sua bochecha:

– Com certeza.

Não foi nossa primeira vez, nem nossa décima, mas foi uma das melhores. O tipo de noite que você nunca esquece. Lua cheia e cobertor de flanela. A poucos metros de onde estamos agora. Perto do rio, com latas de cerveja e a música saindo pelas janelas abertas da minha picape. Unidos tão profundamente a ponto de eu não saber onde eu terminava e onde ela começava. O prazer era tão intenso que eu queria que durasse para sempre, eu rezava para durar para sempre.

Daqui a alguns anos, mesmo se não tivéssemos um bebê para celebrar essa noite, ainda pensaríamos nela, tentaríamos revivê-la.

Um bebê.

Porra.

Conforme a realidade começava a ser processada, no meu estômago abria-se um buraco que ia até a China.

Como se estivesse lendo minha mente, Jenny pergunta:

– O que vamos fazer?

Meu pai sempre me disse que ter medo não era motivo de vergonha. O que importa é como você reage ao medo. Os covardes correm; os homens de verdade enfrentam.

E eu não sou nenhum covarde.

Engulo em seco. Com isso, engulo também todas as minhas aspirações, esperanças, planos de deixar a cidade. Olho para o rio, observo o brilho na superfície da água e faço a única escolha possível.

– A gente vai se casar. Num primeiro momento, vamos ficar com meus pais. Eu vou trabalhar na fazenda, estudar à noite... A gente vai economizar. Você vai ter que esperar um pouco para fazer seu curso de enfermagem, mas no fim vamos comprar nossa própria casa. Eu vou cuidar de você. – Coloco a mão sobre sua barriga ainda reta. – De vocês. Vocês dois.

Sua reação não é a que eu esperava.

Jenny deixa o meu abraço, arregala os olhos, começa a balançar a cabeça de um lado para o outro.

– Como é que é? Não! Não. Você tem planos de ir para Nova York depois que a gente se formar.

– Eu sei.

– Você trocou a sua bolsa de estudos na Ole Miss[1] pela Columbia. Vai jogar na Ivy League!

Nego com a cabeça, mentindo:

– Jenn, agora nada disso importa.

Qualquer garoto da cidade faria de tudo para jogar futebol na Ole Miss... Mas eu não. Sempre quis algo diferente... Alguma coisa maior, mais promissora, mais distante.

Os pés de Jenny, protegidos por um par de chinelos, chutam a areia conforme ela anda pela margem do rio. Seu vestido branco mexe contra o vento enquanto ela se vira uma última vez para mim, o dedo em riste:

– Você vai. Não tem discussão. As coisas vão seguir exatamente como planejamos. Nada mudou.

Minha voz estremece com um ressentimento que ela não merece:

– Como assim, nada mudou? *Tudo* mudou! Você não pode ir me visitar uma vez por mês com um bebê! Não podemos ficar com um bebê em uma moradia estudantil.

Resignada, ela sussurra:

– Eu sei.

Dou um passo para trás.

---

1 Forma de os norte-americanos se referirem à Universidade do Mississipi. (N. T.)

– Acha que vou deixar você aqui? Isso já seria difícil antes, mas agora... Não vou cair fora enquanto estiver grávida. Que tipo de homem você acha que eu sou?

Ela agarra minha mão e me dá um sermão enorme:

– Você é o tipo de homem que vai estudar na Universidade de Columbia e se formar com honras. Um homem capaz de honrar o salário que vai ganhar. Você não está me deixando, está apenas fazendo o que é melhor para nós. Para a nossa família, o nosso futuro.

– Eu não vou a lugar nenhum.

– Ah, vai sim.

– E o seu futuro?

– Vou ficar com meus pais. Eles vão me ajudar com o bebê. Afinal, os dois estão praticamente cuidando sozinhos dos gêmeos.

A irmã de Jenny, Ruby, é a mãe orgulhosa de gêmeos. E o bebê número três já estava a caminho. Ela atraía fracassados como merda de vaca atrai moscas. Desempregados, alcoólatras, vagabundos... Ruby não se cansava desses tipos.

– Com a ajuda dos meus pais e dos seus, vou conseguir estudar enfermagem.

Jenny passa seus braços esbeltos em volta da minha nuca.

Ah, Deus, como ela é linda!

– Eu não quero deixar você aqui... – murmuro.

Mas minha garota já está convencida.

– Você vai e volta para casa quando puder. E, quando puder voltar, ficamos juntos até a próxima vez.

Beijo seus lábios, suaves e cheios e com gosto de cereja.

– Eu te amo. Nunca vou amar ninguém como amo você.

Ela sorri.

– E eu te amo, Stanton Shaw... Você sempre será meu único amor.

O amor da juventude é forte. O primeiro amor é poderoso. Mas o que a gente não sabe quando é jovem – e é impossível saber – é quão longa a vida realmente é. E a única coisa certa na vida, além da morte e dos impostos, é que ela muda.

Jenny e eu estávamos diante de muitas mudanças.

Ela segura minha mão e vamos até minha picape. Abro sua porta e ela pergunta:

– Para quem vamos contar primeiro? Seus pais ou os meus?

– Os seus. Vamos primeiro enfrentar os loucos.

Ela não fica ofendida.

– Só vamos torcer para a vovó não encontrar as balas daquela espingarda...

—

SETE MESES DEPOIS

– Ahhhhhhhhhh!

Isso não pode ser normal. O doutor Higgens diz que é, mas não pode ser.

– Aaaaaaaaaaaah!

Eu cresci numa fazenda. Já vi vários tipos de partos – vacas, éguas, ovelhas. Nenhuma delas soava desesperada assim.

– Uhhhhhhhhhh!

Isso? Isso mais parece um filme de terror. Tipo *Jogos Mortais*... um massacre...

– Rrrrrrrrrrrrrrr!

Se as mulheres precisam passar por isso para ter um bebê, por que elas correm o risco fazendo sexo?

– Auuuuuuuuu!

Não sei se *eu* quero correr o risco de transar outra vez. De repente, me masturbar parece muito mais interessante.

Jenny grita tão alto que meus ouvidos parecem prestes a explodir. E eu gemo enquanto sua mão aperta com força a minha, que já parece esfolada. O ar fica pesado com o suor e o pânico. Mas o doutor Higgens simplesmente continua ali, sentado num banco, ajeitando os óculos. Em seguida, apoia as mãos nos joelhos e olha entre as pernas abertas de Jenny da mesma forma como minha mãe olha o forno no Dia de Ação de Graças para saber se o peru já está pronto.

Arfando, Jenny solta o corpo outra vez contra o travesseiro e geme:

– Eu estou morrendo, Stanton! Prometa que você vai cuidar do bebê quando eu não estiver mais aqui. Não o deixe crescer e se tornar um idiota como seu irmão ou uma vadia como minha irmã.

Suas franjas loiras agora estavam escurecidas pelo suor. Afasto os fios da testa.

– Ah, não sei... Idiotas são engraçados e vadias têm seu lado bom.

– Não brinque comigo, cacete! Eu estou morrendo!

O medo e a exaustão fazem minha voz adotar um tom diferente.

– Nem fodendo que você vai me deixar fazer tudo isso sozinho. Você não vai morrer.

Então, virei-me para o doutor Higgens.

– Não há nada que você possa fazer? Dar algum remédio para ela, talvez?

E para mim, talvez?

Em geral, não curto ficar chapado, mas, neste momento, eu venderia a alma por um trago de maconha.

O doutor Higgens nega com a cabeça:

– Não vai adiantar. As contrações estão vindo muito rápidas... Seu filho parece ser bem impaciente.

Rápidas? *Rápidas?* Se cinco horas *é rápido*, não quero nem saber o que seria devagar.

Que diabos estamos fazendo?

Não era para nossa vida ser assim. Eu jogo como zagueiro. Sou o orador do grupo, o cara genial. Jenny foi eleita rainha do baile de formatura e é a principal animadora de torcida.

Ou pelo menos era – até a barriguinha com nosso filho ficar grande demais para o uniforme.

Era para participarmos do baile de formatura no mês que vem. Deveríamos estar pensando em festas de formatura, fazendo fogueiras, trepando no banco de trás do meu carro e nos divertindo com nossos amigos antes de irmos para a faculdade. Em vez disso, vamos ter um filho.

Um filho de verdade, não aquele ovo cozido que fazem a gente carregar por uma semana na escola. A propósito, eu derrubei o meu.

– Vou vomitar.

– Não! – Jenny guincha como uma vaca louca. – Você não tem o direito de vomitar enquanto eu estou sendo rasgada ao meio! Engula, cara! E, se eu sobreviver e você voltar a tocar em mim, vou cortar seu pinto e jogar em um triturador. Está me ouvindo?

É o tipo de coisa que um homem só precisa ouvir uma vez.

– Tudo bem.

Algumas horas atrás, descobri que o melhor a fazer é concordar com tudo o que ela diz. "Tudo bem. Tudo bem. Tudo bem."

Lynn, a enfermeira animada, seca a testa de Jenny.

– Agora, agora não poderemos encurtar o processo, mas vocês vão se esquecer de tudo isso quando o bebê chegar. Todo mundo *adoooora* bebês... Eles são bênçãos de Jesus.

Lynn é contente demais para ser verdade. Aposto que ela tomou todas as drogas, por isso não tem nada para nos darem.

Outra contração vem. Jenny aperta os dentes enquanto faz força e geme.

– O bebê está vindo! – anuncia Higgens, dando tapinhas no joelho dela. – Mais força na próxima contração e aí devemos chegar ao fim de tudo isso.

Eu me levanto e olho a perna de Jenny. Vejo o topo da cabecinha da criança empurrando para passar pelo meu lugar favorito de todo o mundo. É bizarro e nojento, mas, ao mesmo tempo, chega a ser incrível.

Pálida e esgotada, Jenny cai para trás. Seu choro faz minha garganta querer se fechar.

– Eu não consigo. Eu pensei que conseguiria, mas não consigo. Chega, por favor. Estou cansada demais.

Sua mãe queria estar aqui, na sala de parto – elas discutiram por causa disso. Porque Jenny falou que queria que só nós dois estivéssemos aqui. Ela e eu... juntos.

Suavemente, ergo os ombros de Jenn e deslizo atrás dela na cama, ajeitando seu corpo entre as minhas pernas. Meus braços envolvem sua barriga, as costas se apoiam em meu peito e a cabeça descansa contra minha clavícula. Esfrego os lábios contra suas têmporas, suas bochechas, murmuro palavras suaves, que nem fazem sentido, da mesma forma como eu sussurraria para um cavalo arisco.

– Shh, não chore, meu amor. Você está indo bem. Está quase terminando. Só mais um empurrão. Sei que está cansada e sinto muito por sua dor. Só mais uma vez e aí você vai poder descansar. Estou aqui com você... Vamos conseguir juntos.

Cansada, ela vira a cabeça na minha direção.

– Mais uma?

Ofereço um sorriso.

– Você é a garota mais forte que conheço. Sempre foi. – Pisco um olho para ela. – Você dá conta.

Ela respira fundo, preparando-se.

– Está bem – expira. – Está bem.

Jenny se senta, ajeita o corpo, inclina-se na direção dos joelhos elevados. Seus dedos apertam minhas mãos quando a próxima contração vem. A sala é tomada por gemidos guturais durante uns doze segundos, e então... um choro agudo perfura o ar. O choro de um bebê.

Do nosso bebê.

Jenny estremece e arfa aliviada. E o doutor Higgens segura a criancinha para anunciar:

– É uma menina.

Minha visão embaça e Jenny dá risada. Com lágrimas descendo pelo rosto, ela se vira para mim.

– Temos uma filha, Stanton.

– Puta merda!

E nós rimos e choramos e nos abraçamos – tudo ao mesmo tempo. Alguns minutos depois, Lynn, a Enfermeira Feliz, traz aquela criaturazinha rosada e a coloca nos braços de Jenny.

– Ah, meu Deus... Ela é perfeita! – suspira Jenny.

Meu silêncio deve tê-la deixado preocupada, afinal, ela logo pergunta:

– Você não está decepcionado por não ser um menino, está?

– Sai dessa! Meninos são inúteis... *São só problemas*. Ela... Ela é tudo que eu sempre quis.

Eu não estava preparado. Não sabia que a sensação seria essa. Um narizinho rosado, os lábios perfeitos, os cílios longos, um tufo de cabelinhos loiros e mãos que eu já percebia que eram miniaturas das minhas. Em um instante, meu mundo se transforma e estou à mercê dela. A partir desse momento, não há nada que eu não esteja disposto a fazer por essa criaturazinha linda.

Acaricio sua bochecha suave com a ponta do dedo. E, muito embora os homens não devam chorar, eu choro.

– Oi, minha filhinha.

– Vocês já têm um nome para ela? – pergunta a enfermeira.

O olhar animado de Jenny encontra o meu antes de ela se virar outra vez para Lynn.

– Presley. Presley Evelynn Shaw.

Evelynn é o nome da avó de Jenny. Imaginamos que isso pudesse ajudar caso ela encontrasse aquelas balas da espingarda. E a velha tem procurado muito desde que Jenny e eu anunciamos que não nos casaríamos... por enquanto.

Logo a enfermeira Lynn pega o bebê para passar pelos exames necessários. Eu me levanto da cama enquanto o doutor Higgens se ocupa entre as pernas de Jenn. Ele logo sugere:

– Por que você não vai lá fora e dá as boas notícias à sua família? Eles passaram a noite toda esperando.

Olho para Jenny, que assente em aprovação. Beijo o dorso de sua mão.

– Eu te amo.

Ela sorri, cansada, mas feliz.

– Eu também te amo.

Desço pelo corredor, passo pelas portas de segurança e chego à sala de espera. Ali, encontro uma dúzia das pessoas mais próximas de nós, todos com cara de ansiedade e impaciência.

Antes que eu possa pronunciar uma palavra sequer, meu irmãozinho, Marshall – o irmão que não é um cretino – pergunta:

– E aí, é menino ou menina?

Abaixo-me para olhá-lo nos olhos e abro um sorriso.

– É... é menina.

—

Dois dias depois, eu a ajeitava no banco da minha picape e fechava o cinto de segurança. Verifiquei quatro vezes para ter certeza de que tudo estava bem. Então trouxe Jenny e Presley para casa.

Para a casa dos pais dela.

E apenas dois meses depois eu as deixei. Eu viajaria quase dois mil quilômetros para estudar na Universidade de Columbia, em Nova York.

CAPÍTULO 2

UM ANO DEPOIS

– Ela estava linda demais, Stanton – conta Jenny, rindo. – Não queria tocar na cobertura, não gostava daquela coisa grudenta nos dedos, então simplesmente enfiou a cara inteira no bolo! E ficou nervosa quando eu o peguei de volta para cortar. Eu queria que você tivesse visto... Essa menina tem tanta atitude que deixa a vovó no chinelo!

E sua voz se dissolve em um ataque de risos.

Eu devia ter visto.

A sensação de culpa bate forte. Porque eu devia ter visto a forma como Presley destruiu seu primeiro bolo de aniversário. Seus gritinhos de alegria com os laços e quando ela ficou mais fascinada com os papéis de embrulho do que com os próprios presentes. Eu devia ter estado lá para acender as velas, tirar as fotos. Para *estar* nas fotos.

Mas eu não estava. Não pude estar. Porque é a semana dos exames finais, então aqui, em Nova York, é o único lugar onde posso estar. Forço um sorriso, tentando trazer algum entusiasmo para a minha voz.

– Que legal, Jenn. Parece que foi uma festa superdivertida. Fico feliz por ela ter gostado.

Por mais que eu me esforçasse, Jenny ainda percebeu:

– Querido, pare de se punir. Vou enviar todas as fotos e os vídeos por e-mail. Vai ser como se você tivesse estado aqui com a gente.

– É, mas eu não estava.

Jenny suspira.

– Quer dar boa-noite a ela? Cantar a musiquinha de vocês?

No pouco tempo que passei com nossa filha depois de seu nascimento e nas semanas que pude estar com ela durante as férias de Natal, descobrimos que Presley tem afinidade pelo som da minha voz. Mesmo ao telefone, minha voz a acalma quando os dentinhos estão nascendo e quando ela está agitada. Já se tornou nosso ritual, todas as noites.

– *Papa!*

É inacreditável como apenas duas sílabas podem ter tanto poder. Elas fazem meu coração se aquecer e dão forma ao primeiro sorriso sincero a brotar hoje em meu rosto.

– Parabéns, minha filhinha!

– *Papa!*

Dou risada.

– O papai está com saudade. Está pronta para cantar a nossa musiquinha? – Em voz bem leve, cantarolo: – *You are my sunshine, my only sunshine. You make me happy when skies are gray…*

Com sua vozinha doce e adorável, ela tenta cantar comigo. Depois de dois versos, meus olhos ficam marejados e minha voz começa a falhar. Porque sinto muita saudade dela!

Sinto saudade *delas*.

Raspo a garganta.

– É hora de fazer naninha. Boa noite.

Jenny pega o telefone de volta.

– Boa sorte com sua prova amanhã.

– Obrigado.

– Boa noite, Stanton.

– Boa noite, Jenn.

Jogo o telefone ao pé da cama e olho para o teto. Ouço, vindo lá de baixo, uma risada histérica e convites para beber – deve ser a maratona de bebedeira que começou há dois dias. Logo na primeira semana na

Columbia, aprendi que nossas carreiras não dependem apenas do *que* sabemos, mas de *quem* conhecemos.

Então, procurei vaga em alguma fraternidade – para fazer esses contatos para a vida toda. Psi Kappa Epsilon. *É uma boa fraternidade,* formada por estudantes de Administração, Economia, Direito. A maioria do pessoal tem grana, mas é boa gente, rapazes que trabalham muito, estudam muito e se divertem muito.

No semestre passado, um membro se graduou cedo e foi enviado para o exterior por sua empresa, que figura na lista Fortune 500. Meu irmão da fraternidade fez um forte lobby para que eu conseguisse um quarto aqui. O "irmão mais velho" é o cara com quem você passa tempo quando está buscando vaga em uma fraternidade. É o cara que mais dificulta a sua vida. Você acaba se tornando um escravo dele.

Porém, depois que você se transforma em um irmão, ele vira seu melhor amigo. Seu mentor.

Um ódio por mim mesmo ameaça tomar conta do meu ser, mas logo vejo meu irmão entrar pela porta. De canto de olho, percebo sua cabeça escura passando.

Então Drew Evans entra no meu quarto.

Drew é diferente de todo mundo que já conheci. É como se ele tivesse uma luz que nunca se apaga – ele exige que você o note. Exige toda a sua atenção. Age como se dominasse o mundo e, quando você está com ele, também sente que domina o mundo.

Os olhos azuis que deixam todas as garotas loucas olham com desaprovação para mim.

– O que há de errado com você?

Esfrego o nariz.

– Nada.

Ele arqueia as sobrancelhas.

– Não parece. Está praticamente chorando no travesseiro. Santo Deus, cara! Eu estou constrangido *por* você.

Drew é implacável. Independentemente se está atrás de bocetas ou de respostas, ele não desiste até conseguir. É uma qualidade que admiro.

Meu telefone bipa com um novo e-mail: as fotos da festa, enviadas por Jenny. Com um suspiro resignado, eu me ajeito e abro as imagens.

– Você conhece minha filha, Presley?

Ele assente.

– É claro. Garota bonitinha, mãe gata. Nome infeliz.

– Hoje foi o aniversário dela. – Mostro para ele uma foto do meu anjinho com o rosto todo sujo de bolo. – O *primeiro* aniversário dela.

Ele sorri.

– Parece que ela se divertiu muito.

Não retribuo o sorriso.

– Ela, sim, mas eu não pude estar lá. – Esfrego a palma das mãos nos olhos. – O que estou fazendo aqui, cara? É foda... Mais foda do que imaginei que seria.

Eu sou bom em tudo o que faço. Sempre fui. No futebol, nos estudos, no papel de namorado. No colegial, todas as garotas invejavam Jenny. Todas queriam trepar comigo e todos os caras queriam ser como eu. E tudo era fácil demais.

– Eu só sinto que... Sinto que estou agindo errado... Que estou fazendo tudo errado – confesso. – Talvez eu devesse jogar a toalha, ir estudar em alguma faculdade barata perto de casa. Pelo menos assim eu a veria mais do que três vezes por ano. – Com raiva, termino: – Que tipo de pai não está no primeiro aniversário de sua filha, caralho?!

Nem todos os caras se sentem como eu me sinto. Conheço alguns rapazes da minha cidade que engravidaram garotas e as deixaram, e seguiram suas vidas muito contentes, sem nunca mais olhar para trás. Passaram a mandar dinheiro só depois que sentaram o rabo em um banco de tribunal; às vezes, não fazem nem isso. Porra, nenhum dos pais dos filhos de Ruby viu as crianças mais do que uma vez na vida.

Mas eu jamais seria assim.

– Meu Deus, você está péssimo, cara! – Drew exclama, seu rosto horrorizado. – Não vai começar a cantar músicas do John Denver, vai?

Fico em silêncio.

Ele suspira. E se empoleira na beirada da minha cama.

– Quer ouvir a verdade, Shaw?

Evan adora verdades – a verdade nua e crua. É outra qualidade que eu respeito, embora não seja tão divertido quando seus olhos críticos estão voltados diretamente para você.

– Acho que sim – respondo hesitante.

– Meu velho é o melhor pai que conheço, sem dúvida. Não lembro se ele estava na minha primeira ou mesmo na minha segunda festa de aniversário... E, para ser sincero, estou pouco me fodendo para isso. Ele colocou um teto sobre a minha cabeça, sente orgulho de mim quando eu mereço e também chuta o meu rabo quando eu mereço. Ele nos leva para tirar férias incríveis em família e paga a minha mensalidade aqui... Está basicamente me preparando para a vida. O que quero dizer com isso? Quero dizer que qualquer idiota pode chegar lá e cortar um bolo. Mas você está aqui, trabalhando nos finais de semana, enfrentando uma carga horária pesada de aulas, dando o seu melhor... Para que um dia seus filhos não tenham que passar por isso. É isso o que um bom pai faz.

Penso no que ele está dizendo.

– É, pois *é*... Acho que você está certo.

– É claro que estou. Agora seque os olhos, tome um remedinho para essa cólica menstrual e pare de *mimimi*.

Ergo o dedo do meio para ele.

Drew acena com o queixo para uma pilha de anotações de estatística, a disciplina da minha primeira prova importante, amanhã de manhã.

– Está pronto para a prova do professor Windsor?

– Acho que sim.

Ele nega com a cabeça.

– Acho que não... Windsor é um pé no saco. E esnobe. O cara vai ter um orgasmo se conseguir reprovar um caipira feito você.

Corro o dedo pela pilha de papéis.

– Vou dar uma revisada, mas acho que já estudei o suficiente.

– Excelente. – Ele dá um tapa em minha perna. – Então esteja pronto para sair em uma hora.

Olho para o meu relógio: dez da noite.

– Aonde vamos?

Evans fica em pé.

– Antes de me formar, tenho que ensinar uma coisa para você: antes de um grande exame, você sai para tomar um drinque, *só um*, e trepar. Os cursos preparatórios para prova deveriam incluir isso nas dicas. *É infalível!*

Esfrego a mão na nuca.

– Não sei...

Ele estende os braços, questionando:

– Qual é o problema? Você e a mãe da sua filha estão vivendo um relacionamento aberto, não estão?

– Sim, mas...

– Foi um movimento brilhante da sua parte, a propósito. Nunca vou entender por que um homem se prenderia a uma mulher quando existem tantas para escolher.

Não digo a ele que a ideia não foi minha, que foi Jenny quem insistiu, depois que conversamos – discutimos – quando fui passar o Natal em casa. Não digo a ela que só concordei porque os idiotas tarados da minha cidade sabem que Jenny é *minha* mulher, a mãe da *minha* filha. Posso só voltar para casa duas ou três vezes por ano, mas, quando volto, sou capaz de arrebentar a cara de qualquer um que mexer com ela.

Também não conto a ele que não tirei vantagem da nova "política" durante os últimos cinco meses.

Nem uma vez sequer.

Em vez disso, explico:

– Nunca tentei pegar mulher em um bar antes. Não sei o que dizer ou como agir.

Drew dá risada.

– É só você dizer "sim" algumas vezes, dizer "querida" algumas mais... Eu cuido do resto. – Ele aponta para mim. – Uma hora. Esteja pronto.

E sai do quarto.

—

Noventa minutos depois, entramos no Central Bar – um dos lugares preferidos dos estudantes. A comida era boa, tinha uma pista de dança com DJ e não cobrava entrada. Muito embora nos encontrássemos na semana das provas finais, a casa estava cheia de pessoas bebendo e dando risada.

– O que você vai querer? – pergunta Evans enquanto andamos na direção do bar.

– Jim Beam, puro.

Se só posso tomar um drinque, é bom ser algo que valha a pena.

Vejo meu reflexo no espelho atrás do bar. Camiseta azul discreta, barba por fazer e cabelos loiros precisando de um corte. Esses cabelos são praticamente imunes a gel, então terei que ficar puxando-os para trás durante toda a noite.

Drew me entrega o uísque e toma um gole da sua bebida, que parece uísque com soda. Sem dizer nada, passamos alguns minutos deslizando o olhar pelo salão. Então, seu cotovelo me cutuca e ele inclina a cabeça na direção de duas garotas em um canto, perto do jukebox. São bonitas de um jeito que parece sem esforço, mas que, na realidade, tomou-lhes pelo menos duas horas se arrumando. Uma delas é alta, com cabelos loiros, lisos e longos. E ainda mais longas são suas pernas, cobertas por um jeans surrado. Ela também usa uma blusinha *cropped* que deixa à mostra um sutiã preto de renda e um piercing no umbigo. Sua amiga é mais baixa, com cabelos negros ondulados, blusinha rosa e calça jeans tão justa a ponto de parecer pintada no corpo.

Drew caminha decidido na direção delas. Eu o sigo.

– Gostei da sua blusa – diz para a loira, apontando para o escrito no peito: "As mulheres da Barnard sabem o que fazem".

Depois de olhá-lo de cima a baixo, os lábios dela abrem um sorriso sedutor:

– Obrigada.

– Tenho uma bem parecida – revela Drew. – Mas a minha diz: "Os caras da Columbia aguentam a noite toda".

Elas gargalham. Tomo um gole do uísque enquanto a garota dos cabelos escuros me observa e parece gostar do que vê.

– Vocês estudam na Columbia? – ela quer saber.

Drew assente.

– Exatamente.

Muito embora eu não tenha ideia de que diabos estou fazendo, tento seguir as instruções de Drew. Lanço a pergunta menos original de todos os tempos:

– O que vocês duas estudam, gata?

A morena dá risada outra vez.

– Pelo seu sotaque, parece que você não é daqui.

– Eu venho do Mississippi.

Ela lança um olhar para o meu bíceps.

– E está gostando de Nova York?

Reflito por um segundo… E então me dou conta. Com um sorriso no canto da boca, respondo:

– Neste exato momento, acho que é o melhor lugar do mundo.

Drew assente de forma quase imperceptível, aprovando minha ação.

– Nós estudamos Artes – responde a loira.

– Arte? Sério? – Drew lança em tom de brincadeira. – Acho que vocês não estão interessadas em dar uma contribuição real para a sociedade. – Ele ergue o copo. – Um brinde ao pessoal que vai se formar em coisas que não têm o menor valor de mercado.

Sei que Drew soa como um idiota, mas, acredite, funciona para ele.

– Ah, meu Deus!

– Cafajeste!

As garotas continuam dando risada enquanto praticamente devoram aquela atitude e aquele humor sarcástico com uma colher.

Tomo mais um gole do meu uísque.

– Que tipo de arte vocês fazem?

– Eu pinto – responde a loira. – Ênfase em pintura corporal. – E desliza a mão pelo peito de Drew. – Você daria uma tela maravilhosa.

– Eu sou escultora – a amiga me conta. – Sei usar bem as mãos.

Ela termina de tomar o drinque rosa em sua mão. Mesmo que eu ainda não tenha completado 21 anos e não possua uma identidade falsa, aponto com o polegar na direção do bar.

– Quer que eu vá buscar mais uma rodada?

Antes que ela possa responder, Drew interrompe:

– Ou então poderíamos dar o fora daqui, que tal? Talvez ir para a sua casa? – E mantém contato visual com a loira. – Você pode me mostrar a sua… arte. Aposto que é supertalentosa.

As garotas concordam. Bebo o resto do meu Bourbon e, assim, nós quatro saímos do bar.

—

No fim das contas, as garotas moram juntas. Fico em silêncio enquanto andamos as três quadras até o apartamento – distraído pela queimação e o desconforto em meu estômago. É uma mistura de nervosismo e culpa. Em minha cabeça, imagino o rosto sorridente e doce de Jenny. Imagino-a segurando nossa filha na cadeira de balanço que minha tia Sylvia comprou para nós quando Presley nasceu. E me pergunto se o que estou fazendo – se o que estou prestes a fazer – é a coisa certa.

O apartamento é muito melhor do que duas estudantes poderiam bancar sozinhas. Tem porteiro, fica no terceiro andar, conta com uma sala de estar espaçosa, com sofás bege sem qualquer mancha e assoalho brilhante parcialmente coberto por um tapete oriental. Uma cozinha grande com armários de carvalho e bancadas de granito é visível da sala de estar, separada por uma área para café da manhã com três banquinhos brancos.

– Sintam-se em casa – diz a morena com um sorriso. – A gente só vai ali se trocar.

Depois que elas desaparecem no corredor, Drew se vira para mim.

– Você está parecendo uma virgem na noite da formatura. Qual é o problema?

Seco as mãos suadas na calça jeans.

– Não sei se isso é uma boa ideia.

– Você não viu os peitos da morena? Olhá-los de perto não pode ser nada além de uma boa ideia.

Meus lábios se apertam com a indecisão, e, por fim, eu me entrego.

– A questão é que... Nunca transei com ninguém além de Jenny.

Ele esfrega a mão na testa.

– Santo Deus.

Com um suspiro, ele solta a mão e pergunta:

– Mas ela não liga de você sair com outras mulheres, não é? Quero dizer, ela concordou com isso, não?

Ergo o ombro e explico:

– Bem, sim... Foi ela quem sugeriu isso.

Evans assente.

– Parece ser meu tipo de mulher. E então, qual é o problema?

Esfrego a mão na nuca, tentando aliviar parte da tensão que se acumula ali.

– Mesmo que tenhamos conversado sobre o assunto... Sei lá... Isso não me parece... Quero fazer a coisa certa com ela.

A voz de Drew deixa de soar irritada.

– Admiro essa atitude, Shaw. Você é um cara sério. Leal. Gosto desse seu lado. – Ele aponta para mim. – E é por isso que acho que você deve a si mesmo e também a Jenny horas de sexo selvagem e sacana com essa mulher.

Pela enésima vez, eu me pergunto se Drew não é o demônio. Ou alguém muito próximo a ele. Posso imaginá-lo oferecendo a Jesus Cristo em jejum uma fatia de pão e tentando convencê-lo de que não há problema algum em dar uma mordida.

– Você acredita mesmo em todo esse estrume que sai da sua boca?

Drew dispensa minhas palavras com um aceno de mão.

– Preste atenção, você está prestes a aprender uma coisa. Qual é o seu sorvete preferido?

– O que isso tem a ver com...

– Apenas responda a pergunta, porra! Qual é o seu sorvete preferido?

– Passas ao rum – respondo, suspirando.

Ele arqueia sardonicamente as sobrancelhas.

– Passas ao rum? Pensei que ninguém com menos de setenta anos gostasse de passas ao rum. – Ele balança a cabeça. – Mas enfim, como sabe que esse é o seu sabor preferido?

– Porque é.

– Mas *como* você sabe? – ele insiste.

– Porque gosto mais desse sabor do que...

Paro no meio da minha frase. Já entendi onde ele quer chegar.

– Mais do que qualquer outro sabor que experimentou? – Drew termina minha frase. – Mais do que baunilha, morango ou menta com pedaços de chocolate?

– Sim – admito discretamente.

– E como você saberia que passas ao rum é o seu preferido, e não uma escolha por acaso, se tivesse medo de provar outros sabores?

– Eu não saberia.

Ele mexe as mãos como se fosse um mágico quando realiza seu truque.

– Exatamente.

Está vendo o que eu queria dizer? O cara é o demônio.

De qualquer forma, é similar ao que Jenny disse, às perguntas que ela levantou. Será que realmente podemos saber que amamos um ao outro quando tudo o que conhecemos é um ao outro? Seríamos fortes o suficiente para passar por um teste assim? E, se não formos, que tipo de futuro viveríamos juntos?

Um tapa em meu braço me afasta do meu momento de introspecção.

– Olha, Shaw, isso aqui tem que ser divertido. Se você não estiver se divertindo, é melhor ir embora. Não vou te considerar menos se desistir.

Só consigo bufar.

– É claro que vai.

Ele retorce o canto da boca.

– Sim, você está certo. Vou te considerar menos. Mas... não vou comentar com os caras que você desistiu. Isso fica só entre nós dois.

Antes que eu possa responder, as garotas voltam. E agora usam camisolas de cetim caindo soltas pelo corpo. Posso sentir o hálito de pasta de dentes quando a loira se inclina e diz a Drew:

– Vem cá... Tem algo no meu quarto que quero mostrar para você.

Ele lentamente fica em pé.

– Então tem algo no seu quarto que eu quero ver. – Antes de eles chegarem ao corredor, ele olha para mim: – Tudo bem com você, cara?

Tudo bem comigo?

A morena de cabelos ondulados olha para mim com ansiedade, esperando que eu aja. E então me dou conta de que... não há motivo algum para dizer não.

– Sim. Sim, estou bem.

Drew dá a mão para a loira e ela o leva até o quarto no fim do corredor.

Deixado aqui, sozinho com a morena, reservo um minuto para observá-la – observá-la realmente com atenção. Seus seios são maiores do que aqueles aos quais estou acostumado; sua cintura é fina e abre espaço para um traseiro volumoso que oferece o equilíbrio perfeito para todo aquele pacote. É o tipo de bunda que qualquer homem adoraria apertar, explorar com os dedos, usar de todas as formas. Suas pernas são suaves e torneadas, a pele é perfeita e bronzeada.

Pela primeira vez esta noite, uma atração verdadeira toma conta do meu ser, fazendo meu pau subutilizado acordar de sua hibernação de cinco meses.

Não pergunto o nome dela e ela também não quer saber o meu. Existe uma sensação diferente no anonimato, uma espécie de liberdade. *Nunca mais terei que ver essa garota. O que fizermos e dissermos esta noite não vai sair deste apartamento, não vai voltar para me assombrar, não vai chegar a ouvidos cheios de julgamento em uma cidadezinha muito longe daqui.* Mil fantasias, cada uma mais depravada do que a anterior, passam por meu cérebro como a fumaça vinda de uma fogueira. Coisas que jamais sonhei em pedir para Jenny fazer, coisas que a levariam a me bater por eu simplesmente sugerir.

Mas com uma estranha linda e anônima? Por que não?

– Quer ver o meu quarto? – ela pergunta.

Minha voz sai profunda e grossa como meus pensamentos:

– Quero.

O quarto é uma mistura de vermelhos intensos, marrom e alaranjado queimado, não é excessivamente feminino. Sento-me na beirada da cama, apoio os pés no chão, deixo os joelhos separados.

Qualquer traço de indecisão ficou lá fora.

Enquanto fecha a porta, ela pergunta:

– O que você estuda? Era para eu ter perguntado mais cedo, mas…

– Direito.

Ela se movimenta à minha frente, posicionando-se a um braço de distância, observando-me com a cabeça inclinada e olhos atentos.

– Por que quer ser advogado?

Sorrio.

– Gosto de discutir… Gosto de… provar que as pessoas estão erradas.

Dando um passo mais para perto, ela segura minha mão. Em seguida, vira-a e desliza seu dedo por minha palma. Sinto uma cócega estimulante que faz meu pulso acelerar.

– Suas mãos são grossas e fortes.

Não existem mãos suaves na fazenda. Ferramentas, cordas, cercas, selas, enxadas tornam os músculos e as palmas das mãos firmes.

– Sabe o que eu mais gosto na escultura? – ela pergunta em um suspiro.

– O quê?

Solta a minha mão e oferece um olhar sombrio.

– Quando estou esculpindo, não penso em nada. Não faço planos, mas apenas deixo minhas mãos… fazerem o que quiserem, o que trouxer uma sensação boa.

Ela segura a bainha da roupa e a puxa por sobre a cabeça. Seus seios são claros e perfeitos e gloriosos para meus olhos. Ela está a poucos centímetros de distância, nua e orgulhosa.

– Quer provar?

Em seguida, coloca a mão sobre a minha, levando-as até o peito. Quando apoia minha palma calejada em seus seios, eu assumo o controle. Apertando-os, massageando-os suavemente, esfregando o polegar no mamilo. Eles se apertam e adotam uma coloração rosa mais escura. Esfrego meus lábios com os dentes para satisfazer a necessidade imediata de chupar, lamber e morder.

Minhas últimas palavras com alguma coerência são: "seria fácil me acostumar com isso".

—

TRÊS SEMANAS DEPOIS

– Seu mentiroso! Traidor! Filho de uma puta!

As mãos de Jenny voam e chicoteiam selvagemente, dando tapas na minha cara, em meus ombros e onde mais ela consiga alcançar.

Tapa.

Tapa, tapa.

Tapa.

– Jenny, pare com isso! – Enfim consigo segurar seus antebraços, mantendo-a parada. – Pare com isso, porra!

Lágrimas quentes e furiosas descem por seu rosto; os olhos estão inchados pela traição.

– Eu te odeio! Você me dá nojo! Eu te odeio!

Ela se solta das minhas mãos e corre até a varanda, batendo a porta de tela ao passar e desaparecer pela casa. Fico ali, quase em pé, em farrapos. Sentindo-me arrasado, com o coração não apenas estilhaçado, mas arrancado de mim. E há algo mais, algo além do arrependimento: o medo. Ele faz minhas mãos suarem, minha pele formigar. O medo de eu ter estragado as coisas, o terror por talvez ter perdido o melhor que está por vir em minha vida.

Esfrego uma mão nos cabelos, tentando manter a cabeça em ordem. Então, sento-me na escada da varanda e seguro os joelhos entre os braços. Fico de olho em Presley, em cima de um lençol a poucos metros, onde ela brinca com a prima perto do balanço. Seus cachos loiros balançam enquanto ela dá risadinhas, por sorte completamente alheia a tudo.

Do nada, Ruby, a irmã mais velha de Jenny, aparece na escada ao meu lado. Ajeita a minissaia jeans e puxa os cabelos ruivos e ondulados para trás dos ombros.

– Você sem dúvida se fodeu desta vez, Stanton.

Eu normalmente não pediria conselhos a Ruby, menos ainda conselhos sobre o meu relacionamento. Mas, já que ela está aqui...

– Eu... Eu não sei o que aconteceu.

Ruby bufa.

– Você contou à minha irmã que fodeu outra mulher... Foi *isso* que aconteceu. Nenhuma mulher quer ouvir algo assim.

– Por que ela perguntou, então?

Ruby balança a cabeça, como se a resposta fosse óbvia.

– Porque ela queria ouvir você dizer que não.

– A gente concordou que tudo bem ver outras pessoas – argumento. – Combinamos de ser sinceros um com o outro. Como duas pessoas maduras...

– Dizer e sentir são duas coisas diferentes, garanhão. – Ela observa as unhas. – Entenda, você e Jenny têm 18 anos... São dois bebês... Isso certamente aconteceria, era só uma questão de tempo.

Mal consigo deixar as palavras passarem por minha garganta apertada.

– Mas... mas eu amo a sua irmã.

– E ela ama você. É por isso que dói tanto.

Eu não vou desistir. Não vou me entregar. Não assim. É o medo que me força a fazer alguma coisa, a dizer alguma coisa. A me agarrar como um homem preso a uma pedra em uma correnteza.

Subo a escada de madeira até o quarto que Jenn divide com nossa filha e passo pela porta fechada, a porta que me diz que não sou bem-vindo.

Ela está na cama, ombros tremendo, chorando contra o travesseiro. E a faca se enterra mais fundo em meu peito. Sento-me na cama e toco em seu braço. Jenny tem a pele suave como uma pétala de rosa. E me recuso a deixar que essa seja a última vez em que vou tocá-la.

– Me desculpe. Eu sinto muito, mesmo. Não chore. Por favor, não… Não me odeie.

Ela se senta e não se importa em secar do rosto a evidência da dor.

– Você ama aquela mulher?

– Não – respondo com firmeza. – Não. Foi só uma noite. Não significou nada…

– Ela era bonita?

Respondo como o advogado que estou estudando para ser.

– Não tão linda quanto você.

– Dallas Henry me convidou para ir com ele ao cinema – Jenny confessa em voz baixinha.

Todo o meu remorso se transforma em cinzas e é substituído por uma raiva quase incontrolável. Dallas Henry jogava futebol na equipe do colégio. E sempre foi insuportável. O tipo de cara capaz de fazer uma investida na garota mais bêbada em uma festa, o tipo que colocaria algo na bebida das meninas para elas ficarem embriagadas mais rapidamente.

– Você está me zoando?

– Eu não aceitei.

A raiva diminui, mas só um pouquinho. Meu punho ainda vai ter uma conversinha com esse Dallas Filho da Puta Henry antes de eu ir embora.

– Por que você não disse não, Stanton? – ela lança com um tom discreto de acusação.

Sua pergunta faz a culpa voltar com força total. Na defensiva, coloco-me em pé e ando tenso de um lado para o outro.

– Eu disse não! Várias vezes. Caramba, Jenn… Eu pensei que… que não fosse traição. Você não pode ficar brava comigo por isso. Por eu ter feito o que fiz depois de você ter permitido. Não é justo.

Todos os músculos do meu corpo enrijecem enquanto espero a resposta. Depois do que parece ser uma eternidade, ela assente:

– Você está certo.

Seus olhos azul-claros me encaram e a tristeza neles me corta até os ossos.

– Eu só… Só odeio imaginar o que você fez com ela. Queria poder voltar no tempo até quando… quando eu não sabia. E aí eu fingiria que você só fez comigo. – Ela soluça. – Isso não é… não é patético?

– Não – digo com uma voz rouca. – Não é. – Caio de joelhos diante dela, ciente de que estou implorando, mas sem me importar com isso. – Sempre foi só você em tudo o que importa. O que acontece quando estamos distantes só tem importância quando deixamos ter.

Minhas mãos sobem por suas coxas, precisando tocá-la, afastar tudo o que aconteceu da minha mente, desejando muito que nós dois voltemos a ficar juntos.

– Vou passar o verão todo em casa. Dois meses e meio e só quero passar todo esse tempo te amando. Posso, meu amor? Por favor, me deixe amar você.

Seus lábios estão aquecidos e inchados porque ela estava chorando. Toco-os com leveza, pedindo permissão. Depois, com mais firmeza, enfiando a língua como uma lança, pedindo que ela me acompanhe. Jenny precisa de alguns momentos, mas logo está retribuindo o beijo. Suas mãos pequenas seguram minha camisa, apertando o tecido com força, puxando-me para perto.

Possuindo-me. Como sempre me possuiu.

Jenny solta o corpo na cama, levando-me com ela. Pairo sobre ela enquanto seu peito sobe e desce, arfando.

– Nunca mais vou querer saber, Stanton. Não vamos perguntar nada, não vamos contar nada… Prometa para mim.

– Prometo – digo com uma voz rouca, disposto a concordar com qualquer coisa agora.

– Vou começar meu curso no outono – ela anuncia. – Também vou conhecer gente nova. Vou sair… E você não pode ficar bravo. Nem com ciúme.

Nego com a cabeça.

– Não vou. Não quero brigar. Não... Não quero impedi-la de nada.

E essa é a verdade insana de tudo isso.

Uma parte minha quer manter Jenny toda para mim, trancafiá-la nesta casa e saber que ela não está fazendo nada além de esperar o meu retorno. Mas, maior do que isso é o medo de que vamos desgastar a relação e acabar odiando um ao outro, culpando um ao outro pelos momentos que deixamos de viver. Por tudo o que deixamos de fazer.

E, acima de tudo, não quero acordar daqui a dez anos e perceber que o motivo de minha mulher me odiar... sou justamente eu.

Portanto, se isso significa dividi-la por um tempinho, então vou engolir essa realidade... Juro que vou.

Meus olhos queimam contra os dela.

– Mas, quando eu estiver aqui, você é minha. Não de um filho da puta como Dallas Henry... De ninguém, só minha.

Seus dedos contornam meu maxilar.

– Sim, sua. E é para mim que você vai sempre voltar. Elas não vão ficar com você, Stanton. Nenhuma outra mulher... vai ser quem eu sou.

Beijo-a com uma paixão selvagem, selando minhas palavras. Meus lábios descem por seu pescoço e minha mão desliza em sua barriga. Mas ela logo segura meu punho:

– Meus pais estão lá embaixo.

Fecho os olhos bem apertado e respiro fundo.

– Venha comigo ao rio esta noite. A gente fica no carro, dirigindo, até Presley dormir no banco de trás.

Jenny abre um sorriso.

– Ela sempre acaba dormindo no carro.

Beijo sua testa.

– Perfeito.

Deito-me ao seu lado e ela aperta seu corpo ao meu, brincando com a gola da minha camisa.

– Não vai ser assim para sempre. Um dia, você vai terminar os estudos e as coisas voltarão ao normal.

Sim.

Um dia...

CAPÍTULO 3

DEZ ANOS DEPOIS
WASHINGTON, D.C.

O trabalho de um advogado de defesa criminal não é tão estimulante quanto pode parecer. Não é sequer tão estimulante quanto os alunos do curso de Direito imaginam. Envolve muita pesquisa, a verificação de outros casos para embasar argumentos expostos em páginas e mais páginas com semântica suficiente para provocar uma enxaqueca em qualquer leigo. Se você trabalhar para uma empresa, quando finalmente se torna digno de confiança a ponto de representar seus clientes em um julgamento, percebe que raramente surgem revelações dramáticas ou momentos dignos de figurar em *Law & Order*.

Na maior parte do tempo, o trabalho consiste em expor fatos ao júri, pedaço por pedaço. Uma das primeiras regras que você aprende no curso é: nunca faça uma pergunta para a qual você já não saiba a resposta.

Sinto muito por fazer aqui o papel de estraga-prazeres, mas o trabalho não é nada mais animador do que isso.

Nos Estados Unidos, os réus podem escolher quem decide seu destino: um juiz ou um júri. Sempre aconselho meus clientes a optarem pelo júri – afinal, é praticamente impossível fazer vinte pessoas concordarem sobre onde almoçar, imagine então chegarem a um consenso sobre a culpa ou a inocência de um réu. E um julgamento nulo, que é o que acontece quando eles não conseguem chegar a um acordo, é vitória da defesa.

Talvez você já tenha ouvido aquela piadinha sobre os júris: "quer ser julgado por doze pessoas que não foram espertas o bastante para escapar do serviço compulsório de jurado?". Então, são exatamente essas pessoas que o julgarão. Porque elas não estão familiarizadas com a letra da lei. E são pessoas que podem acabar se deixando seduzir por vários elementos que não têm nada a ver com os fatos.

Se um júri gostar do réu, terá dificuldade de se convencer de uma acusação que poderia deixá-lo preso pelos próximos dez ou vinte anos. É por isso que um bandido sob acusação aparece no tribunal usando um terno perfeito, e não o uniforme alaranjado dos presidiários. É precisamente por isso que o guarda-roupa e o penteado de Casey Anthony foram cuidadosamente escolhidos para fazê-la parecer uma jovem recatada. É claro que, em teoria, os júris devem ser imparciais, devem basear seus argumentos nas evidências apresentadas e em nada além disso.

Porém, a natureza humana não funciona assim.

O quanto o representante legal do réu é adorado também tem seu peso. Se um advogado parece desleixado, mal-humorado ou entediante, há menor chance de o júri acreditar em sua versão dos fatos. Por outro lado, se o advogado parecer organizado, se souber falar bem e, sim, se tiver boa aparência, estudos mostram que é mais provável que o júri goste dele. E que acredite nele – e, por consequência, em seu cliente.

Todavia, é importante não dar aquela impressão de quem está se esforçando demais. É importante não parecer matreiro ou sorrateiro. Ofereça a eles algo para que observem. Eles esperam objeções, tapas na mesa e o bater do martelo. Esperam uma reencenação de Tom Cruise e Jack Nicholson em *Questão de Honra.* O sistema pode ser tedioso, mas você não precisa ser. Pode ser divertido. Mostrar que você tem um pau enorme ali dependurado e que não tem medo de usá-lo.

Meu pau é o mais enorme de todos – os júris simplesmente não conseguem parar de olhá-lo.

Figurativa... e literalmente.

– Pode prosseguir com as alegações finais, doutor Shaw.

– Obrigado, excelência.

Coloco-me em pé, abotoo o paletó do terno cinza feito sob medida. Nos dias de hoje, essa cor é um sucesso com as mulheres – e dez de cada doze membros dos júris são mulheres.

Olho para todos com uma expressão contemplativa, aproveitando a pausa para aumentar o efeito dramático. Então começo:

– *Da próxima vez que eu vir você, vou cortar suas bolas e enfiá-las goela abaixo.*

Pausa, contato visual.

– *Quando eu encontrar você, vou fazê-lo implorar para que eu o mate.*

Pausa, dedo em riste.

– *Pode esperar, idiota, eu vou atrás de vocês.*

Saio de trás da mesa da defesa e me posiciono em frente ao júri.

– Essas são as palavras do homem que a acusação afirma ser... – uso os dedos para fazer aspas no ar – "vítima" neste caso. Os senhores viram as mensagens de texto. Os senhores o ouviram admitir, sob juramento, que ele as enviou ao meu cliente. – Estalo a língua. – Para mim, não parece se tratar exatamente de uma vítima.

Todos os olhos me acompanham enquanto ando lentamente de um lado ao outro, como um professor dando uma aula.

– Elas soam como ameaças, ameaças seríssimas. De onde venho, ameaçar o saco escrotal de um homem... Bem, não pode haver ameaça mais assustadora do que essa.

O júri deixa escapar uma série de risinhos.

Apoio o braço sobre a grade que nos separa do júri, olhando para cada um ali apenas por tempo suficiente para fazê-los sentir-se incluídos, lendo-os antes de divulgar um segredinho muito sujo.

– Ao longo do curso deste julgamento, os senhores já ouviram coisas sobre meu cliente, Pierce Montgomery, que de forma alguma o favorecem. Chegam a ser horríveis. Posso apostar que, a esta altura, os senhores não simpatizam muito com ele. Para dizer a verdade, eu também não. Ele teve um caso com uma mulher casada. Postou fotografias, sem a permissão dela, nas redes sociais. Não são atitudes de um homem honrado.

É sempre melhor já expor o lado ruim e em seguida limpar o caminho. É como jogar um saco de lixo podre, reconhecer que ele está ali, e depois trabalhar para tentar eliminar o mau cheiro.

– Se ele estivesse sendo julgado por sua decência como ser humano, posso garantir que eu não o estaria defendendo aqui hoje.

Ajeito o corpo, atraio a atenção ávida dos presentes.

– Mas não é essa a sua tarefa. Os senhores estão aqui para julgá-lo por suas ações na noite de 15 de março. Como sociedade, não penalizamos indivíduos por defenderem suas vidas ou seus corpos de danos físicos. E foi precisamente isso o que meu cliente fez naquela noite. Quando ele se viu frente a frente com o homem que o havia ameaçado sem qualquer piedade, teve motivos para acreditar que aquelas ameaças seriam concretizadas. Teve motivos para temer por seu bem-estar físico, talvez até mesmo por sua vida.

Faço uma pausa, deixo a informação ser absorvida. E sei que eles estão me acompanhando, vendo aquela noite pelos olhos de um filho da puta desgraçado que tem a sorte de ter a mim como seu advogado.

– Meu antigo técnico do time de futebol costumava dizer que um ataque inteligente é a melhor defesa. É uma lição que trago comigo até hoje. Então, embora Pierce tenha dado o primeiro soco, ainda foi para se defender. Afinal, ele estava agindo contra uma ameaça conhecida, um medo racional. Esse, senhoras e senhores, é o cerne deste caso.

Em frente ao júri, dou um passo para trás, para me dirigir a todos os membros.

– Enquanto os senhores deliberam, tenho certeza de que entenderão que meu cliente agiu em defesa própria. E de que apresentarão um veredito considerando-o inocente.

Antes de voltar a me sentar, coloco o toque final em meu argumento:

– Obrigado mais uma vez por seu tempo e sua atenção. Os senhores foram… maravilhosos.

Isso faz oito deles abrirem um sorriso. Acredito que tenho chances.

Depois de me sentar, minha conselheira mantém um rosto neutro e escreve em um bloco de papel:

Arrebentou!

Advogados se comunicam com notas durante um julgamento porque sussurrar é grosseiro. E um sorriso ou uma carranca podem ser interpretados de forma indesejada pelo júri. Então, minha única reação visível é um assentir com a cabeça. Minha reação interna é a de uma criança feliz. Escrevo em resposta:

Arrebentar é o que eu faço melhor.
Ou você se esqueceu?

Sofia é uma exímia profissional. Sequer sorri. E nunca a vi enrubescer. Ela apenas escreve:

Tire essa arrogância do seu rabo.

Eu me permito abrir o mais discreto dos sorrisos.

Por falar em rabo, o meu ainda está com as marcas das suas unhas. Isso a deixa molhada?

Isso é impróprio, nada profissional, mas é por isso que é tão divertido. O fato de nosso cliente idiota ou qualquer um sentado na galeria atrás de nós poder ver o que acabei de escrever só torna a situação mais emocionante. É como enfiar o dedo em uma mulher por debaixo da mesa em um restaurante lotado – o que também é divertido. A possibilidade de ser descoberto torna tudo muito mais perigoso e excitante.

Um brilho sacana brota em seus olhos amendoados enquanto ela escreve:

Você me deixou molhada logo que falou "senhoras e senhores". Agora pare.

Eu respondo:

Pare? Ou guarde para mais tarde?

Sou recompensado com um sorrisinho sutil. Mas que já é o suficiente.

Pode ser para mais tarde.

—

Depois da réplica e de mais ou menos uma hora de instruções do juiz, o júri foi para uma sala para deliberar e nosso recesso teve início. O que me deu a oportunidade de me encontrar para almoçar com um certo irmão da fraternidade em um bar que serve os melhores sanduíches da cidade. Por causa das exigências do trabalho e da família, a gente só consegue se ver uma ou duas vezes por ano – quando estamos em viagens de negócios um na cidade do outro.

Drew Evans não mudou muito desde os dias de Columbia. Mantém a mesma sagacidade e a arrogância que atraem mulheres para perto dele como se fossem mariposas em busca de uma lâmpada. A única diferença entre aquela época e agora é que Drew não percebe as mulheres. Ou, se percebe, não retribui a atenção.

– Tem certeza de que não gostaria de mais nada? Nada *mesmo?* – a garçonete de vinte e poucos anos pergunta esperançosa. Pela trigésima vez em quinze minutos.

Ele toma um gole de sua cerveja e logo a dispensa, dizendo:

– Não. Está tudo bem com a gente, obrigado.

Com os ombros curvados, ela se distancia.

Drew é banqueiro de investimentos na empresa de seu pai, em Nova York. Também cuida dos meus investimentos – motivo pelo qual as mensalidades da faculdade de Presley já estão garantidas. Misturar dinheiro com amizade não parece algo inteligente, mas, quando seus amigos são tão talentosos quanto os meus na arte de ganhar dinheiro, essa pode ser uma ideia brilhante.

O telefone de Drew bipa com uma mensagem de texto. Ele olha para a tela e um sorriso quase pueril brota em seu rosto… o tipo de sorriso que só o vi esboçar uma única vez antes: em seu casamento, oito meses atrás.

Limpo a boca com o guardanapo, jogo-o sobre a mesa e inclino a cadeira, apoiando-a em duas pernas.

– E então... como está Kate?

Kate é a esposa de Drew.

Sua tão linda esposa.

Sua tão linda esposa com quem dancei, rapidamente, na festa de casamento dos dois. E meu amigo parece não ter gostado nada disso.

Que tipo de amigo eu seria se não aproveitasse a situação para zoar?

Ele me olha com desdém.

– Kate está ótima. Está casada comigo... de que outra forma poderia estar?

– Você entregou o meu cartão para ela? – provoco. – Para que ela possa entrar em contato se precisar de serviços legais... ou de qualquer outro tipo de serviço?

Enquanto ele fecha uma carranca, eu abro um sorriso.

– Não, não dei seu cartão a ela, cuzão. – Ele inclina o corpo para a frente, parecendo subitamente todo cheio de si. – Além do mais, Kate não gosta de você.

– É isso o que você diz a si mesmo?

Ele dá risada.

– É verdade. Ela o acha suspeito. Você é advogado de defesa, Kate é mãe. Ela acredita que você trabalha para permitir que molestadores de crianças continuem andando pelas ruas.

Essa é uma concepção errada que muitas pessoas carregam. É algo completamente equivocado. Nós defendemos o indivíduo, o cara simples, e somos tudo o que há entre ele e o poder enorme do Estado. Mas as pessoas se esquecem dessa parte... todos são pedófilos e roubam fundos de pensão em Wall Street.

– Eu tenho uma filha – argumento. – Eu jamais defenderia um molestador de crianças.

Drew não concorda com meu raciocínio.

– Você só está tentando se justificar... Mas, no fim das contas, defende quem os poderosos o mandam defender.

Dou de ombros.

– E, por falar na sua filha... – ele continua. – Ela está com quantos anos agora? Dez?

Como sempre, falar da minha filhinha faz brotar um orgulho enorme em meu peito.

– Ela completou onze no mês passado. – Puxo o celular e mostro as fotos mais recentes. – Acabou de entrar para o grupo das animadoras de torcida. E, no sul, isso é um esporte de verdade, não tem nada a ver com essa merda toda de *rah-rah* e pompons daqui.

Jenny e Presley ainda vivem no Mississippi. Depois de Columbia, enquanto eu estudava na George Washington University, conversamos sobre elas virem morar comigo em Washington, D.C., mas Jenny achava que a cidade não era o melhor lugar para uma criança crescer. Ela queria que nossa filha crescesse como a gente cresceu – nadando no rio, andando de bicicleta por ruas de terra, correndo descalça pelo campo e fazendo churrasco aos domingos depois da igreja.

Eu concordei. Não gostava da ideia, mas concordei.

Drew assobia impressionado quando mostro as fotos mais recentes de Presley usando o uniforme dourado e verde do time. Seus cabelos loiros e longos formando cachos e presos, os olhos azuis como o céu e os dentes brancos como pérolas.

– Ela é linda, Shaw. Tem sorte por puxar a mãe. Espero que você já tenha preparado o taco de beisebol.

Muito antes de ele mencionar.

– Não, cara, eu tenho uma espingarda.

Ele assente e dá um tapa em meu braço.

– Ei, estranho, faz tempo que a gente não se vê.

Meus olhos são atraídos na direção do corpo suntuoso de Sofia Marinda Santos, minha colega de trabalho – entre outras coisas – quando ela se aproxima da nossa mesa.

As roupas não apenas fazem o homem, elas são uma declaração para as mulheres. E certamente enaltecem Sofia. Ela se veste como é: impecável, sagaz, cheia de classe e, além de tudo, tão sensual a ponto de fazer minha boca salivar. Sua blusa de seda vermelha está deliciosamente abotoada, revelando apenas alguns centímetros de sua pele bronzeada abaixo da clavícula, e nem um sinal de decote. Mas o tecido acentua a beleza dos seios enormes que Deus lhe deu – cheios, firmes, gostosos pra caralho. Um bolerinho cinza de lã cobre seus braços longos e elegantes, e a saia combinando envolve as curvas de seu quadril antes de revelar pernas torneadas.

– Onde você estava escondida? – pergunto antes de apontar para uma cadeira vazia. – Quer se juntar a nós?

Os lábios naturalmente vermelhos sorriem para mim.

– Obrigada, mas não. Acabei de almoçar com Brent ali no fundo.

Mexo as mãos enquanto os apresento um ao outro.

– Drew Evans, esta é Sofia Santos, uma colega que, de acordo com sua esposa, me ajuda a libertar molestadores de criancinhas. – Sofia arqueia as sobrancelhas ao ouvir a descrição de nosso trabalho, mas logo continuo: – Soph, este é Drew Evans, meu colega dos tempos da faculdade, atual responsável por meus investimentos e um escroto sem tamanho.

Ignorando a minha piadinha, Drew oferece a ela um aperto de mão:

– É um prazer conhecê-la, Sofia.

– Igualmente.

Ela olha a hora em seu relógio e provoca:

– Você deveria se apressar, Stanton. Não queremos perder o veredito.

Já nego com a cabeça antes mesmo de ela terminar de falar. Porque estamos em desacordo desde o início do julgamento.

– Eu tenho todo o tempo do mundo, querida. Oras, podemos até pedir sobremesa. O júri não volta antes de segunda-feira, no mínimo.

– Você pode ser o Encantador de Júris... – Suas unhas perfeitas giram em um círculo, como se ela estivesse trabalhando com uma bola de cristal. – Mas eu sou a Vidente dos Júris. E aquelas donas de casa estão esperando para terminar logo com isso e passarem o fim de semana livres.

– O Encantador de Júris? – comenta Drew secamente. – Isso é fofo.

Mostro o dedo para ele enquanto insisto com Sofia:

– Sua visão está errada desta vez.

Ela retorce os lábios.

– Quer apostar, garotão?

– Quais são seus termos, belezinha? – rebato com um sorriso atrevido.

Evans observa nossa troca de palavras com uma alegria indisfarçável.

Ela passa a mão na mesa e se inclina para a frente. E tenho toda uma consideração nova pela gravidade, afinal, ela é a força que faz a blusa de Sofia se distanciar do corpo, oferecendo-me uma visão deliciosa de seus seios envolvidos por uma renda preta e delicada.

– O Porsche.

Pego de surpresa, fico com os olhos arregalados. Sofia não brinca em serviço.

Ela sabe que o 911 Carrera 4S Cabriolet conversível prateado é meu grande orgulho. A primeira coisa que comprei quando fui contratado pelo prestigiado escritório de advocacia Adams & Williamson, há quatro anos. É um carro perfeito. Não sai na chuva. Não é estacionado onde pássaros possam cagar em cima. Não é dirigido por ninguém além de mim.

– Se o júri voltar *hoje,* você me deixa levar o Porsche para o passeio mais divertido da vida dele.

Ela me encara, esperando.

Esfrego os dedos no maxilar, pensando.

– O câmbio dele é manual – aviso em voz baixa.

– Pff... bobagem.

– E o que eu recebo se você perder a aposta?

Ela se ajeita, parecendo satisfeita consigo mesma, muito embora não tenha ouvido minhas condições.

– O que você quer?

A imagem das curvas cobertas apenas com um biquíni vermelho minúsculo, a pele de Sofia ensaboada e escorregadia invade meu cérebro. E não consigo segurar o sorriso libidinoso que começa a estampar-se em meu rosto.

– Você tem que lavar o Porsche, usando as próprias mãos, uma vez por semana durante um mês.

Ela nem hesita.

– Combinado.

Antes de trocarmos um aperto de mão, olho-a nos olhos e cuspo deliberadamente em minha palma. O aperto de mão é pegajoso. Ela repuxa o nariz, mas seus olhos... Seus olhos fervilham com um calor que só eu consigo perceber.

Sofia gosta daquilo.

Depois que solto sua mão, ela a limpa em um guardanapo. Em seguida, Brent Mason sai do banheiro e se aproxima de nós. Brent é um sócio da nossa empresa, começou no mesmo ano em que Sofia e eu, embora pareça muito mais novo. Seus olhos azuis arredondados, cabelos castanhos ondulados e personalidade despreocupada invocam uma sensação de proteção, como se ele fosse um irmão caçula. Seu jeito meio coxo de andar o faz parecer ainda mais novo, embora, na verdade, seja o resultado da prótese em sua perna esquerda, consequência de um acidente ocorrido durante a infância. O acidente pode tê-lo deixado coxo, mas o humor jovial de Brent continua totalmente intacto.

Como todos os sócios em nossa empresa, Brent e Sofia dividem um escritório. São próximos, mas a relação se limita estritamente a amizade.

Ele também tem mais dinheiro do que Deus – ou pelo menos sua família tem. Dinheiro antigo, o tipo de riqueza tão abundante a ponto de seus conhecidos não se darem conta de que nem todo mundo tira férias de verão na França ou pode se recolher em sua casa de campo às margens do rio Potomac quando precisa de um descanso da cidade. O pai de Brent tem aspirações políticas para seu filho único e acredita que seu histórico impressionante como promotor formaria a base para essas ambições.

E foi precisamente por isso que Brent saiu de casa para se tornar um advogado criminal.

– E aí, Shaw? – ele cumprimenta.

Aceno com a cabeça.

– Mason. – Aponto outra vez para Drew. – Brent Mason, este é Drew Evans, um velho amigo. – Deslizo o olhar para ele. – Brent é outro advogado da nossa empresa.

Eles trocam um aperto de mãos firme antes de Drew lançar:

– Jesus, alguém em Washington não é advogado?

Dou risada.

– A maior proporção *per capita* do país.

Antes que Drew possa responder com o que eu apostaria minha vida que seria um insulto, Brent fala:

– Está pronta para irmos, Sofia? Meu cliente deve chegar em vinte minutos.

– Estou pronta. Foi um prazer conhecê-lo, Drew. Stanton, a gente se vê logo, logo no tribunal.

Finjo estar confuso.

– Você quer dizer no escritório?

Balançando a cabeça em negação, ela permite que Brent a guie até a porta.

Eu a vejo ir. E desfruto de cada segundo da minha visão.

O que não passa despercebido.

– Você acha, mesmo, que isso é inteligente da sua parte?

Volto minha atenção a ele.

– Isso o quê?

– Foder sua colega de trabalho – esclarece Evans. – Você acha isso uma decisão inteligente?

Faço uma pausa enquanto me pergunto como ele descobriu. E depois dou risada de mim mesmo por me perguntar… Afinal, é claro que ele saberia.

– Estou ouvindo isso de um homem que se casou com sua colega de trabalho alguns meses atrás?

Drew se inclina para trás, descansando um braço na cadeira ao seu lado.

– É uma situação totalmente diferente. Kate e eu somos especiais.

Tomo um gole da minha água.

– O que o leva a pensar que Soph e eu estamos transando?

– Ah… o fato de eu ter olhos. E ouvidos. E acabei de testemunhar uma tensão sexual impressionante. E, a propósito, você cobrou barato na aposta. Eu teria dito fodê-la no capô do carro primeiro, depois colocá-la para lavá-lo. – Ele dá de ombros. – Mas eu sou assim… Agora, de volta à minha pergunta.

Seria inútil negar.

– Sofia é, sem dúvida, a mulher mais inteligente que já fiz, com trocadilho e tudo.

Ele não aprova.

– Você está andando em um caminho perigoso, Shaw. Um campo minado de embaraços e desprezo feminino.

Entendo suas preocupações, mas elas não são necessárias. Sofia é uma mulher em todos os aspectos importantes, mas traz consigo o lado prático de um homem. Não há nada rural ou caipira em seu futuro, mas apenas grandes escritórios e horas remuneradas. Ela é franca, direta, mas também divertida. Uma mulher que considero ser minha amiga, alguém com quem gosto de sair para comer e alguém que gosto de comer.

Nossos encontros começaram há seis meses. O primeiro foi espontâneo, totalmente descuidado. Eu sabia que a desejava, mas não sabia o quanto a desejava até ficarmos sozinhos na biblioteca da empresa, no porão. Nós dois estávamos trabalhando até tarde, tensos e preocupados com a hora... em um momento estávamos discutindo alguns pontos do processo de Miranda contra Arizona e, no instante seguinte, estávamos arrancando as roupas um do outro, apoiando nossos corpos em volumes enormes, encadernados em couro, como dois animais selvagens no cio.

E gemendo como animais no cio.

Fico excitado toda vez que penso nos ruídos que Sofia emitiu naquela noite, uma sinfonia de gemidos, choramingos e rosnados enquanto eu a fazia gozar três vezes. E, quando meu orgasmo finalmente tomou conta de mim, porra, não consegui sentir minhas pernas por cinco minutos.

Depois, quando estávamos suados e desgrenhados como soldados depois de uma batalha, conversamos. Concordamos que era algo que nós dois queríamos fazer outra vez – e outra vez – para aliviar o estresse, algo que se adequava perfeitamente às nossas agendas cheias.

Não é tão frio quanto parece. Mas é... fácil.

Sorrio.

– Não, cara... Sofia é tipo... um dos caras.

– Você está fodendo um dos caras?

Franzo a testa.

– Quando você fala assim, a coisa não parece nada quente. O que quero dizer é que... assim como eu, ela vive para o trabalho. Tentar tornar-se sócio da empresa não deixa espaço para muitas outras coisas. Sofia é conveniente e bonita pra caralho. Sei que você é casado e tudo isso, mas teria que estar morto para não perceber. E, mesmo assim, aqueles peitos seriam capazes de provocar ereção em um cadáver.

– Ah, acredite, eu notei – ele diz. – Ela sabe da sua peguete no Mississippi?

– Jenny não é minha peguete – resmungo. – Seu cuzão.

– Bem, ela não é sua namorada nem sua esposa. É a garota com quem você trepa quando vai passar um tempo na cidade. Detesto ter que contar a verdade, mas essa é a definição de peguete.

Há horas em que a sinceridade de Drew me faz querer socá-lo.

– Sofia sabe de Jenn e Presley.

– Interessante. – E então vem o conselho patenteado: – Só estou dizendo que uma situação assim pode... ficar complicada para você. O arrependimento é um pé no saco, e dói pra caralho. Já passei por isso, não é nada divertido.

– Obrigado pelo conselho, mas pode deixar que eu dou conta da situação.

– Famosas últimas palavras. Mas lembre-se: quando você perceber que não dá conta, pode ser tarde demais. – Ele olha para a tela do celular e se levanta. – E, com isso, preciso ir... Tenho que pegar o trem.

Eu me levanto e dou um soco de leve em seu braço.

– Ei, por que você não fica aqui em D.C. esta noite? Posso combinar um jogo de pôquer com o pessoal... Como nos velhos tempos.

Ele ergue a mão, avaliando as opções.

– Vejamos... Apostar grana com Shaw... ou ir para casa encontrar uma esposa deliciosa que passou o dia todo me mandando mensagens de texto eróticas... Não tem como, cara. Gosto de você, mas nunca vou gostar tanto assim.

Trocamos um rápido abraço, damos tapinhas nas costas um do outro, prometemos que voltaremos a nos ver em breve.

E é então que meu celular apita. Puxo-o da mesa, leio a mensagem e já começo a xingar.

Enquanto Drew pega sua pasta debaixo da mesa, mostro meu celular para ele.

"O júri voltou."

Ele dá risada.

– Para a sua sanidade, espero que ela saiba segurar num câmbio como ela diz que sabe. – Drew faz uma pausa e abre um sorriso. – Mas acho que você já sabe que ela é boa com isso.

Com um soco final em meu braço, ele segue na direção da porta.

– Até mais, cara.

– Mande lembranças a Kate – grito para ele. – E entregue o meu cartão!

Ele não se vira para trás, não muda o ritmo de seus passos. Drew apenas levanta a mão com o dedo do meio bem erguido.

CAPÍTULO 4

SOFIA

Existe uma energia peculiar que invade o tribunal pouco antes de um veredito ser lido, uma estática que faz o ar estalar. É uma tensão compartilhada, na qual ninguém respira, a mesma que os romanos deviam vivenciar no Coliseu enquanto esperavam para ver em que direção César apontaria com o polegar. O pulso acelera, o sangue é bombeado com força, a adrenalina toma conta. É excitante.

E tão viciante quanto o sexo de qualidade. Do tipo que a deixa com marcas, inchada, exausta – e que você mal pode esperar para voltar a fazer.

Sempre soube que queria ser advogada. Enquanto crescia, eu assistia a programas como *L. A. Law,* nos quais mulheres litigantes contavam com uma sagacidade espetacular, usavam roupas cheias de estilo e penteados impecáveis, trabalhavam em escritórios de vidro e cromo quase tão altos quanto os céus.

Para meus pais, a educação sempre foi a maior prioridade, afinal, eles mesmos tiveram pouquíssimo acesso a ela. Minha mãe deixou a pobreza de seu vilarejo no Pará em troca da relativa opulência do Rio de Janeiro quando ainda era bem nova. Mas escapou do analfabetismo somente depois que conheceu meu pai, que a ensinou a ler quando ela tinha dezesseis anos. Juntos, eles emigraram para os Estados Unidos e se tornaram a definição do Sonho Americano – criaram uma empresa próspera, passaram pela classe média e conquistaram riqueza considerável. Muito conscientes das oportunidades que seu trabalho gerava aos filhos, eles imprimiram em todos nós – em mim e em meus três irmãos mais velhos – a ideia de que a educação era a chave que abria todas as portas. Era um tesouro que jamais poderia ser roubado de nós, o nosso porto mais seguro. Não por acidente, todos fomos atrás de uma carreira: meu irmão mais velho, Victor, formou-se em medicina; o outro, Lucas, é contador; e Tomás, apenas um ano mais velho do que eu, é engenheiro.

– Senhora presidente dos jurados, já chegou a um veredito?

A atenção fervilhante de Pierce Montgomery, nosso cliente, não está voltada para a mulher prestes a anunciar seu julgamento. Em vez disso, ele está totalmente concentrado em meus seios. Isso me faz sentir sacana de um jeito delicioso.

Prevejo um banho quente e agradável no meu futuro – para limpar essa coisa sórdida.

– Temos, Excelência.

Quando optei por Direito Criminal, eu sabia que havia uma alta probabilidade de ter que trabalhar com vermes como Montgomery, mas isso não me deteve. Como eu era a mais nova da família e a única filha, todos me protegiam muito. Mas, em vez de me restringir, esse instinto protetor fez meus pais me convencerem de que eu era capaz e estava preparada para enfrentar o que quer que a vida lançasse na minha direção.

"Oportunidades", dizia meu pai, "precisam ser agarradas com as duas mãos. Porque a gente nunca sabe se elas vão aparecer outra vez."

Foi ele quem me ensinou a ser destemida.

Oportunidades. Oportunidades era o que ele queria para mim. Mais do que um marido ou filhos, meu pai queria que eu tivesse a chance de chegar onde quer que fosse. De fazer qualquer coisa.

Ter crescido em Chicago me desafiou ainda mais. É uma bela cidade, mas, como acontece em qualquer área urbana, tem lá seus perigos.

Aprendi cedo a ser rápida, me defender, estar alerta e desconfiar de pessoas desconhecidas até que elas provassem o contrário.

Em suma, um olhar malicioso do filho de um senador, como o de Pierce Montgomery, não me intimida. Se ele tentasse me tocar com mais do que os olhos, eu o deixaria de joelhos com apenas um movimento do meu punho.

Simples assim.

– E qual é?

Aqui vamos nós. A hora da verdade.

De canto de olho, posso ver os ombros largos de Stanton subirem muito lentamente enquanto ele inspira... e prende a respiração.

Exatamente como eu faço.

A presidente recita o número do caso e as acusações. Depois, murmura a palavrinha mágica:

– Inocente.

Porra, demais! Caralho, que foda! Meus pensamentos estão socando o ar de tanta emoção!

Exatamente como acontece no futebol americano, celebração excessiva não é bem-vista no tribunal. Então, Stanton e eu nos limitamos a trocar um sorriso congratulatório. Nós dois sabemos que essa vitória é grandiosa, é um trampolim para se chegar ao tipo de notoriedade desfrutada por Cochran, Allred, Geragos, Abramson e Dershowitz – a Liga do Todos Conhecem o Seu Nome.

Montgomery agradece Stanton com um aperto de mão, mas consegue fazer até essa atitude parecer arrogante. Vira-se para mim com os braços abertos, esperando um abraço, obviamente.

Porque eu tenho uma vagina.

E, como tantos outros, ele funciona com a convicção de que pênis trocam apertos de mão, vaginas abraçam.

Esta aqui não, cara.

Estendo firmemente o braço, deixando clara a minha posição e mantendo-o longe do meu espaço pessoal. Ele aceita o aperto de mãos, mas não deixa passar a chance de dar uma piscadela.

E a necessidade de um banho quente se torna mais forte.

Quando saímos do tribunal, os repórteres já estão esperando. Das redes locais, não das nacionais. Ainda não. Como eu disse, é um trampolim.

Stanton, o grande nome do dia, responde às perguntas com uma mistura bem treinada de charme e egoísmo. Advogados não são modestos. Mas ele me dá os meus créditos, fala em "nossa" defesa, comenta que "nós" estávamos confiantes no resultado desde o início. Como um bom soldadinho, cita o nome de nossa empresa, destacando que todos os clientes da Adams & Williamson recebem o mesmo tipo de representação estelar.

Enquanto Stanton fala, reservo um momento para admirá-lo – afinal, é fácil admirá-lo. Seus olhos parecidos com jades brilham de animação e com o sol da tarde, emoldurados por cílios densos, surpreendentemente escuros, que qualquer mulher mataria para ter. Alguns fios rebeldes de cabelos loiros e espessos – o tipo de cabelo de Robert Redford em *Perigosamente Juntos* – caem sobre sua testa. Um nariz romano e maçãs do rosto altas dão a ele uma aparência forte e nobre, mas Stanton Shaw é todo homem – não há nada de menininho ali. Acho que minha parte preferida é seu maxilar. Chega a ser pornográfico. Áspero e quadrado, com a quantidade perfeita de fios de barba loira por fazer, ele me leva a pensar em sexo matinal e em uma cama quente.

Stanton tem 1,90 m de altura – apenas dez centímetros mais do que eu – e suas pernas longas e torso torneado são o sonho de qualquer alfaiate. É o tipo de corpo que foi feito para usar terno. Sua voz é profunda, um barítono melódico com uma levíssima cadência do sul que, durante um interrogatório, é capaz de cortar como um bisturi ou reconfortar como alguém que conta histórias para outra pessoa dormir. Mas é o sorriso de Stanton que atrai e desarma qualquer mulher. Lábios que a fazem querer rir quando eles riem ou que provocam os segredos mais sacanas quando deslizam de modo a formar aquele sorrisinho preguiçoso.

Esse sorriso e eu nos conhecemos bem.

– Não é verdade, doutora Santos? – ele pergunta.

E, de repente, os olhos dos repórteres estão voltados para mim.

Cacete. Eu não tenho a menor ideia do que ele está perguntando. Estava ocupada demais olhando aquele maxilar – *maldito maxilar!* –, lembrando-me daquela barba se esfregando na parte interna da minha coxa, me fazendo ronronar com a satisfação de uma felina desfrutando de carinho em sua parte preferida do corpo.

Mas me recupero discretamente:

– Sem dúvida. Estou totalmente de acordo.

Os repórteres nos agradecem e, enquanto nosso cliente entra em seu carro com motorista, Stanton e eu decidimos ir caminhando até o escritório, que fica a poucos quarteirões.

– O que você estava fazendo ali? Parecia distraída – ele questiona com um tom de quem está se divertindo, de quem já conhece a resposta.

– Mais tarde explico direitinho – respondo enquanto Stanton abre a porta de nosso prédio para mim.

A Adams & Williamson é um dos mais antigos escritórios de advocacia em Washington. O prédio tem somente dez andares, pois respeita o *Height of Buildings Act*, uma lei de 1910 que proíbe a construção de estruturas mais altas do que a abóbada do Capitólio, com pouquíssimas exceções. No entanto, a falta de altura é recompensada pela grandeza histórica. O mogno polido brilha no chão, projetado para destacar os detalhes feitos a mão que decoram cada parede. Uma lareira de mármore reformada dá as boas-vindas aos visitantes quando eles se aproximam da grande mesa de nogueira da recepção.

Vivian, a recepcionista que trabalha aqui há muito tempo, está com pouco mais de cinquenta anos. Seu traje branco impecável e cabelos loiros bem-arrumados transmitem a primeira impressão perfeita, uma mistura de experiência e elegância, a todos que aqui entram.

Ela abre um sorriso caloroso.

– Parabéns aos dois. O senhor Adams quer vê-los no escritório dele.

As notícias se espalham rapidamente em Washington, fazendo com que as redes de fofoca escolar pareçam movidas a internet discada. Então, não é de se surpreender que a notícia de nossa vitória já tenha chegado à mesa de nosso chefe. Porém, independentemente de qualquer vitória impressionante, Jonas Adams, um dos fundadores de nossa empresa e descendente direto de nosso segundo presidente, jamais sairia de seu poleiro no último piso para parabenizar ninguém.

Adams nos chama até ele.

Enquanto estamos no elevador, a mesma excitação ansiosa que borbulha dentro de mim emana de meu colega. Somos imediatamente levados ao escritório de Jonas, onde ele está parado atrás da mesa, colocando pastas em uma maleta de couro surrada. Suas semelhanças com o pai não deixam de ser inquietantes – uma barriga saliente decorada com a corrente de ouro de um antigo relógio de pulso, óculos redondos equilibrados em um nariz pontudo e tufos de cabelos brancos penteados em uma tentativa de cobrir a coroa calva da cabeça, que brilha tanto quanto o chão de mogno sobre o qual estamos.

Se ele vier a se aposentar, as empresas de reconstituição histórica vão entrar em guerra para tê-lo ao seu lado.

Jonas deu aula nas melhores instituições e é considerado uma das mentes mais brilhantes da nossa área. Mas, assim como muitos outros intelectuais talentosos, ele possui um temperamento agitado e ansioso que faz qualquer um desconfiar de que ele está o tempo todo perdendo a chave do carro.

– Entrem, entrem – convida enquanto bate as mãos nos bolsos, aliviado ao perceber que o que estava procurando continua ali. – Vou passar alguns dias fora para participar de uma conferência no Havaí, mas queria parabenizá-los pelo sucesso no caso Montgomery.

Ele sai de trás da mesa e oferece um aperto de mão.

– Um excelente trabalho! – continua. – Não foi uma vitória fácil. E o senador Montgomery com certeza está grato.

– Obrigado, doutor – responde Stanton.

– Qual é o seu saldo agora, doutor Shaw? Oito vitórias no total?

Sem demonstrar qualquer modéstia, Stanton encolhe os ombros.

– Na verdade, são nove.

Jonas assente enquanto tira os óculos e os limpa com um lenço monogramado.

– Impressionante.

– Tudo depende do júri, doutor Adams – afirma Stanton. – Nunca me deparei com um júri que não gostasse de mim.

– Sim, muito bom. Muito bom. E a senhora, doutora Santos? Segue sem derrotas, não é?

Com um sorriso, ergo orgulhosamente o queixo.

– Sim, doutor... Seis participações, seis vitórias.

No mundo profissional, as mulheres conquistaram muito espaço – agora nossos pés estão firmes na porta do clubinho que antes pertencia somente aos homens, ou seja, nos campos político, legal e empresarial. Mas ainda temos um longo caminho a percorrer. O fato é que, com grande frequência, quando chega a hora das promoções e oportunidades profissionais, somos deixadas em segundo plano. Não somos as primeiras que vêm à mente. Para sermos as primeiras a serem notadas por nossos chefes, não basta sermos tão competentes quanto nossos colegas homens. Precisamos ser melhores. Precisamos nos destacar.

É uma verdade injusta, mas, mesmo assim, é a verdade.

E é por isso que, quando o motorista de Jonas entra na sala para recolher as bagagens e pega uma bolsa de golfe de uma grife de luxo, cujo conteúdo vale mais do que o Porsche de Stanton, comento:

– Não sabia que o senhor jogava golfe, doutor Adams.

Não é verdade. Eu sabia, sim.

– Sim, sou um entusiasta. É relaxante, sabia? Ajuda a diminuir o estresse. Espero poder participar de algumas partidas nos dias de conferência. Você joga?

Sorrio como o Gato Que Ri.

– Sim, jogo. Recentemente joguei no East Potomac.

Ele ajeita os óculos sobre olhos arregalados:

– Isso sim é impressionante! – Ele ergue o dedo. – Quando eu voltar do Havaí, vou convidá-la para ir ao meu clube, o Trump National, jogar algumas partidas.

– Seria um prazer. Obrigada.

O queixo de Jonas se movimenta hipnoticamente quando ele assente com a cabeça.

– Vou pedir para minha secretária conversar com sua assistente para adicionar esse evento ao calendário. – Nesse momento, ele se vira para Stanton. – Você joga, Shaw?

Percebo o nanossegundo de hesitação, mas só porque conheço Stanton muito bem. Todavia, seu rosto logo é tomado por um enorme sorriso.

– Claro. Golfe é a minha vida.

Jonas bate palmas.

– Excelente. Então você vai jogar com a gente.

Stanton engole em seco.

– Maravilha.

Depois que Jonas sai, Stanton e eu nos vemos outra vez no elevador, seguindo para nossos escritórios no quarto andar.

– "Golfe é a minha vida?" – repito, olhando para os números em contagem decrescente.

Seu olhar bem-humorado se volta para mim.

– Que diabos você esperava que eu dissesse?

– Ah, você poderia ter dito o que me disse há três meses: "Golfe não é um esporte de verdade".

– E não é – ele insiste. – Se você não suar, não é esporte.

A isso, respondo:

– Jogar golfe requer uma quantidade enorme de habilidades…

– Pingue-pongue também. E continua não sendo um esporte.

A perspectiva teimosa dos homens… Como tenho irmãos mais velhos, estou familiarizada com isso. Mesmo assim, até hoje dou risada dos absurdos.

– E então, o que você vai fazer? Jonas volta do Havaí em duas semanas.

– Temos bastante tempo para você me ensinar a jogar – ele responde, cutucando-me suavemente com o cotovelo.

– Eu? – quase gaguejo.

– É claro, senhorita East Potomac. Quem melhor do que você?

Nego com a cabeça. É exatamente assim que Stanton funciona. Assim como minha sobrinha usa o beicinho para conseguir o que quer com meu irmão mais velho, Stanton usa seu maldito charme comigo.

É impossível resistir. Especialmente quando você *não quer* resistir.

– Duas semanas não são muito tempo.

Ele coloca a mão em meu ombro, esfrega o polegar contra a pele nua de minha nuca. A ação faz toda a minha espinha arder, faz todos os músculos abaixo da cintura se repuxarem.

– Começaremos neste fim de semana. Tenho total confiança em você, Soph. Além disso… – ele oferece uma piscadela. – Eu aprendo rápido.

Quando a porta do elevador se abre, ele afasta a mão e, por um breve momento, sinto falta daquele calor.

– Será o momento perfeito para resolvermos a nossa aposta. Seu carro me deve uma voltinha.

– Acho que eu não deveria ser considerado responsável por apostas que faço sob coação.

Meus saltos batem no chão de madeira enquanto bufo:

– Sob que tipo de coação você estava?

Stanton para a poucos centímetros da porta de nosso escritório, baixa a voz e se inclina para a frente para sussurrar ao meu ouvido:

– Você subestima o poder dos seus seios milagrosos. Eles estavam bem no meu rosto. Era impossível pensar com clareza.

Cruzo os braços, cética.

– Milagrosos?

Ele ergue as mãos como quem se rende, mantendo as palmas para a frente.

– Eles me fizeram querer levantar e gritar "amém"… Ou cair de joelhos e fazer outras coisas.

Um risinho me escapa.

– Se todos os seios o distraem com tanta facilidade, então você tem problemas maiores do que me deixar dirigir o seu carro.

Stanton me encara por um instante e seus olhos parecem aquecidos. Quase afetuosos.

– Não são todos os seios, Soph. São só os seus.

Já ouvi a expressão "meu coração deixou de bater por um segundo", mas não sabia que isso podia acontecer literalmente. Até agora.

De qualquer forma, finjo indiferença.

– Boa tentativa. Mesmo assim, pedido negado. Não dou aulas de golfe a cafajestes.

– Não podemos culpar um homem por tentar.

Brent sai de seu escritório, a caminho da sala de Stanton. Faz uma pausa ao nos ver e ergue o braço em saudação.

– Ah, os vitoriosos já voltaram. Exatamente as duas pessoas que eu queria ver.

Nós o acompanhamos até o escritório de Stanton, o qual ele divide com Jake Becker, que está reclinado em sua cadeira, analisando um arquivo aberto em seu colo. Mal olhando em nossa direção, Jake lança:

– Ouvi dizer que é para dar os parabéns. Meus cumprimentos por terem provado que, além de cega, a justiça é muito burra.

Stanton e Jake se conhecem desde a faculdade, quando Stanton precisava desesperadamente de um colega para dividir o aluguel e Jake precisava de um lugar para dormir (e que não fosse o sofá da sala de sua mãe). Jake Becker não parece um advogado. Ele me lembra um boxeador peso-pesado ou um cara musculoso saído de um filme da Máfia. Cabelos escuros, olhos da cor do aço frio, lábios cheios que raramente sorriem e observações extremamente sarcásticas. Seu corpo é enorme e perigosamente forte, com mãos que engolem as minhas quando nos cumprimentamos. Mãos que mais parecem feitas de alvenaria, que dariam pena de um oponente em uma briga.

Apesar de sua aparência intimidadora, Jake é um perfeito cavalheiro. Tem um senso de humor sagaz e é um defensor incansável daqueles que considera seus amigos. Tenho a sorte de poder dizer que sou um deles. Nunca o vi perder a cabeça ou levantar a voz, mas suspeito que a raiva dele seja do tipo que ataca com vingança letal – e sem qualquer aviso.

Stanton coloca a pasta na mesa e se senta.

– Não se ajeite muito, não – Brent avisa. – Não vamos ficar muito tempo aqui. É sexta-feira e sua vitória nos dá a justificativa perfeita para terminarmos o expediente mais cedo.

Não conheci Brent quando era jovem, mas ele tem todas as características de quem era o palhaço da turma… ou uma criança precisando desesperadamente de Ritalina. Sempre agitado, com uma piada na manga e uma reserva infinita de energia. Raramente consegue ficar parado; mesmo quando está lendo, fica de pé caminhando ou se balançando na beirada da mesa, segurando um arquivo com uma mão e agarrando outro arquivo na outra.

Ah, e o cara nem toma café! Normalmente quero estrangular Brent nas manhãs de segunda-feira.

– Preciso terminar o arquivo da Rivello – explico, mas o balançar de sua cabeça me interrompe.

– Você pode terminar amanhã, doutora Cumpridora de Metas. Já virou a menina dos olhos de Adams, não precisa mais trabalhar tanto quanto a gente. Além do mais, temos um motivo para celebrar. E tenho como regra nunca deixar esses motivos passarem em branco. O happy hour já nos aguarda.

Olho para o relógio.

– Ainda são três horas.

– O que significa que são cinco horas em algum lugar. – Ele aponta com o polegar na direção da porta. – Vamos, pessoal, encontrem seus parceiros. A primeira rodada é por conta de Jake.

Jake já está em pé, arrumando a pasta para levar trabalho para casa. Gira o dedo no ar e diz com apatia:

– Claro, água para todo mundo.

Rindo, Stanton alonga os braços:

– Vamos, Soph. Tem uma Tequila Sunrise reservada com o seu nome. A gente ganhou.

Tenho uma forte relação de amor e ódio com Tequila Sunrise. Amo no happy hour, odeio na manhã seguinte.

Com um suspiro, acabo cedendo:

– Claro... Por que não?

CAPÍTULO 5

STANTON

Quando chega a hora "verdadeira" do happy hour, Sofia e Brent estão mais do que alegres. O mesmo não vale para Jake, todavia – Jake é o motorista oficial. Gosta de tomar um puro malte como qualquer um, mas nunca o vi beber a ponto de ficar embriagado. Diferentemente de todos à sua volta agora. Seis horas de uma tarde de sexta-feira em Washington e as ruas fazem o lugar parecer uma cidade fantasma – porque qualquer um que ainda esteja aqui agora se encontra dentro de algum bar.

Os políticos não vivem realmente na cidade. Se não há sessão no Congresso, eles retornam às suas bases. Os casados com filhos vão para suas casas em bairros fora da área central. E ficamos nós aqui – os famintos, o pessoal que trabalha pesado, o pessoal com tesão. E não há melhor forma de terminar uma semana longa no escritório do que tomar um bom drinque em uma taberna barulhenta. Sofia chama isso de "efeito *Grey's Anatomy*".

– Bolhas de ar direto nas veias – sugere Brent com uma voz diabólica, apoiando o cotovelo sobre a mesa de madeira tomada por copos vazios.

– Difícil de descobrir, impossível de provar... a não ser que haja câmeras no quarto do paciente. Rápido, eficiente...

– E nada confiável – lança Sofia, batendo o dedo sobre o nariz dele. – A quantidade de ar necessária para provocar uma embolia varia. Além disso, a vítima teria que já estar no hospital. E aí haveria um registro de quem foi visitá-la...

O assassinato perfeito é a discussão em andamento. Conhecendo as regras internas do sistema de justiça criminal, fico surpreso ao perceber que são poucas as pessoas do mundo jurídico que cometem crimes grandiosos.

Ou, para foder de vez com a mente de qualquer um, talvez mais dessas pessoas cometam esse tipo de crime. Insira uma música assustadora aqui.

– Eu ainda acho que veneno é a aposta mais segura – arrisca Jake na ponta da mesa. – Algo do tipo ricina ou polônio.

Sua sugestão recebe vaias e provocações.

– Amador.

– As análises forenses *post-mortem* são avançadas demais hoje em dia – argumenta Brent.

– E onde você encontraria polônio? – Sofia o desafia. – Por acaso é amigo de algum espião russo e a gente não sabe?

– Lembre-me de nunca tê-lo como cliente – digo, apontando com meu Bourbon. – Você arruinaria meu histórico de vitórias.

A pista de dança no salão ao lado está totalmente tomada por corpos incapazes de acompanhar o ritmo. Poucas coisas são tão divertidas como assistir a pessoas que acham que sabem, mas, na verdade, não sabem dançar.

Braços animados se levantam quando a faixa "Oh, What a Night" começa a ecoar pelas caixas de som. Animada, Sofia se levanta.

– Essa é para mim. Vamos, Brent. Vamos sacudir o que sua mãe deu para você.

Ele se levanta.

– Não posso, querida. Minha ficante acabou de chegar.

– Está acompanhado esta noite? – Sofia quer saber.

– Agora estou – ele oferece uma piscadela. – Ela só não sabe ainda.

Enquanto Brent se distancia, Sofia olha para Jake. Ele soa como o *Perseguidor implacável* perguntando a um punk se ele está se sentindo com sorte esta noite, quando diz:

– Não precisa nem perguntar.

Ela me deixa como última opção, pois sabe que não sei dançar.

Mesmo assim, Sofia tenta, deslizando a mão por meu braço.

– Quer me mostrar seu rebolado, Shaw?

Mordo o palito de dente entre meus lábios.

– Querida, vou mostrar todos os movimentos que sei fazer, só que não vai ser na pista de dança.

Ela dá risada, depois começa a se movimentar no ritmo da música, dos outros corpos dançando. E eu a observo com os olhos de um homem que tem certeza de que hoje vai trepar. E sabe que vai ser uma delícia.

Seu quadril arredondado acompanha perfeitamente a batida rápida, mostrando-se confiante e experiente. Imagino esse quadril sentando em mim – cavalgando – com esse mesmo ritmo. E no mesmo instante vem a ereção.

Pulsante com a memória e a expectativa do que está por vir.

É assim que ela se movimenta antes de gozar. Rápida, com força, saboreando a sensação, aproveitando aquela fricção que, na verdade, é um deleite.

Mordo com força o palito de dente em minha boca quando ela ergue os braços e remexe a pélvis. Sofia gosta de ficar com os braços para cima, presos pelas minhas mãos contra a cama, a parede, a superfície de uma mesa. Fodê-la é algo fenomenal a qualquer momento, mas fodê-la assim, quando ela está ligeiramente embriagada, é particularmente fantástico. Sofia se torna mais selvagem, mais grosseira… Puxa meus cabelos com um pouco mais de força.

Implora um pouco mais docemente.

Os bourbons que bebi soltaram meus músculos e minha mente. Não estou intoxicado, mas estou relaxado o suficiente para esquecer todas as minhas preocupações, para me importar muito pouco com qualquer coisa. Solto a gravata enquanto ela continua com as preliminares, contente por poder assistir a esse showzinho sem qualquer pressa, deixando o desejo crescer.

Mas então ela se vira.

Seus cabelos escuros voam e eu me vejo preso àqueles olhos de avelã. Grandes, amendoados e praticamente acesos de fome.

Ela não está apenas dançando na minha frente. Está dançando *para* mim.

Suas mãos descem pelas laterais do corpo, acariciam o quadril, apertam-no. Mas é a minha mão que ela está imaginando, é minha pegada que está sentindo. Os lábios carnudos de Sofia estão separados, respirando pesadamente, o lábio superior úmido.

E eu quero lamber.

Devorar aquela boca será só o começo, antes de lambê-la inteira, até eu ter provado cada centímetro de seu corpo, e cada centímetro de sua pele estar marcada com a sensação da minha língua, dos meus lábios.

Dos meus dentes.

Girando o palito de dente contra o céu da boca, fico em pé. E vou até onde ela está. Antes que eu possa alcançá-la, Sofia vira-se de costas, o traseiro ainda rebolando.

Provocando.

Por sobre o ombro, ela continua me olhando. Não paro até estar encostado a ela, a palma da mão em sua barriga, puxando-a para trás. Agora ela sabe claramente como está me afetando. Cada centímetro rijo e quente desse efeito está pressionado contra seu traseiro.

– Mudou de ideia? – ela pergunta. – Quer dançar agora?

– Eu quero foder – respiro contra seu ouvido, fazendo-a estremecer. – Você. Caso ainda tenha dúvida. E quero agora.

Ela empurra o traseiro contra mim, prendendo meu pau entre nós, depois desliza para cima e para baixo, esfregando-se com uma pressão sublime. Engulo um gemido.

– Então acho que chegou a hora de irmos embora.

—

No táxi, a caminho do meu apartamento, assumo o compromisso de não tocá-la. Nada de me esfregar casualmente em sua coxa ou de oferecer a mão para ajudá-la a sair do carro. Sei que a espera vai deixá-la ainda mais louca.

E porque, quando começar, não planejo parar.

Depois de fazer o caminho tenso e torturante para o elevador, estamos no hall, na frente da porta do meu apartamento. Coloco a chave na fechadura, sinto o corpo de Sofia próximo – sem encostar em mim, mas tão próximo a ponto de eu sentir seu perfume. Um perfume floral. Gardênia, talvez.

Passamos pela porta e eu me viro, usando o corpo de Sofia para fechá-la, prendendo-a entre mim e a porta. Suas mãos agarram o ar enquanto eu seguro seus punhos em uma mão, bem acima da cabeça dela, alongando-a, fazendo suas costas se curvarem. Deixando-a desesperada por contato.

Ela arfa enquanto esfrego o nariz em sua bochecha; sua respiração escapa em breves lufadas.

– Quer que eu foda você? – pergunto com uma voz rouca.

Ela geme. E se contorce.

– Quero.

Sofia gosta de sexo selvagem, palavras duras, dedos fortes. E fico feliz em atendê-la.

Deslizo minha mão livre por sua coxa, puxando a saia.

– Quer gozar?

Ela certa vez me confidenciou que a melhor razão de foder comigo é o fato de que ela pode se libertar. Das preocupações, do estresse, das obrigações. É a única área de sua vida em que ela deixa outra pessoa – eu – fazer todo o trabalho.

Ela ergue o queixo, esfregando sua pele suave em minha barba por fazer.

– Por favor – implora.

– Quanto você quer? – provoco, esfregando a mão na calcinha de seda, em cima daquela região tão suave e quente.

Seu quadril se esfrega em minha mão enquanto puxo o tecido para o lado e enfio os dedos naqueles lábios lisos e úmidos. Solto uma risada sacana.

– Parece que você quer mesmo gozar – insisto.

– Stanton… – ela geme impaciente, implorando.

E aí minha boca está na dela, sugando suas palavras, sugando aqueles lábios carnudos que eu observo o dia todo. Sofia é muito doce – tem sabor de groselha com um toque de tequila – e faz minha cabeça girar. Ela me oferece a língua, úmida e quente. Movimento meus lábios sobre os dela, forçando firmemente, mal permitindo espaço para a respiração, e então capturo seu lábio inferior com meus dentes.

Seus braços se esforçam contra minha pegada, querendo me agarrar, querendo me puxar para perto, mas eu a mantenho paralisada. Pressiono a extensão do meu corpo contra o seu, sentindo cada curva bem emoldurada contra meus músculos rijos. Ela geme, agradecendo o contato, enquanto eu devasso a sua boca. Depois, deslizo os lábios por seu maxilar, deixando um caminho úmido por seu pescoço, devorando sua pele doce como um macho faminto. Ela geme e ergue ainda mais o queixo, abrindo mais espaço para eu descer e chegar à gola da blusa.

Sexo casual, sexo sem sentimentos, trepar com desconhecidas – já fiz tudo isso várias vezes. Em algumas ocasiões é bom, às vezes tudo não passa de algo mecânico, de satisfazer uma necessidade física. Mas isso, aqui, com Sofia... Não há nada mecânico aqui. Tudo são chamas devorando nossos membros, puxando-nos um para perto do outro, fazendo-nos grudar ímãs que passaram tempo demais separados.

Minha boca chupa seus peitos por sobre a blusa, deixando uma marca escura e molhada na seda. Não há pensamentos, mas apenas sentimentos e sensações. Solto seus punhos, agarro o tecido delicado com as duas mãos e puxo, abrindo-o, expondo a pele maravilhosa que tanto me fascina.

Depois dou um jeito de comprar outra blusa para Sofia. Agora não tenho tempo para abrir botões.

Puxo o sutiã de renda preta para baixo e suas mãos se afundam em meus cabelos, massageando meu couro cabeludo enquanto devoro seus seios. Tão quentes, tão suaves. Dou beijos naqueles seios volumosos, chupo aquela pele gostosa até Sofia gritar. Deixo minha marca, punindo-a por me distrair. Depois, deslizo a língua pelo círculo escurecido de seus mamilos e me delicio ali. Quando o prendo na minha boca, ela se contorce, depois suspira com alívio enquanto eu chupo.

Ela solta a cabeça para trás.

– Isso, assim… Ai, meu Deus, assim…

Enquanto me aproximo do outro seio e o acaricio com a mesma atenção, deslizo os dedos pela calcinha, querendo fazê-la gozar, querendo fazê-la gritar. Suas pernas estão arreganhadas, abrindo espaço para minha mão, enquanto meus dedos circulam sua abertura. Seu quadril gira em círculos opostos aos meus, suas unhas arranham minhas costas por sobre a camisa. Com meus dentes arranhando um mamilo entumecido e sensível, enfio dois dedos em sua boceta úmida e apertada.

– Stanton, me fode – ela geme.

Deslizando os dedos para dentro e para fora, bombeando gostoso, forço o polegar até alcançar seu clitóris e o esfrego. Ela ergue a voz, soando desesperada, porque está muito perto de gozar. Então, ergo a cabeça e vejo seu rosto. Olhos fechados, cílios escuros e pele bronzeada, lábios separados e tremendo, chamando meu nome. Se eu tivesse talento para as artes, certamente pintaria essa obra-prima. Esse momento puro, incidental, quando ela está completamente despida diante de mim, confiando que vou fodê-la com força, arregaçá-la com prazer, mas deixá-la inteira.

Tenho que beijá-la.

Agora de forma delicada, encosto seus lábios aos meus enquanto meus dedos se movem com mais energia e meu polegar pressiona com mais força.

E aí ela explode. Saboreio seu delicioso gemido enquanto seus braços me agarram e suas coxas se contraem, enquanto sua boceta aperta meus dedos em uma contração pulsante e fantástica.

Quando seus membros relaxam e suas mãos seguram meu maxilar e ela me beija lenta, suave e agradecidamente, deslizo meus dedos para fora da boceta. Então me afasto e ela me observa com olhos ardentes enquanto eu saboreio aquele líquido delicioso que os cobre agora. Melhor do que groselha, tequila ou bourbon… O gozo de Sofia é o elixir dos deuses e sem dúvida vou chupar muito aquela boceta antes do fim desta noite.

Mas primeiro é hora de ela se divertir.

Com um sorriso sagaz e um brilho quase diabólico nos olhos, ela agarra minha gravata e me puxa para me beijar. Deixo-a girar nossos corpos até minhas costas estarem contra a porta. Enquanto nossas bocas dançam, levo minhas mãos até seus cabelos, agarro-os, puxo-os daquela forma que sei que ela deseja. Depois, empurro-a para baixo.

De joelhos.

Ela olha para mim com aqueles olhos ardentes e famintos enquanto suas mãos deslizam por minhas calças, minhas coxas, e abrem meu cinto. Fico observando, minhas mãos ainda em sua cabeça, em seus cabelos, enquanto ela puxa a calça e a cueca até meus tornozelos. Dou um passo para o lado, para libertar-me de vez das roupas, e deixo de olhá-la por um instante. Mas ela acaricia minhas pernas e sua musculatura tensa e sólida.

– Essas pernas... – Sofia admira em voz alta. – Elas foram feitas para me deixar de joelhos.

Dou uma risada sacana.

– Obrigado pelo elogio. Mas agora chega de falar... Essa sua boquinha vai fazer uma coisa muito mais interessante.

Ela sorri e desliza a língua pelos lábios. Meu pau, grosso e duro, sabe o que está por vir. Agarro meu mastro com força, bato uma punheta lenta. Depois passo a cabeça dele nos lábios de Sofia, espalhando minha umidade por eles.

Olho atentamente aqueles olhos – olhos nos quais um homem é capaz de se afogar se não for cuidadoso –, e ordeno a ela:

– Abra a boca.

Não me assusto com uma mulher ansiosa e já houve situações em que fiquei mais do que satisfeito em relaxar e deixar uma mulher fazer o que quisesse comigo. Mas aqui, agora, com Sofia, sinto que ela quer ser submissa. Sinto prazer por estar acima dela, por poder controlá-la. E quero aproveitar cada segundo, deixá-la sentir cada centímetro do que tenho a oferecer, e não apenas permitir que ela receba.

Como dizem por aí, oferecer é melhor.

Seus lábios estão inchados e rosados por causa dos meus beijos selvagens. Eles se abrem e então deslizo meu pau para dentro daquele paraíso úmido e quente. Enfio lentamente, respirando fundo, até alcançar o fundo de sua garganta. E gemo. E me entrego à sensação de sua boca aveludada e gostosa envolvendo meu pau. Como é bom!

Olho para baixo, observando enquanto deslizo para fora de sua boca, sentindo a pressão de seus lábios, como se eles não quisessem me deixar sair. Então enfio outra vez, agora com um pouco mais de força, um pouco mais fundo. Seguro meu pau ali dentro, sentindo sua garganta pressioná-lo.

– Caralho! – gemo.

É uma tortura deliciosa, a agonia perfeita que quero que se estenda por toda a noite.

Mas puxo outra vez para fora, só para ter a chance de enfiar outra vez naquela boca.

Segurando sua cabeça, digo a ela:

– Assim, doçura, assim mesmo. Fique com essa boca aberta para me receber inteiro... Ah, cacete...

Não consigo me conter. De olhos fechados, começo a bombear. Não quero gozar, ainda não, mas também não quero parar. *Só mais um pouquinho, só um pouco mais.*

Excitada, Sofia geme, deliciando-se quase tanto quanto eu. E a vibração vai direto para minhas bolas, fazendo-as se apertar, fazendo-as preparar-se para o êxtase que está tão próximo. Quando chego ao limite, agarro seus cabelos e a puxo para longe do meu pau. Então, faço Sofia ficar em pé e beijo aquela boca perfeita.

E agora, aonde ir? Chão, sofá, contra a parede?

A cama não é uma opção... está longe demais.

Pego minhas calças, puxo a camisinha do bolso, abro-a e a coloco com a destreza da prática e do desespero. Enquanto eu a observo, Sofia tira a saia e a calcinha, não dá a mínima para a blusa, que a essa altura não passa de alguns pedaços de tecido rasgados e dependurados.

Vai ser no chão mesmo.

Puxo-a para os meus braços, uso a língua para foder sua boca e desço até ficar de joelhos, trazendo-a comigo. Depois continuo abaixando seu corpo e uso a palma da mão para ela apoiar a cabeça.

– Rápido, Stanton – ela implora. Só ouço Sofia implorar quando estamos trepando, e ouvir seu desespero é maravilhoso. – Preciso do seu pau... Ah, eu preciso...

Ela ergue o quadril, esfrega-o contra minha barriga. Sua boceta agora está ainda mais úmida. Nós dois gememos quando eu a penetro, abrindo caminho por sua fenda apertada, enterrando até a base do meu cacete.

Porra, que delícia.

Gemidos fortes e ásperos saem de sua garganta, e eu enfio com mais força, surrando-a. Suas unhas arranham minhas costas, fazendo-me gemer, e agarro seus ombros para me apoiar. Esfrego meu pau naquela boceta, rebolando quando estou totalmente enterrado, quando nossas pélvis colidem.

– Quer que eu vá mais forte? – pergunto com voz rouca em seu ouvido, já quase sem ar.

Suas pernas me prendem com mais força, os calcanhares se enterrando em minha bunda como resposta.

– Stanton, me dê a sua boca – ela implora.

Abaixo meus lábios até se aproximarem dos dela, mordiscando, lambendo, unindo-nos. Faíscas descem por minha espinha e eu enfio mais rápido, dando a ela tudo o que tenho.

Sinto sua boceta pulsar contra meu mastro, os leves espasmos se espalhando por meu pau, ganhando intensidade.

– Isso mesmo, goza comigo... goza agora comigo...

Pontos de luz dançam atrás dos meus olhos e enterro o rosto em seu pescoço. Seus lábios estremecem uma última vez e ficam paralisados enquanto meto meu pau dentro dela e aquele prazer magnífico faz minhas veias incharem. Além do sangue pulsando em meus ouvidos, ouço Sofia gemer meu nome enquanto nos unimos e gozamos ao mesmo tempo, dividindo aquele espaço em que tudo o que existe somos eu, ela e o êxtase.

A respiração nos meus ombros, como o leve bater das asas de um pássaro, é a única coisa que sinto agora. Preciso me esforçar, mas consigo erguer o corpo e olhar nos olhos deslumbrantes de Sofia. Seu sorriso é doce o suficiente para partir meu coração.

Afasto os cabelos de seu rosto e dou um beijo delicado em seus lábios. Sem dizer mais nada, deslizo para fora dela e fico em pé. Pegando-a em meus braços, sigo para o quarto.

Porque a noite ainda não acabou. Aliás, a noite está longe de acabar.

—

Sofia solta o corpo, rindo sem parar. Tiro a segunda camisinha muito bem usada da noite e jogo-a na lixeira ao lado da cama. Ficamos deitados um ao lado do outro, em um silêncio gostoso, até um forte ronco vindo de sua barriga quebrar o silêncio.

Ela usa a mão para tentar esconder o rosto, mas gosto de ver o enrubescer de constrangimento que se espalha desde seus seios até suas bochechas.

– A gente não jantou, não é? – digo.

– Não, se você não contar as frutinhas decorativas das Tequila Sunrise.

Dou um tapinha leve em sua perna.

– Venha, vamos ver o que temos para comer.

Atravesso o corredor. Nu. Gosto de ficar peladão. A sensação é boa, natural. Claro, moro em uma rua movimentada da cidade e não temos cortinas, mas, se as pessoas querem olhar para a minha janela, então que tenham algo para ver.

Sofia me acompanha, trazendo meu cobertor nos ombros, acredito que para se manter aquecida. Deixamos o pudor para trás há muito tempo, provavelmente logo na primeira vez em que ela cavalgou em meu rosto.

Ela se senta à mesa da cozinha enquanto eu pego um pote na geladeira e o levo ao micro-ondas para esquentar. Coloco dois pratos na mesa, depois dois copos de água gelada. Sinto a atenção total de Sofia me acompanhando enquanto me movimento, sinto que ela está gostando do que vê.

Quando o micro-ondas apita, retiro o pote de lá. E queimo meus dedos no processo.

– Merda!

Sacudo a mão e depois chupo os dedos feridos.

– Tome cuidado – ela alerta em tom bem-humorado. – Não vá queimar as partes boas.

Usando um pano, levo o pote quente até a mesa.

– Obrigado por se preocupar.

Separo para nós duas porções grudentas de um macarrão com queijo artesanal. Sofia geme ao dar a primeira mordida. E meu pau, agora já sem temer qualquer ferimento, percebe.

– Está uma delícia, Stanton. Foi você que preparou?

– Não, eu não cozinho. E Jake também não, mas a mãe dele faz um macarrão com queijo inesquecível. Ele não consegue passar uma semana sem comer um deles. E pode ser congelado, o que torna esse prato ainda mais conveniente.

Passamos alguns minutos em silêncio, concentrados na comida. Por fim, Sofia comenta:

– Hoje foi um dia legal.

Vejo seus cabelos caírem sobre a pele bronzeada de sua clavícula, percebo o brilho suave e lânguido dos olhos amendoados. E me sinto bem simplesmente estando aqui. Com ela.

– Foi, sim. Sem dúvida.

Quando nossos pratos estão vazios, arrisco:

– Posso fazer uma pergunta?

– Sim, claro.

Puxo o cobertor de seu ombro, deixando à mostra o contorno maravilhoso de seu seio direito, um peito redondo e pesado. Ela prende a respiração enquanto passo o dedo pela lateral do tórax, sobre a cicatriz irregular que macula sua pele perfeita.

– O que foi isso?

Quando percebi a existência da cicatriz, não me senti no direito de perguntar – não era meu espaço. Nossos primeiros encontros consistiam em tirar as roupas um do outro o mais rapidamente possível, manter o tesão por todo o tempo possível e gozar quantas vezes fosse possível, sem arriscar desidratar ou ficar inconsciente. Não sobrava muito tempo para conversar.

Mas agora, nos últimos tempos... Eu me peguei querendo saber coisas que vão além de onde ela quer que eu chupe ou foda. E mais do que as informações básicas que Brent ou Jake poderiam me contar.

Quero as fantasias de Sofia... alguns de seus segredos.

Não há qualquer sinal de dor em seu rosto, nenhum desconforto com a pergunta. E serei eternamente grato por isso.

– Acidente de avião – ela disse sem muita emoção na voz.

– Não brinca!

– Com certeza não estou brincando – ela rebate com um sorriso. – Quando eu tinha oito anos, estávamos voltando de uma visita à minha família no Rio de Janeiro e houve um problema com o trem de pouso. Tivemos que pousar de barriga... Foi uma pancada forte – sua voz se torna um pouco aérea enquanto ela se lembra do acidente. – Um barulho enorme, é o que me lembro. O bater de metal contra metal, como um acidente de carro... multiplicado por mil. O apoio de braço do meu assento rasgou a pele e quebrou duas costelas, mas não causou nenhum problema maior. Tivemos sorte, já que estamos falando de um acidente de avião. Ninguém morreu, todos se recuperaram.

– Nossa! – murmuro.

Não sei o que eu esperava ouvir, mas definitivamente não era isso.

Ela abre um sorriso para mim.

– Meu irmão do meio, Lucas, ele é o filósofo da família... E acha que foi um sinal. Um lembrete de que a vida é curta demais. Preciosa demais. De que ainda tínhamos muitas coisas incríveis para realizar, afinal, todos poderíamos ter morrido, mas ainda estamos aqui. Deve haver um motivo para isso.

Coloco a mão sobre a cicatriz, pensando na dor que ela deve ter suportado. De alguma forma, quero absorver essa dor. Mas, ao mesmo tempo, é parte dela. O acidente transformou Sofia em quem ela é hoje. E eu não mudaria nada nela, afinal, essa mulher é incrível.

Deslizo a mão para cima, encobrindo o calor suave de seu seio, sentindo o bater de seu coração ali embaixo. O barulho de sua respiração, forte e alto, me deixa ligado. Seu pulso acelera enquanto me inclino em sua direção.

Ela sussurra meu nome e acho que a palavra nunca soou tão doce.

Antes que eu possa pressionar meus lábios em sua garganta, o barulho da chave na porta nos assusta. Ficamos em pé e, como dois adolescentes diante de um carro de polícia, corremos de volta para meu quarto. Fecho a porta e nós dois caímos na risada.

Bocejando, solto o corpo na cama e puxo parte da manta. Sofia me observa por um instante, depois solta seu cobertor e começa a recolher suas roupas.

– Acho que chegou minha hora de ir embora.

É assim que funciona. A gente trepa, a gente se veste, a gente vai embora. Tenha uma boa noite, até depois, no escritório.

Olho para o relógio, que marca três da manhã.

– Já é tarde – comento enquanto bocejo outra vez. E o tamborilar na janela deixa claro: – E está chovendo. Por que você não passa a noite aqui?

Não temos regras estabelecidas, pelo menos nada que tenhamos verbalizado e concordado. Apenas deixamos as coisas rolarem, sempre fizemos o que dava prazer, o que parecia legal. Se tivermos regras, regras não verbalizadas, são grandes as chances de que dormir um na casa do outro seja uma forma de quebrá-las.

Mas estou pouco me fodendo para isso.

Esfrego o rosto no travesseiro macio e abro um olho. Sofia continua ali, parada, lindamente nua, segurando o sutiã na mão. Olhando para mim.

Pensando no que fazer.

Jogo as cobertas para longe, revelando o espaço à minha frente.

– Está frio lá fora, quentinho aqui. Não pense demais, Soph.

Isso não precisa significar nada. E Sofia é suave e macia. Tê-la se esfregando em mim certamente vai me trazer bons sonhos.

Ela solta o sutiã e se deita ao meu lado. Pressiona as costas em meu peito, a bunda no meu pau e me faz redescobrir os benefícios de dormir de conchinha.

Descanso uma das mãos em seu quadril; a outra, debaixo do travesseiro. Depois de se ajeitar e encontrar uma posição confortável, Sofia sussurra:

– Sabia que, quando você está cansado, seu sotaque fica mais acentuado?

Seus cabelos fazem cócegas em meu nariz, forçando-me a fungar.

– Sério?

– Sim – ela responde em um tom delicado. – E... e eu gosto.

Quando estou prestes a me entregar ao sono, o barulho de pancadas invade o quarto. É como se estivéssemos abrigando um baterista indesejado aqui dentro.

Bang, bang, bang.

É madeira contra *dry wall,* cabeceira da cama contra a parede. E o barulho vem acompanhado de um resmungo feminino:

– Isso, assim, isso!

Ergo a cabeça e grito na direção da parede:

– Ei, por favor! Tem gente tentando dormir aqui!

A voz indiferente de Jake responde:

– Ei, por favor! Tem gente tentando trepar aqui!

As pancadas continuam, mas, ainda bem, agora sem a voz feminina gemendo afirmações.

Sofia dá risada enquanto puxo as cobertas sobre nossas cabeças para abafar parte do barulho.

– Santo Deus! – resmungo. – Preciso arrumar logo uma casa só para mim.

CAPÍTULO 6

SOFIA

Em algum momento antes do amanhecer, sou acordada pela pressão da pélvis de Stanton contra a lateral do meu corpo. Sua mão enorme desliza por minha barriga, apertando meu seio e contornando o mamilo intumescido com a ponta do dedo, de um jeito que faz minhas costas arquearem, forçando-me na direção do seu toque. Seus dentes raspam em meu ombro, o que o faz parecer feroz, perigoso.

Ele não está esperando um sinal de consentimento, mas, mesmo assim, ofereço um gemido permissivo.

Aí aqueles dedos mágicos se posicionam no meio das minhas pernas, deslizando, espalhando a umidade que já está ali. Ele segura minha mão e pressiona meus dedos contra o clitóris, esfregando-os em círculos delicados.

A voz dele está rouca de sono, quando ele comanda:

– Continue assim.

O calor de seu peito desaparece das minhas costas e logo a cama vibra com seus movimentos. O som do embrulho sendo rasgado perfura o ar silencioso e logo Stanton retorna. Pressiona sua pele aquecida contra a minha, desliza os lábios por meu pescoço até alcançar a pele sensível atrás da orelha.

Minha respiração sai em golpes rápidos e meus dedos se tornam mais fortes, espalhando um prazer que chega a apertar meu estômago. A respiração arfada de Stanton bate em minha escápula enquanto ele agarra meu joelho e levanta minha perna.

Isso. Assim. Agora.

Por favor, agora.

Não percebo que me expressei em voz alta até sentir que ele está rindo.

– Acho que estamos tendo o mesmo sonho.

E aí ele me preenche. Completamente. Perfeitamente. Lanceando minha boceta com seu pau duro e pesado. Solto a cabeça para trás, ergo o queixo com um gemido excitado. O ar escapa por seus lábios em um fluxo longo, ruidoso, enquanto ele enfia lentamente.

Sinto seu pau contra meus dedos e Stanton abaixa a mão, acariciando seu membro enquanto o empurra para dentro e o puxa para fora em um ritmo constante. *Jesus. Deus.* Amo a forma como ele se movimenta, o fato de ele conhecer o ângulo certo, a velocidade perfeita para me levar ao limite da loucura. Não preciso dizer uma palavra nem fazer nada. A não ser que eu queira, a não ser que *ele* diga para que eu faça alguma coisa.

Sua mão aperta minha perna com mais força e me viro para agarrar a parte traseira de sua coxa, o volume firme de sua bunda, empurrando-o mais para dentro de mim.

Fazendo-o gemer.

Stanton chupa meu lóbulo, sua voz raspa em meu ouvido:

– Caramba, Sofia, eu adoro fazer isso com você. Adoro poder ver cada centímetro do seu corpo. Desse corpo tão lindo.

Ele mete com mais força, sua pélvis batendo violentamente contra minhas nádegas.

– Você também gosta? – arfa.

Stanton solta minha perna, mas eu a mantenho erguida, sentindo-me bem demais para me permitir baixá-la. Então seus dedos beliscam e puxam meus mamilos, fazendo-me sentir um prazer torturante.

– Mostre para mim – geme. – Mostre que está gostando. Mostre que está adorando.

Com um grito, empurro meu corpo contra seu pau enquanto ele soca, sentindo todo o movimento. Arqueio a cintura e empurro o corpo ainda mais para trás enquanto ele me invade. Mais rápido. Mais intenso. Mais.

– Porra, assim mesmo!

E então nos tornamos uma massa pulsante e contorcida de prazer. Gemidos e gritos, pegadas e músculos se contraindo. Minhas unhas arranham a pele de sua perna quando gozo, minha boca se abre contra o lençol, gritando em silêncio.

Stanton me vira de barriga para baixo e se posiciona sobre mim. Três socadas fortes depois, ele está urrando contra minhas costas, da forma mais sensual possível. Sinto seu pau inchar dentro de mim, pulsar duro e quente, enquanto ele goza. A sensação, os sons, aquele desejo de começar tudo outra vez…

Ficamos paralisados por vários momentos, arfando, corações acelerados. Mesmo antes de seu peso rolar para o lado, eu me vejo afundando, deslizando sem esforço para aquela exaustão tranquila que vem depois de um esforço glorioso. A última coisa que registro é um movimento, um abraço forte, a fragrância picante do pós-sexo misturando-se ao cheiro reconfortante de um homem quente.

Suspiro, aconchegando-me mais perto do peito de Stanton. E um último pensamento flutua em meu cérebro antes de me ver totalmente alheia:

Seria fácil me acostumar a isso.

—

A luz do sol atravessando a janela do quarto de Stanton é o que me acorda – clara e morna sobre o meu rosto. O cheiro de café já se espalhou pelo ar e há um espaço vazio ao meu lado na cama. Não começo a me levantar imediatamente, mas me permito desfrutar por mais alguns minutos – da maciez da cama dele, do cheiro masculino que ainda se recusa a sair dos lençóis, das memórias tentadoras que dançam atrás dos meus olhos.

Passar a noite juntos é algo novo. Uma escolha espontânea que... provavelmente não foi meu movimento mais inteligente.

Porque, por mais que me sinta culpada, gosto disso.

Gostei de tudo o que aconteceu. Seus braços me envolvendo, seu peito debaixo da minha bochecha, seu pau enterrado em mim tarde da noite. Meus músculos se apertam com a lembrança e estremeço de leve com essa dorzinha abençoada – o melhor tipo de dor. E me pergunto se Stanton também gostou de eu ter ficado aqui. Ele gosta de me possuir, sei disso, mas me pergunto se gostaria de...

Não.

Objeção.

Fora de ordem.

Assunto encerrado. Desista.

Todos sabemos o que acontece quando brincamos com fogo... Mas eu não vou me queimar. Sou do tipo... A mão que passa pela chama da vela *sem* se queimar.

Sou à prova de fogo.

Porque estou preparada. Vozes soando desconfiadas, como a dos meus irmãos, ecoam em meus ouvidos. Conversas sobre "amigos" que queriam mais benefícios do que estavam dispostos a oferecer. Estratégias para se desembaraçarem dos tentáculos carentes de mulheres que se tornaram pegajosas demais. Adjetivos para descrevê-las, que começaram com "legal", "incrível", "casual" e logo se transformaram em "irritante", "grudenta", "constrangedora".

Amizades que nunca se recuperaram.

Porque limites foram violados.

Não vai ser assim comigo.

Não preciso desse tipo de distração, nem quero esse tipo de complicação. Minha carreira está exatamente onde deveria – crescendo rapidamente. E, faça chuva ou faça sol – ou mesmo orgasmos que me façam esquecer o número do meu cadastro de pessoa física –, minha carreira vai continuar onde está.

Agora pulo decidida para fora da cama e começo a me vestir. Até pegar minha blusa. Ontem à noite não vi a situação dela, mas está em frangalhos. Rasgada, com os botões estourados, com um buraco grande o suficiente para minha mão – ou meu seio – passar. Parece uma bandeira vermelha que se atreveu a provocar um touro excitado e que foi punida com um chifre longo e espesso.

O que não está muito longe da realidade, acredito.

Então vejo uma camiseta dobrada na beirada da cama, posicionada ao lado das minhas roupas. Cinza, escrita em amarelo: Sunshine, Mississippi.

Ótimo.

Pego a camiseta e, com uma sensação de culpa, pressiono o algodão contra o rosto, inspirando profundamente. O cheiro predominante é o de amaciante, mas há um traço do cheiro de Stanton no tecido.

Balanço a cabeça. *Foco no objetivo, Sofia.* E, independentemente daquilo que meu clitóris possa pensar, o objetivo *não* é o pênis glorioso e dourado de Stanton Shaw.

Prendo os cabelos em um rabo-de-cavalo. Enfio minha blusa arruinada e a jaqueta na bolsa, agradecendo aos deuses da moda por as bolsas grandes serem a última tendência. Em seguida, me olho no espelho da cômoda de Stanton. Olhos cansados, cabelos que, mesmo presos, despontam como asas em minha cabeça e uma camiseta cinza que alcança meu quadril com uma saia saindo por debaixo dela.

É por isso que chamam esse momento de "caminhada da vergonha".

Ajeito-me, abro a porta e piso no corredor.

Ele está à mesa da cozinha, sem camisa, com uma calça de moletom azul-marinho, os cabelos loiros desajeitados de uma maneira irritantemente sensual. Está com o Skype aberto. A julgar por sua xícara de café quase vazia, parece que já faz algum tempo que está no Skype. Stanton me oferece um sorriso de boas-vindas e aponta para a garrafa de café sobre o balcão. Uma oferta silenciosa que aceito de muito bom grado.

Embora a tela não esteja virada para mim, a voz da menininha pela caixa de som me diz exatamente com quem Stanton está falando.

– ... e aí o Ethan Fortenbury disse que eu tenho mãos de homem.

Stanton olha para a tela, a testa franzida em consternação.

– Mãos de homem? Quanta falta de gentileza do Ethan Fortenbury.

Talvez seja só porque sei com quem ele está falando, mas sua voz parece mais baixa, mais calma, protetora. E eu poderia ouvi-lo falar assim durante dias.

Ouço o cereal sendo mastigado e a garotinha então responder:

– Não, ele não é nada gentil, papai. Eu queria chamar o Ethan de cu de burro, mas a mamãe falou que seria grosseiro, então chamei de ânus de asno... porque é isso o que ele é.

Stanton dá risada.

E Jake entra na cozinha, já vestido, usando calça jeans e uma camisa azul. Passa atrás da cadeira de Stanton e dá uma olhada na tela.

– Oi, Jake! – a vozinha feliz grita.

Ele abre um de seus raros sorrisos.

– Bom dia, Raio de Sol.

Stanton disse que Jake chama Presley de "Raio de Sol" porque ela é da cidade de Sunshine... e porque ela é um raio de sol.

Jake se aproxima de mim no balcão enquanto se serve com uma xícara de café preto. E me olha de cima a baixo.

– Belo modelito.

Mostro a língua para ele.

Uma loira ágil, de pernas longas, sai do quarto dele. Sua aparência, com um vestido caramelo e sapatos combinando, é melhor do que a de qualquer mulher depois de uma noite de bebida e sexo.

Sexo barulhento.

Ela mal olha para Jake quando segue na direção da porta.

– Tchau.

Jake parece igualmente despreocupado.

– Até mais.

Tomo mais um gole da minha droga matinal.

– Ela parece legal.

Ele dá risada.

– Ela curte exibicionismo. Definitivamente é legal para mim... Talvez eu volte a vê-la.

Com isso, Jake pega sua xícara de café e volta para de onde veio.

– Então, o que aconteceu depois com Ethan Fortenbury? – pergunta Stanton à filha.

– Ah, falei que se ele não parasse de me provocar, eu iria usar minhas mãos de homem para enforcá-lo. Depois disso, ele não me incomodou mais.

A risada de Stanton é grossa e suave e transborda orgulho.

– Essa é a minha garota!

– Preciso pegar meu tênis para ir para o treino, papai. Mamãe está aqui. Um beijo, te amo!

Stanton manda um beijo na direção da tela.

– Também te amo, filhinha.

E talvez minha calcinha tenha se desintegrado. Uma dor desagradável surge em meu útero, um desejo repentino e desesperado de procriar com esse homem. É puramente instintivo, evolutivo. Mas ainda bem que penso com o cérebro, não com os ovários. Mesmo assim, devo admitir… não é fácil.

Estou tomando um gole de café quando outra voz começa a sair pela caixa de som – mais madura, mas, ainda assim, com um sotaque carregado:

– 'Dia, Stanton.

– 'Dia, querida.

– Então, querido… Tem uma coisa… – Então vem uma pausa nervosa. Mas ela prossegue: – Uma coisa sobre a qual quero conversar com você…

Ergo a mão e gesticulo, dizendo a Stanton que vou pegar um táxi para ir para casa.

Ele gesticula com a mão de modo a me dizer para esperar.

– Jenny, pode esperar um segundinho?

Ele fecha o laptop.

– Não precisa pegar um táxi para ir para casa, Soph. Eu te levo.

Dispenso a oferta com um gesto.

– Não, você está ocupado… Não tem nada demais em pegar um táxi.

– Para mim, tem. Espere um pouco… Dois minutos e eu já termino aqui.

Ele então volta a falar com Jenny.

– Desculpa. O que estava dizendo?

Ela hesita.

– Agora é uma hora ruim, Stanton?

– Não – ele garante. – Pode ser agora... Uma amiga precisa de uma carona para a casa dela. Mas pode me contar sua notícia.

Ele espera. E juro que ouvi uma respiração pesada... pouco antes de ela se acovardar.

– Ah, quer saber? Eu posso esperar... Você está acompanhado e tenho que levar Presley para o treino.

– Tem certeza?

– Sim, sem problema – ela garante. – Eu, hum... Eu ligo para você mais tarde... Não é... não é nada urgente.

Os olhos de Stanton escurecem com a incerteza. Mesmo assim, ele responde:

– Tudo bem. Um bom-dia para vocês, então.

– Para você também.

Com alguns toques no mouse, ele desconecta. E aquele sorriso devastador se volta para mim.

– Bom dia.

Stanton e eu nunca nos cumprimentamos no dia seguinte depois de passarmos a noite juntos. Não é exatamente uma situação desconfortável. É só... novo. Diferente.

Ergo a xícara de café para saudá-lo.

– Bom dia.

– Vou só pegar uma camisa e a chave e já levo você para casa.

—

Estacionamos na frente do meu condomínio e Stanton deixa o carro ligado – aparentemente ele não planeja entrar. O que, por mim, está ótimo. Afasto uma mecha de cabelo do rosto.

– Obrigada pela carona.

Ele assente.

– Sem problemas. E você, obrigado por cavalgar em mim. – Ele pisca. – Ontem à noite.

Dou risada.

– Idiota.

Quando saio do carro e fecho a porta, ele diz:

– Ei, não esqueça: nosso jogo é às três. No Turkey Thickett Field, na Michigan.

Quase todas as empresas têm uma equipe na liga de softball dos advogados de Washington e a nossa tem chance de vencer o campeonato deste ano. Sou boa em esportes – meus irmãos me fizeram ser boa nisso –, mas também me empenho. Afinal, esportes como golfe, tênis e squash podem abrir portas profissionais que até então se encontravam fechadas. Tudo é uma questão de *networking*.

Dando tchau com a mão, me afasto um pouco.

– Estarei lá.

Enquanto Stanton vai embora, fico ali na rua, olhando até seu carro sumir de vista. Uma pontada de… alguma coisa surge no meu peito. E me pego cheirando aquela camiseta. Outra vez.

Não é bom sinal.

Uma corrida – é disso que preciso. Para suar e liberar até a última gota de álcool e ter aquela explosão de endorfina em meu cérebro. Envio uma mensagem de texto para Brent, que mora no quarteirão ao lado, para ver se quer me acompanhar. Então entro em casa e sou recebida por meu amor preto e caramelo de mais de 60 kg – Sherman, meu rottweiler.

Enorme.

Minha mãe teve medo de cachorro durante toda a vida, por isso não tivemos cães em casa quando éramos crianças. Mas, quando me mudei para a minha casa, realizei meu sonho de infância ao adotar o maior e mais forte cachorro que encontrei. Como faço muita hora extra, contrato uma passeadora que leva Sherman para suas tão necessárias corridas três ou quatro vezes por dia. Então passar a noite fora não é um problema. Mas ele é meu bebê e sou sua mamãe, então, mesmo quando suas necessidades físicas já estão atendidas, seus olhos castanhos adoráveis e arrasadores se iluminam ao me ver.

Passo um bom tempo acariciando suas orelhas e sua barriga.

Então conecto meu celular a uma caixa de som e aumento o volume. Porque preciso de algo agitado. "Still Standing", do grande Elton John. Com a função *repetir*. Diferentemente do medo de cachorro, herdei de minha mãe seu gosto musical. Ela ouviu "Tiny Dancer" pela primeira vez na adolescência, em seu primeiro dia nos Estados Unidos, e desde então ama as músicas de Elton John. Suas canções eram o pano de fundo enquanto eu crescia, a trilha sonora da minha infância. Vou a seus shows sempre que posso.

Quando o primeiro refrão chega ao fim, já estou me sentindo melhor, dançando com o ritmo enquanto troco de roupa e visto o top rosa e a calça preta de corrida. Estou me alongando na sala de estar quando Brent entra pela porta destrancada, também vestido para uma corrida – camiseta azul da Under Armour, que destaca seus músculos e valorizam a parte superior de seu corpo, e shorts pretos, que deixam à mostra o arco metálico da prótese que usa para correr.

Embora eu saiba sobre o acidente de Brent e tudo o que ele perdeu, sempre fico em choque quando vejo aquele metal abaixo de seu joelho esquerdo. É difícil imaginar as dificuldades que ele deve ter enfrentado, todos os desafios que teve de superar. E, ainda assim, Brent saiu de tudo isso com uma personalidade maravilhosa.

Ele me observa por um instante antes de inclinar a cabeça e erguer a orelha:

– "Still Standing", né? Alguém precisou de uma carona hoje cedo.

Brent me conhece bem.

Pego as chaves e saímos em direção ao Memorial Park, o melhor lugar da cidade para correr. Depois da chuva de ontem à noite, o ar está quente, mas seco. É um lindo dia de verão.

– Fiquei na casa de Stanton – digo casualmente.

Brent arregala os olhos.

– Sério?

– Já era tarde – explico.

– Aham.

– Eu estava cansada – insisto.

– Humm…

Então, já exasperada:

– Estava chovendo!

Ele assente, seus olhos azuis quase infantis parecem ter entendido tudo.

– Claro, estava.

Qualquer advogado sabe como é importante saber virar a mesa com uma testemunha. É importante saber afastar certos assuntos. E é justamente isso que faço agora:

– E como foi o seu "encontro"?

Brent abre um sorriso diabólico.

– Um cavalheiro nunca beija e sai contando por aí.

Nos dias mais tranquilos no escritório, ele tem a tendência de desfazer o silêncio com suas histórias mais escandalosas. A atriz que o chupou enquanto mil paparazzi se reuniam do lado de fora do carro, a herdeira que gostava de perigo e que ele fodeu trepado no lustre de um castelo do século XVI. Nem todas as histórias envolvem sexo, só as preferidas de Brent.

– Não estou vendo nenhum cavalheiro por aqui.

Ele explode em uma gargalhada.

– Tem razão. Digamos que ela deixou minha casa mancando hoje cedo… Acho que isso basta.

Passamos pelo Monumento a Washington com passos mais rápidos, lado a lado, mas com cuidado para não colidir com outros corredores, ciclistas e patinadores no caminho. A capital é uma cidade jovem, ativa e, pelo menos na região onde moro, atraente. Você praticamente sente a disputa no ar, assim como sente a poluição em Los Angeles. Todos querem estar em sua melhor forma, prontos para avançar e empurrar quem estiver em seu caminho.

Se ter ganância é bom, na capital, ter poder é tudo. E todos manobram por uma posição em que possam morder esse bolo.

Nossos passos são constantes; respiramos fundo, mas tranquilamente.

– O que você pensa de barba? – Brent pergunta de forma totalmente repentina.

Olho para o rosto jovem, bonito e liso que já lhe arrumou problemas mais de uma vez e dou de ombros.

– Depende do rosto. Por quê?

Ele esfrega a mão no queixo.

– Estou pensando em deixar a barba crescer. Talvez assim eu pare de ser cantado por meninas que ainda estão no colegial.

Dou risada.

– Acho que você ficaria bem de barba.

Mais alguns minutos se passam antes de o Jefferson Memorial aparecer no horizonte. Acho que, quando estavam planejando os monumentos, alguém não gostava de Thomas Jefferson, porque o dele fica lá longe. Isolado. Em termos de receber visitantes, Jefferson se ferrou.

– Então… E você e Stanton…? – Brent quer saber.

De canto de olho, percebo sua expressão, a qual me faz parar.

Preocupação.

Uma preocupação de amigo, mas desconfortável… Como se ele estivesse criando coragem para me dizer algo que, na verdade, não quer ter que me dizer.

– Ele falou alguma coisa? Sobre mim?

Outra lição aprendida com irmãos mais velhos e promíscuos: homens falam.

– Não, não… Ele não disse nada. Eu só… Você já se deu conta de que Stanton é… emocionalmente indisponível?

– Isso é uma das coisas que mais gosto nele. Quem tem tempo para ser disponível?

Agora andamos um ao lado do outro, recuperando o fôlego.

– Mas você sabe que ele é… "amarrado"?

– Claro que sei, Brent… Ele fala de Jenny e Presley o tempo todo. Tem uma foto delas na mesa do trabalho e mais um monte no apartamento.

Há fotografias de Stanton perto de Jenny na cama do hospital, segurando a bebê recém-nascida envolta em um cobertor rosa. Stanton e uma menina de trancinhas parados ao lado de uma bicicleta rosa depois do primeiro passeio. Stanton, Jenny e Presley sentados juntos em uma roda-gigante, com um sorriso enorme no rosto. Os três têm cabelos claros e perfeitos – mais parecem bonecas de porcelana sulistas.

Brent gesticula com a mão.

– Pessoalmente, acho que você e Stanton formariam um belo casal. E você nem precisaria mudar seu monograma.

Rindo, nego com a cabeça.

– Você é o único homem hétero que eu conheço que sabe o que é um monograma e usa essa palavra em uma frase.

– É assim que eu funciono. – Então ele encolhe o ombro. – Eu, eu só não quero que você acabe se ferindo, Sofia. Por mais que possa não haver essa intenção.

Brent é um playboy, mas não é um cafajeste. Já teve suas amantes casuais ou namoradas que estavam prontas para dar o próximo passo quando ele preferia continuar sendo livre. Quando esses relacionamentos chegaram ao fim e os sentimentos inevitavelmente saíram feridos, ele sempre se sentiu mal – até mesmo culpado.

Com carinho, puxo a manga de sua camiseta.

– Obrigada por se preocupar, mas está tudo bem. Esse é o lado bom das amizades coloridas… A gente não se prende um ao outro.

Brent retribui meu sorriso e voltamos a correr.

– Devo fazer um comentário egoísta: seria muito ruim se nossa unidade no escritório sofresse algum dano.

– Nossa unidade?

Ele me cutuca com o cotovelo.

– Sim… Todos nós estamos nos saindo superbem e criando uma reputação. Somos tipo os Vingadores. Bem, os bons.

– Ah! – arfo, acompanhando-o na brincadeira. – Posso ser Thor? Sempre gostei da marreta.

Ele dá um tapinha em minha cabeça.

– Não, sua garotinha tola… Você é a Viúva Negra. Jake é o Hulk e Stanton é o Capitão América.

– E você, quem é?

O metal de sua prótese emite um som enquanto ele cutuca com os dedos, sorrindo:

– Eu sou o Homem de Ferro.

Ergo um dedo para sugerir:

– Só uma ideia: talvez você tivesse mais sorte em não levar cantadas de colegiais se parasse de citar super-heróis.

Ele repuxa os lábios, considerando a ideia:

– É. Mas não vai acontecer.

Com mais uma risada, concluo:

– Barba, então.

—

No domingo de manhã, levanto-me cedo para fazer uma receita de pão de queijo. Tento prepará-los toda semana – com a parte de fora crocante e o recheio quente e pegajoso, os pães de queijo formam o café da manhã perfeito.

Puxo a forma quente do forno e levo-a ao balcão para esfriar. Ouço alguém bater à porta. Abro-a e dou de cara com Stanton segurando um kit de golfe novo sobre o ombro, e com Jake parado na escada.

– Oi! – cumprimento-os, abrindo mais a porta.

– Pronta para me ensinar, minha linda professora? – Stanton pergunta enquanto Sherman se aproxima por trás, tentando lamber seu rosto.

– Pronta, disposta e capacitada. Você vem com a gente, Jake?

– Não, só estou aqui pelo pão de queijo.

Enquanto sirvo café para Stanton e Jake, ouço mais alguém bater à porta... Dessa vez é Brent.

– Oi.

– Bom dia.

Ele entra na sala de estar e, embora eu já suspeite qual será a resposta, lanço a pergunta:

– O que o traz aqui tão cedo?

– É domingo... – explica, como se estivesse declarando o óbvio. – Dia de pão de queijo.

E é assim que as tradições se tornam tradições.

Sentamo-nos em volta da mesa, terminando de tomar o café da manhã, quando Stanton joga um pão de queijo no ar para Sherman pegar.

– Seu cachorro está ficando meio gordo, Soph.

Esfrego a mão nas costas de Sherman enquanto o defendo:

– Ele não está gordo! Só... só tem ossos largos!

Brent inclina a cabeça, contemplando.

– Não sei, acho que Stanton tem razão. Pode ser que você precise aumentar a carga de exercícios dele. Você não quer que os outros cachorros do parque comecem a fazer *bullying* com ele... chamando-o de Gordo McBanha.

Franzo a testa para os dois.

– A passeadora vem três vezes por dia.

Jake se intromete:

– Acho que você não está pagando o suficiente para ela.

Os homens são mesmo diretos. Chegam a ser grosseiros. No tribunal, esses três são capazes de exemplificar bons modos e carisma. Já entre amigos, são verdadeiros cavalos. Por eu ter crescido com meus irmãos, talvez tenha me adaptado, mas existe algo interessante nessa sinceridade. Confortavelmente simples.

Essa característica de ser direto dos cromossomos XY faz Stanton lançar seu próximo comentário.

– Alguém mais notou o cuzão do Amsterdam olhando para o rabo de Sofia no jogo de softball ontem?

– Eu notei – lança Jake, erguendo a mão.

– Era como se ela tivesse a cura do câncer estampada na bunda – acrescenta Brent.

Richard Amsterdam é um advogado da Daily & Essex, outra empresa notável, contra a qual jogamos e a qual derrotamos ontem. Ele tem pouco mais de 35 anos, é bem-sucedido, atraente e tem fama de foder tudo o que se mexe.

– O cara deve ter gostado do que viu – lanço, levantando-me e levando os pratos sujos para a pia. – Ele me convidou para sair depois do jogo. Jantar e um show.

– Ah... – assente Brent. – Jantar e um show... o código clássico para "álcool e orgasmo".

– Eu não gosto desse cara – confessa Jake enquanto come o último pão de queijo. – Ele usa as secretárias mais do que eu uso camisinhas... Não dá para confiar em um cara com uma taxa de rotatividade tão alta. Alguma coisa não está certa ali.

– O que você disse a ele? – pergunta Stanton, franzindo a testa para mim.

– Que ando muito ocupada. O que é verdade, não obstante as aulas de golfe.

Os olhos dele brilham:

– Ah... que bom!

Também sei ser direta:

– Por que, exatamente, você diz que é bom?

O canto de sua boca se repuxa em um sorriso desajeitado. Que me faz esquentar e formigar nos lugares certos.

– Você é melhor do que isso, Soph.

CAPÍTULO 7

STANTON

Na manhã de quarta-feira, estou no Departamento de Justiça, envolvido em uma atividade rudimentar, mas muito empolgante dos bastidores para evitar que o sistema judicial pare. É uma responsabilidade comum, cotidiana, mas na qual explodem as emoções envolvidas nas barganhas. Sei que meu cliente é culpado, o promotor também sabe, mas é meu trabalho convencê-lo de que o tempo e o dinheiro economizados pelo contribuinte valem uma sentença menor.

Sigo Angela Cassello, uma assistente baixa e ruiva do Departamento de Justiça, pelo movimentado corredor.

– Ele liga pessoas com os mesmos interesses, pessoas em busca de atributos físicos específicos em um parceiro, e que não tenham tempo para investigar parceiros em potencial – explico.

Diplomacia em sua melhor forma. Também conhecida como um monte de merda.

– Ele é um cafetão – argumenta Angela. – Só porque é rico, não deixa de ser um cafetão.

– Ele é um casamenteiro.

– Ah! – ela rebate sem diminuir o ritmo de seus passos. – Daqui a pouco você vai me dizer que traficantes de drogas são farmacêuticos.

Até que não é má ideia... Posso usar essa ideia no futuro.

– Veja... – Inclino-me contra a parede, forçando Angela a parar ao meu lado. – Ele não trabalha com menores de idade, não atravessa a fronteira do Estado, não há alegação de abuso. É peixe pequeno, Angela, incapaz de causar mal. Você tem tubarões para cuidar. Se estivéssemos em Nevada, essa acusação nem existiria.

– Se o seu cliente fosse mais inteligente, ele teria aberto esse negócio em Nevada.

– Ele vai admitir que sonegou – arrisco. – Mas, para isso, você tem que tirar a acusação de lenocínio da jogada.

– Ah, claro... Afinal, crimes fiscais cometidos por pessoas extremamente ricas são aceitáveis. Crimes sexuais, por outro lado, não são bem vistos quando são pegos – ela ironiza.

Às vezes, a melhor resposta é não responder. Aguardo para ver o que mais ela tem a dizer.

E ela suspira.

– Você tem sorte por eu gostar mais de você do que seu cliente, Shaw. Vamos prosseguir com a evasão fiscal. Mas quero que ele passe algum tempo na cadeia. Nem pense em liberdade condicional ou prisão domiciliar.

– Penitenciária comum, sem ser de segurança máxima, e chegamos a um acordo.

Ela estende a mão e eu a aperto.

– Envio os documentos para o seu escritório esta semana – ela diz.

– Você é a melhor, Angela!

Em tom de brincadeira, ela empurra meu ombro.

– Você diz isso a todos os promotores.

– Só às promotoras bonitas.

De volta ao escritório, abro minha pasta e puxo o processo do cafetão e as correspondências de ontem, que peguei quando saí de casa hoje cedo. Sento-me, bebo meu café e corro o olho por elas. *Bobagem, bobagem, conta, bobagem...* Mas um envelope atrai a minha atenção.

Tem 12 por 17 cm, branco, escrito com letra de mão... Com o endereço dos pais de Jenny para devolução.

Abro e puxo o papel grosso.

E é como se uma bomba nuclear explodisse em minha cabeça.

Meu cérebro deve ter se transformado em cinzas, tornando-me um analfabeto. Porque mal consigo decifrar as palavras.

Honra de sua presença...

Jenny Monroe...

James Dean...

Junho...

Casamento... casamento... casamento...

– Que porra é essa?

Minhas palavras atraem a atenção de Jake. Ele se vira na cadeira.

– Algum problema?

Tento entender o que está acontecendo, busco uma teoria que faça algum sentido.

– Você fez isso? É alguma brincadeira?

Ele aponta para si mesmo.

– Você já me viu fazendo alguma brincadeira? De propósito?

Ele está certo. Pegadinhas não fazem seu estilo.

Já Brent... Isso se parece muito com algo vindo dele.

Deixo minha mesa e vou até o escritório de Brent e Sofia.

– Era para ser engraçado? – exijo saber, falando em um tom acusatório, duro, desesperado.

Ele puxa o cartão dos meus dedos.

– Não sei por que seria. Essa cor marfim nem tem graça.

E então ele lê.

– Caramba! – Olha preocupado para o meu rosto, depois de volta para o convite. E murmura outra vez: – Caramba!

Sofia se levanta de sua mesa.

– O que está acontecendo? Por que tanto "caramba"?

Brent mostra o convite para ela. E Sofia então entende o que está acontecendo.

– Caram… *Porra!*

Gotículas de suor se formam em minha testa e meu peito se aperta como se eu estivesse sofrendo um ataque de pânico. Seguro o cartão e, com Brent e Sofia logo atrás de mim, marcho de volta à minha sala. Preciso gritar com alguém.

E sei justamente com quem.

Digito os números familiares no telefone. Mas sou contido pela voz que atende.

– Presley?

– Oi, papai.

– Por que você não está na escola?

O fuso de Mississippi é outro, temos uma hora de diferença, mas ela deveria estar no colégio.

– Temos o dia de folga… Os professores foram fazer um treinamento.

– Onde está sua mãe?

– Está se arrumando para ir trabalhar.

– Coloque-a na linha.

Ouço alguns ruídos, uma conversa abafada e, então, minha filha volta a falar:

– A mamãe disse que está atrasada para o trabalho. Ela liga para você depois.

Acho que não.

– Presley – chio. – Diga à sua mãe que eu falei para ela atender essa porra de telefone agora mesmo!

Uma pausa desconfortável vem em seguida. Depois, um sussurro discreto:

– Você quer que eu diga isso?

– Diga exatamente o que eu falei – insisto. – Não se preocupe, você não vai ficar de castigo.

Com um entusiasmo um pouco excessivo, ela grita:

– Mamãe! O papai falou para você atender essa porra de telefone agora mesmo.

Posso praticamente ouvir os passos pesados de Jenny.

– Você ficou louco? – ela berra segundos depois. – Que história é essa de mandar minha filha falar palavrão para mim? Eu vou te matar!

– Você já me matou! – lanço. – Que porra é essa para a qual estou olhando agora, Jenn?

Obviamente ela não pode ver para o que estou olhando, não foi minha melhor fala. Mas é difícil ser lógico quando você acabou de tomar um chute no saco.

– Não sei, Stanton. O que você está olhando?

– Bem, parece ser a porra de um convite de casamento! – Em choque, ela inspira uma lufada de ar.

– Ah, meu Deus! – E, em um rugido não direcionado a mim: – Mãe!

Uma discussão tem início, com vozes nervosas e tons furiosos. Então, ela volta à linha:

– Stanton?

Aperto o telefone com mais força.

– Estou aqui.

Jenny engole em seco.

– A notícia que eu ia contar no fim de semana? Eu vou me casar, Stanton.

É como se ela estivesse falando outra língua... Ouço as palavras, mas elas simplesmente não fazem sentido.

– Filha de uma puta!

– Eu ia contar para você... – ela se apressa em tentar se justificar.

– Quando? Quando chegassem as bodas de ouro?

Jenny tenta me acalmar:

– Sei que está bravo...

Mas eu interrompo:

– Já deixei de estar bravo e agora estou assustado pra caralho! – Olho outra vez para o cartão. – Quem é essa porra de James Dean? E por que alguém se chamaria James Dean?

Brent escolhe esse momento para comentar em voz baixa:

– O nome de um dos maiores atores do país... *Juventude Transviada, Assim caminha a humanidade,* com Elizabeth Taylor...

– Elizabeth Taylor... – Jake se intromete. – Ela era bonita quando nova.

Ignoro os comentários idiotas e me concentro no que Jenny tem a dizer.

– A gente está saindo há alguns meses... Ele me pediu em casamento três semanas atrás.

Um pensamento desconfortante brota em minha mente e vai direto para a minha boca:

– Você está grávida?

Em seu tom de voz, Jenny deixa claro que se ofendeu com minha pergunta:

– Por que está perguntando isso? Você acha que eu só conseguiria me casar com um homem se estivesse grávida dele?

– Não, mas entre você e sua irmã…

– Não fale da minha irmã! – Agora ela está berrando. – Não quando você tem um irmão que mora num trailer e vende maconha para estudantes do colegial!

Chuto a minha mesa.

– Não quero falar de Carter nem de Ruby! Quero falar dessa ideia ridícula que você tem na cabeça. – Então outro pensamento, agora ainda pior, invade meu cérebro. – Esse cara… esse cara está ficando perto de Presley?

Ela respira lentamente, sussurrando com ares de culpa:

– Ela o conheceu, sim. Ele vai ao parque com a gente de vez em quando.

– Esse cara é um homem morto.

Morto. Morto. Acabou. Penso simultaneamente em vários cenários para um assassinato perfeito e planejo executar todos eles com esse maldito James Dean.

– Pare de gritar comigo! – ela guincha.

– Então deixe de ser idiota! – berro.

Afasto o telefone do ouvido, pois o tom de Jenny ameaça explodir meu tímpano.

– Tudo bem! Você quer gritar? Então vamos gritar bem alto, nós dois, Stanton. Afinal, gritar vai resolver todos os nossos problemas!

Sofia aproxima-se da mesa e escreve furiosamente em um bloco de papel:

Pare! Respire! Você está ficando irritado e isso não vai levar a lugar nenhum.

Minhas narinas dilatam e meu rosto parece feito de pedra. Mas fecho os olhos e sigo a instrução de Sofia. Engulo o arsenal de insultos que se preparava para sair da minha boca.

– Desculpe por gritar. Eu só estou… É muita coisa para processar – mas minha voz se torna um pouco mais alta a cada palavra. – E a ideia de um filho da puta, sei lá… estar tão próximo da minha *filha*…

– Você conhece ele! – Jenn apressa-se em responder, como se isso melhorasse a situação. – Ele estudava na nossa escola, é um ano mais novo. Mas, na época, era conhecido como Jimmy. Jimmy Dean… E ajudava o time de futebol.

Começo a processar as palavras, relembrando a imagem de um merdinha magricelo, de cabelos escuros, com óculos de fundo de garrafa.

E voltamos a gritar.

– O *entregador de água?* Você vai se casar com aquela porra de *fracassado?*

Em meio à minha raiva, ouço Brent dizer:

– Ele está perdendo a cabeça.

Jake me observa impressionado:

– Totalmente enlouquecido.

– Shh! – Sofia reclama.

Mas eu estou vencendo agora.

– A gente chamava esse cara de Salsichinha porque ele tinha o pinto minúsculo! Ele recolhia as coquilhas do chão do vestiário! Pelo amor de Deus, você foi a rainha do baile de formatura! Rainhas não crescem para se casar com o entregador de água!

– Me recuso a conversar com você enquanto estiver agindo assim. Você já perdeu a razão – Jenny reage.

– Foi você que me deixou assim! Foi você que me fez perder totalmente a cabeça.

Sofia coloca outro recado diante dos meus olhos:

Controle-se! Planeje!
Exponha o que quer dizer ou vai perdê-la.

São as últimas palavras que funcionam como um tapa na minha cara... Exatamente o que eu precisava. Esfrego a mão no rosto e respiro fundo, sentindo-me como se tivesse corrido uma maratona.

A voz de Jenny é fria como gelo:

– Tenho que ir para o trabalho. Discutiremos isso depois.

– Eu vou para Sunshine, Jenn – digo a ela.

E ela entra em pânico. Posso quase vê-la soltando os braços, como faz quando está nervosa.

– Não! Não, Stanton... Fique em Washington e... e se acalme. Estou trabalhando em escala de doze por doze nos próximos três dias e não vou ter tempo para ver você...

– Estarei aí amanhã – insisto. – Ou seja, você tem 24 horas para dizer a James Dean que cometeu um erro enorme...

– E se eu não fizer isso? – ela me desafia.

– Aí eu mato esse cara – digo de forma bem direta. – Juro por Deus. Ou você acaba com isso, ou vai passar a noite do casamento com um cadáver.

– Necrofilia é *tão* 1987 – Brent comenta.

E Jenny desliga na minha cara.

Bato o telefone e solto o corpo na cadeira.

– Merda! – esfrego a mão nos cabelos. – Puta merda! Minha garota... Minha mulher vai *se casar!*

É só agora, quando digo as palavras calmamente e em voz alta, que elas doem. Antes de a dor tomar conta, Sofia solta um esgar de nojo com um ruído que estava preso em sua garganta.

– Por Deus, o que foi isso? – ela pergunta com escárnio.

– Foi o homem de gelo derretendo – responde Jake.

Ela o ignora, aproxima-se, oferece um abraço. Seus olhos parecem endurecidos.

– Você é um criminalista, Stanton. Um argumentador profissional. E essa foi a tentativa de argumento mais patética que já vi.

– Isso não é um processo, Sofia... É a merda da minha vida.

Ela abre os braços.

– Todo o mundo é um tribunal... E todos nós somos... réus.

Brent aperta os olhos.

– Acho que você não está usando essa citação da forma correta.

– Você achou, mesmo, que ligar e gritar com ela o faria ganhar algum ponto? Se achou, é melhor repensar. Se você me chamasse de idiota, eu diria para ir se foder.

– Tudo bem. Não sei o que eu tinha na cabeça! – E, com mais desdém do que pretendia, lanço: – E Jenny não é como você.

Mas Sofia segue inabalável.

– É claro que ela é um pouco parecida comigo, afinal, ela desligou o telefone na sua cara. Mas a pergunta que você tem que fazer a si mesmo é: o que vou fazer com relação a tudo isso?

Sofia está certa. Preciso assumir o controle da situação. Estudar o caso, definir minha reivindicação, dar um jeito na vida. Preciso conversar com Jenny – conversar direito desta vez – e convencê-la a não se casar. E não posso fazer isso estando em Washington.

– Preciso ir para a minha cidade. Preciso vê-la… cara a cara. Descobrir que diabos está acontecendo. Preciso dar um jeito na situação.

Sofia coloca a mão em meu ombro.

– Dê um passo de cada vez… Estude o caso. Traga-a para o seu lado. Seja interessante. Seja… você.

Eu me levanto.

– Vou aos recursos humanos pedir alguns dias de folga. – Olho para os três. – Vocês me cobrem?

– Claro.

– Claro que sim, cara.

Jake assente.

Antes de sair pela porta, a voz de Sofia me faz parar.

– Stanton – ela chama. Dou meia-volta. Seus olhos são encorajadores, mas seu sorriso parece… forçado. – Boa sorte.

Aceno com a cabeça. E, sem mais um segundo sequer de hesitação, estou pronto para ir para casa.

CAPÍTULO 8

SOFIA

Não desviei o olhar do notebook desde que entrei pela porta. Meus sapatos de salto estão jogados na entrada, meu casaco está espalhado sobre a poltrona de motivos florais, onde o larguei mais cedo, enquanto a sombrinha descansa posicionada no canto, pingando. Sherman mantém o corpo alongado na frente da janela panorâmica, seus olhos castanhos enormes observando as gotas de chuva que batem na vidraça. A coletânea *Greatest Hits 1970–2002,* de Elton John, toca enquanto esboço um documento para suprimir evidências, outro pedindo mudança de foro e, ainda, um terceiro, uma resposta à tentativa do promotor de acusar meu cliente de dezessete anos, filho de um estimado lobista, como um adulto por posse de entorpecentes com a intenção de venda.

Minha nuca dói enquanto giro a cabeça, tentando acalmar os músculos revoltados. Ajeito o computador na almofada ao meu lado e massageio os ombros enquanto Elton cantarola "I Want Love".

E, por fim, permito-me pensar em todas as coisas que, para evitar, eu vinha usando o trabalho como desculpa.

Stanton vai viajar. Vai ao Mississippi lutar por "sua garota". Não demonstrou qualquer sinal de incerteza; permitir que Jenny Monroe se case com outra pessoa em momento algum foi uma hipótese. Ele foi categórico, decidido, o mais determinado que já testemunhei. E eu não tenho a menor dúvida de que vai até lá para lembrá-la de tudo aquilo que ela claramente esqueceu.

Imagino-o entrando violentamente pela porta, levantando-a naqueles seus braços fortes e esculpidos – mais ou menos como um Tarzan tomando sua Jane para si – e convencendo-a, com seu sorriso irresistível e charme perspicaz, a lhe dar mais uma chance.

E, quando ela aceitar – e tenho certeza de que aceitará –, meu caso com Stanton vai chegar ao fim.

Fecho os olhos. Porque meu estômago está apertado e sinto um peso no peito, como aquela sensação de quando você passa tempo demais nadando.

Esta não é a minha primeira vez nessa situação. Sou uma mulher solteira de 28 anos. Já tive vários parceiros de sexo casual. Enquanto cursa Direito, você só tem tempo para isso. Esses parceiros casuais atendem a uma necessidade, deixam-na de bom humor e ajudam a melhorar seu foco.

Uma mão lava a outra.

É por isso que eu disse o que disse esta tarde, tirando-o daquele pânico arrebatador. Coloquei-o no caminho certo. Porque, antes de qualquer coisa, Stanton é meu amigo. Não diria que estou disposta a me sacrificar por ele, mas sou uma mulher leal. E é isso que bons amigos fazem. Ajudam um ao outro.

O que a gente faz – o que ele e eu fazemos juntos – é se divertir. Diversão física e conveniente. E, acima de tudo, é importante que seja algo simples.

Porém, essa sensação de enjoo no estômago, esse amargo de ciúme na língua – não há nada de simples nisso.

Nego com a cabeça para mim mesma, decidida a afastar essa melancolia. Não sou uma *daquelas* mulheres, do tipo que é conduzida por emoções. Simplesmente deixarei isso de lado, como se fosse uma bolsa da coleção passada. Assim terei o espaço necessário para limpar a cabeça. Porque se apaixonar por seu "amigo colorido" seria um passo idiota, e idiota eu não sou.

Sherman levanta a cabeça um instante antes de alguém bater rapidamente à porta. Ele fica em pé, mas se mantém em silêncio, como o grande cão de guarda que é, enquanto atravesso a sala. Abro a porta, e ali, com seus braços fortes encostados ao batente, encontro um Stanton Shaw arfando e pingando. Ele tem gotas de chuva agarradas a seus cílios espessos enquanto olha para mim, mantendo o corpo inclinado a partir da cintura. Uma camiseta branca transparente prende-se a seu torso, esboçando o contorno de músculos sólidos e o caminho de pelos que levam até seu short ensopado, deixando pouco espaço para eu imaginar o que tem guardado ali embaixo. Seus cabelos dourados estão grudados à testa, escurecidos e molhados.

Penso em uma frase em latim. *Omne trium perfectum.* Tudo o que vem em três é perfeito. É um contraste direto à crença comum de que mortes e catástrofes também vêm em três.

Parece apenas adequado que Stanton murmure três palavras. Ele já disse essas mesmas palavras antes em um pedido rouco, em uma ordem dura, sempre com suas mãos agarrando meu corpo suado e o ar entre nós saturado pelo desejo.

E, nesse momento, o que eu espero acontece:

– Quer me acompanhar?

—

Ensopado no meio da minha sala de estar, Stanton aceita a toalha que ofereço e a esfrega na cabeça e nos braços bronzeados.

– Explique outra vez, por favor? – peço.

Afinal, ainda não consegui entender seu plano.

– Quero que vá comigo ao Mississippi. Eu só tenho uma chance, e não posso me dar ao luxo de perdê-la. Se eu agir como uma bomba com Jenn, como fiz hoje à tarde, ela vai colocar um ponto final em tudo. Jenny é mais teimosa do que um bando inteiro de mulas. Você pode me ajudar a ficar calmo, a manter o foco, exatamente como fazemos no tribunal. Além disso, pode me dar umas dicas de como mostrar a Jenn que ela está cometendo o maior erro de sua vida.

– Mas eu nem conheço Jenny.

Ele balança a cabeça.

– Não importa... Você é mulher. Sabe como as mulheres pensam. Jenn claramente não está satisfeita com nosso relacionamento, então preciso fazer tudo o que for possível para mudar isso. Grandes gestos românticos. E você pode ser minha fonte de pesquisa... meu braço direito.

O braço direito dele... que ótimo. Como Goose em *Top Gun.* O ajudante nada atraente. O carinha insignificante. O dispensável.

A blusa de Stanton faz um barulho de tecido úmido enquanto ele a tira do corpo. Delicio-me com a imagem daquela pele quente, maravilhosamente úmida, que, na minha língua, tem um sabor paradisiacamente salgado.

Isso não é justo.

Fecho os olhos. Não é só ele que precisa se esforçar para manter o foco.

– Stanton – começo a falar, suspirando. – Você não acha que seria estranho me levar para a sua cidade enquanto tenta recuperar sua ex?

Ele precisa de um momento para refletir sobre a pergunta. Mas parece não entender o que quero dizer.

– Por que seria estranho? Nós somos amigos.

E então me vejo forçada a apontar o óbvio:

– Amigos que fazem sexo!

Sexo selvagem, suado, inesquecível, que me deixa exaustiva e deliciosamente dolorida. Sexo que poderíamos estar fazendo neste exato momento... se o tal envelope não tivesse chegado para estragar tudo.

Esfregando a toalha no torso musculoso, ele concorda:

– Exatamente. Somos amigos que trepam... Bem diferente da minha relação com Jenn.

O ar é praticamente arrancado de meus pulmões – mas Stanton não percebe. E quero dar um soco em sua boca estúpida de adolescente para ele não poder mais pronunciar palavras tão estúpidas.

Mas é sua expressão que me impede de fazer isso. Uma curiosidade inocente, desconcertada, brilha em seus enormes olhos verdes, fazendo-o parecer jovem e puro. Sherman lançou esse mesmo olhar para mim depois de mastigar um par de sapatos que custou seiscentos dólares.

Um olhar que diz: "Hã? O que foi que eu fiz?".

Mudo de tática.

– Não posso tirar folga do trabalho. Minha agenda está cheia.

Ele não acredita no que digo. Stanton conhece a minha agenda tão bem quanto a sua própria.

Droga.

Ele se aproxima, pega meu celular na mesa atrás de mim.

– Qual é a senha?

Aperto os lábios deliberadamente.

Ele apenas vira os olhos e digita alguns números. E acerta na primeira tentativa.

Filho da mãe.

– É a data do seu aniversário? Sério? – diz, bufando em tom de zombaria. – Você deveria levar sua segurança mais a sério.

E então acessa o meu calendário.

– Você não tem nada marcado no tribunal. Só tem que falar com uma testemunha e atender um cliente. Brent e Jake podem cuidar disso para você.

Continue forte, Sofia.

– Não quero que eles me cubram.

Stanton também muda de tática.

– Você cresceu em Chicago, estudou em Boston e agora mora em Washington... Nunca esteve no interior, nunca visitou o sul. Você vai adorar... vai ser como se estivesse de férias.

Bufo.

– Mississippi em junho? Vai ser como férias no inferno. – Antes que ele possa contra-argumentar, disparo: – Além do mais, eu não ando de avião.

Por essa ele não esperava.

– Como assim, não anda de avião?

Aponto para o lado direito do meu corpo, onde a cicatriz adorna minha caixa torácica.

– O acidente, quando eu era criança, lembra? Depois daquilo, ninguém da minha família voltou a pisar em um avião.

Ele lança um olhar apertado para mim, reavaliando seu plano e, se eu tiver sorte, o meu papel em tudo isso. Em seguida, aperta o maxilar com convicção.

– A gente vai de carro. Chegaremos lá em dois dias… É mais tarde do que eu queria, mas ainda teremos tempo suficiente. E, a propósito, eu deixo você dirigir o Porsche. Assim matamos dois coelhos com uma cajadada só.

Totalmente sem desculpas, digo bem baixinho:

– Acho que ir com você para a sua cidade é uma ideia terrível.

Stanton me encara por um instante antes de baixar o queixo e respirar fundo. E parece… derrotado. Triste. Completamente diferente do de costume.

E então sinto uma força, o desejo de tê-lo em meus braços e dizer que tudo vai ficar bem. O desejo de vê-lo abrir aquele sorriso maravilhoso outra vez. Aquele meu lado que é sua amiga quer realmente ajudá-lo.

Infelizmente, o meu lado que quer continuar sendo sua amante vota por chutá-la no traseiro.

– Sei que estou pedindo um favor enorme – ele afirma com uma voz baixa, rouca. – Mas só estou pedindo porque é importante pra caralho pra mim. E você é a única que pode ajudar. Por favor, Sofia. Preciso de você.

Três palavras. Outra vez. Justamente aquelas que ele precisava dizer.

Droga.

Dessa vez, abaixo a cabeça enquanto solto um suspiro de derrota.

– Está bem.

CAPÍTULO 9

STANTON

Algumas ideias surgem como um raio – em um momento chocante de brilhantismo. Como a história que se ouve na escola sobre quando Sir Isaac Newton entendeu a gravidade – sendo atingido na cabeça por uma maçã. Outras ideias não são tão óbvias ou imediatas. Elas ficam no fundo da sua mente, cozinhando em banho-maria até que, em certo momento, entram em ebulição e transbordam em tudo. E, quando a lâmpada se acende, você se pergunta por que demorou tanto para enxergar.

Saí para correr com o objetivo de me livrar das frustrações de minha conversa com Jenny. E, em determinado instante, na frente do Lincoln Memorial, percebi o que ir para casa requereria. Os clientes precisariam ser passados para outros advogados da empresa, talvez eu precisasse pedir mais alguns dias de folga, Jake cuidaria do apartamento… E Sofia ficaria aqui. Em Washington. Sem mim. Cercada por toda uma cidade de Richard Amsterdams que se uniriam em volta dela como ursos diante de um pote de mel sem dono.

O pensamento era… perturbador.

Sofia é uma mulher adulta, sabe cuidar de si... E não tem obrigações nem compromissos com ninguém. Entendo isso. Mas tenho o direito de me importar com ela. Sou seu amigo. A ideia de que ela poderia ficar com um Amsterdam qualquer, de que ela poderia me substituir por alguém tão indigno por mera necessidade física não me parecia certa.

Então, lembrei-me da minha conversa com Jenn. Repassei-a mentalmente como um zagueiro que revê os últimos jogos. E percebi claramente que usei o tom que não deveria ter usado, que disse palavras que não deveria ter dito. Pensei nas coisas ainda piores que teria dito se Sofia não estivesse ali para segurar as rédeas, para me trazer de volta à realidade. Foi então que a ideia me ocorreu... A solução.

E, quanto mais eu pensava nessa ideia, mais inteligente ela me parecia. O melhor curso de ação para nós dois.

Quando me dei conta, já estava na frente da casa de Sofia. Era como se meus pés simplesmente tivessem me levado sozinhos até ali. Meu pau às vezes faz isso, e nunca esteve errado.

Então, aqui estamos nós, numa manhã ensolarada de terça-feira, na frente da mesma casa, levando as malas de Sofia para o Porsche, preparando nossa operação secreta.

As muitas, muitas malas de Sofia.

– Acho que acabei de ganhar uma hérnia – reclama Jake, soltando uma bolsa da Louis Vuitton que parece cheia de tijolos. Ao lado de outras cinco malas parecidas e igualmente pesadas. – Vocês vão passar uma semana ou um ano fora?

Sofia sai da casa usando um macacão preto sem manga, com um decote profundo que transforma a peça em uma das minhas favoritas. Uma bolsa amarela quadrada está dependurada em um dos braços, um chapéu de palha cinza descansa sobre seus cabelos brilhantes e escuros e os óculos de sol redondos cobrem metade do rosto. Sob o sol do início da manhã, Sofia não é nada menos do que de tirar o fôlego.

Brent anda ao lado dela, segurando a coleira de Sherman, ouvindo toda uma homilia de instruções. A passeadora vai continuar cuidando daquele pequeno mamute durante o dia, mas ele vai passar as noites sob os cuidados de Brent.

– Muitíssimo obrigada, Brent – ela agradece, inclinando-se para dar mais alguns abraços, alguns beijos e dois "comporte-se" ao cão. Em seguida, percebe que Jake e eu estamos encarando. E olha para nós. – O que foi?

Ergo uma das muitas bolsas.

– Você confundiu o Porsche com um trailer?

Ela tira os óculos de sol, revelando olhos sinceramente confusos.

– Está sugerindo que estou levando coisas demais?

– Estou sugerindo que você precisa ser mais espartana, Soph. Leve só o que vai precisar.

Ela aponta para as malas:

– Isso aqui é espartano.

Apontando para a parte de trás do carro, rebato:

– Temos um porta-malas compacto e um banco traseiro onde não cabe nem um… Sherman.

Au, au.

Parece que o cachorro concorda comigo.

Sofia franze a testa para ele antes de virar-se para mim e insistir:

– Eu preciso de tudo isso.

– Quer ver o que eu estou levando? – Dou a volta no carro e puxo uma sacola surrada que está atrás do banco do motorista. – Isto aqui é a minha bagagem.

– E você espera que eu mude meus hábitos de fazer malas só porque escolheu viver como um mendigo? Acho que não vai acontecer.

Ela rola as mangas imaginárias e desliza o olhar do carro para as malas e outra vez para o carro.

– Elas vão caber, sim.

Jake nega com a cabeça.

– Não tem como.

Sofia lança um sorrisinho confiante.

– É claro que tem.

– Não vão caber, de jeito nenhum – reafirmo.

– Aprendam comigo, rapazes.

Quinze minutos depois… elas couberam. Cada uma posicionada estrategicamente, empilhadas na ordem perfeita, como um daqueles quebra-cabeças que, se você desmontar, nunca mais conseguirá reunir as peças da forma correta.

Fico muito, muito impressionado.

– Agora... – Sofia suspira, um sorriso brotando em seu rosto. – As chaves, por favor.

Ela estende a mão e espera as chaves. Abro a boca para começar a explicar, a argumentar, por que seria melhor ela não dirigir meu carro. Sou bom em argumentar.

Mas, antes que eu consiga murmurar uma só palavra, sua mão aberta se transforma em um único dedo erguido.

– Não.

Fecho a boca. Então a abro outra vez para convencer...

E o dedo ataca outra vez.

– Nããão. – Quando esfrego os dentes no lábio em vez de falar, Sofia prossegue: – Você pediu a minha ajuda. Eu concordei. Se estou prestes a pegar a estrada rumo ao Meio do Nada, Mississippi, pode ter certeza de que eu vou dirigindo.

Ela também é boa com argumentos.

Entrego a chave.

E, como os Griswolds em um carro alemão, fechamos o cinto de segurança para cair na estrada.

Jake nos lembra:

– Dirijam com calma. E lembrem-se de tomar cuidado com os cuzões pelo caminho.

Enquanto isso, Sherman late e Brent acena com a mão.

E então, com um sotaque carregado para me zoar, Brent grita:

– Adeus... Divirtam-se por aí...

E, depois disso, caímos na estrada.

—

Nos primeiros cinquenta quilômetros, o jeito de Sofia dirigir já me faz envelhecer dez anos. Não que ela dirija mal – na verdade, é o oposto. Ela dirige como um Dale Earnhardt de saia. Eu só preferiria que ela não usasse o *meu* carro para brincar de NASCAR.

– Caramba! – berro, apoiando a mão no painel enquanto ela segue colada ao caminhão à nossa frente.

E muda de faixa no último segundo, quase colidindo com uma minivan que já está ali.

– Você parece uma velha! – ela resmunga, gritando mais alto do que o barulho do carro conversível, seus cabelos chicoteando como as serpentes da Medusa sob o efeito de metanfetamina.

– E você parece uma mãezona atrasada para levar o filho para o treino de futebol! – berro em resposta. – Pise menos e desfrute mais da experiência. Mesmo porque, depois disso, é a sua última vez com esse carro.

Ela ri impenitente. Depois, aperta os botões no volante, ativando a *playlist* em seu celular, ligado às caixas de som pelo sistema wireless. E lá vem "I Guess That's Why They Call It the Blues", uma das faixas de Elton John preferidas de Sofia.

Não consigo não a observar e sorrir enquanto ela cantarola com a música, alto e sem qualquer constrangimento, balançando a cabeça e os ombros. Já vi Sofia ligada, sendo teimosa, determinada. Mas adorável assim… é algo novo. E gosto do que vejo. Gosto muito.

Sua expressão fica totalmente sensual quando ela me olha nos olhos rapidamente enquanto cantarola:

– *Rolling like thunder, under the covers…*

Não preciso pensar muito para saber o que se passa em sua mente… quem está ali, em seus pensamentos. Afinal, sei que é uma fotografia de nós dois.

Quando a música termina, pego meu telefone e o ligo ao som.

– Ei! – ela protesta. – Quem está dirigindo é que escolhe a música!

– Na verdade, é o assistente quem controla a música – corrijo. – Eu só estava sendo benevolente. Vamos nos alternar. *Quid pro quo*.

Ela concorda com a cabeça e eu olho as faixas que trago no celular até encontrar uma especial.

– Agora sim vou colocar uma música perfeita para cair na estrada.

E a voz inconfundível de Elvis Presley invade o carro, cantando "Burning Love". Danço com a cabeça, acompanhando o ritmo e estalando os dedos. Isso é o mais próximo que consigo chegar do verbo "dançar".

Sofia ri.

– Você pode tirar o menino do sul, mas não consegue tirar o Elvis da alma do menino sulista.

Aponto o dedo para ela.

– Isso é totalmente verdadeiro.

Sinto seus olhos contentes me observando enquanto cantarolo:

– *'Cause your kisses lift me higher, like a sweet song of a choir…*

Afastando os fios de cabelo que ameaçam estrangulá-la, Sofia pergunta:

– Você escolheu o nome da sua filha em homenagem a Elvis?

Sorrio ao me lembrar daqueles momentos.

– Gostamos do nome… Achamos diferente, mas bonito para uma menina.

– Vocês chegaram a escolher o nome para o caso de ser um menino?

Assentindo, conto:

– Henry, em homenagem ao avô de Jenn, ou Jackson, em homenagem ao meu.

Ela fica em silêncio por um instante, movimentando-se agitada e pisando com menos força no acelerador. Por fim, questiona:

– Família é algo importante para você, não é, Stanton?

– É claro. No fim das contas, a família é a única coisa com que você realmente pode contar. Não me leve a mal, já houve dias em que eu quis matar meu irmão. Você vai conhecê-lo e vai entender o motivo. Mas… ele sempre foi meu irmão. – Faço uma pausa antes de verbalizar o pensamento que insiste em cutucar meu cérebro desde que abri aquele envelope: – É por isso que fiquei surpreso com Jenny. Ela sempre foi bastante sólida, sabe? Muito decidida. Não acredito que esteja sendo tão… inconstante.

A voz de Sofia sai suave, mas alta o suficiente para se fazer ouvida sobre o vento.

– Talvez ela esteja com muita saudade de você.

Antes que eu possa responder, o velocímetro atrai a minha atenção.

– É melhor você pisar menos, Soph.

Ela dispensa meu conselho:

– Não se preocupe, vovó, está tudo sob controle.

– A polícia rodoviária pode discordar de você, ô Speed Racer.

Assim que as palavras terminaram de passar por meus lábios, uma sirene grita atrás de nós, dando luz alta.

Suspirando, mas despreocupada, Sofia leva o carro ao acostamento.

– Não queria dizer "eu avisei", mas... – Deixo a frase no ar enquanto Sofia se ocupa com o espelho, arrumando os cabelos, puxando o decote, ajeitando os seios. – Que diabos você está fazendo?

– Evitando que sejamos multados.

Ela belisca as bochechas e mordisca os lábios para deixá-los mais cheios e mais rosados.

Só consigo esboçar um sorrisinho.

– E você acha que é fácil assim?

Ela bate seus cílios longos.

– Por favor. Os homens são as mais rudimentares de todas as criaturas. Ficam hipnotizados com seios porque não os têm. Faz o cérebro deles derreter. Vou tirar a gente dessa em cinco minutos.

Meu sorrisinho se transforma em um sorriso largo, presunçoso, quando avisto, antes de Sofia, o oficial da lei. Sofia se vira para a esquerda com olhos arregalados e inocentes.

– Algum problema, senh... Ah, droga!

O policial é, na verdade, *a* policial.

Esqueça os seios. Este é um trabalho para o Encantador de Júris.

Inclino-me por sobre o banco de Sofia, abro um sorriso sedutor, uso uma voz sensual e persuasiva.

– Bom dia, policial. O que posso fazer por você?

—

Depois que meu pedido sincero de desculpas e minha promessa de não deixar minha companheira nem perto do volante nos fazem escapar de uma multa por excesso de velocidade, passamos as próximas doze horas nos divertindo na estrada. Já está escuro quando chegamos sujos, empoeirados, famintos e cansados ao Motel 6.

Tenho todos os motivos para ser presunçoso, então peço um quarto com cama king size. Sofia segue direto para o chuveiro enquanto saio para buscar uma pizza, uma cerveja para mim e um vinho para ela.

Entro no quarto quando ela está saindo do banho e passando uma escova por seus cabelos longos e molhados. Uma camisola de seda verde-escuro está dependurada em suas curvas. Seu rosto está sem maquiagem, fazendo-a parecer mais inocente e mais jovem do que estou acostumado a ver. Um calor protetor brota em minha barriga.

Seu rosto se ilumina quando ela vê a pizza.

– Deus te abençoe!

Três fatias mais tarde, ainda estamos sentados à mesa redonda e minúscula. Mordiscando algumas migalhas de massa caída, ela pergunta:

– E então, qual é o plano? Quem sou eu no meio disso tudo?

Tomo um gole de cerveja.

– Como assim?

– Quero dizer... eu sou a namorada nova? Sua acompanhante para o casamento? Já assistiu a *O casamento do meu melhor amigo?*

Fecho a cara.

– Não, graças a Deus, nunca.

– O meu papel é deixar Jenny com ciúme? Um homem sempre é mais atraente quando seus braços estão em volta de outra mulher. Ou então eu poderia flertar com o noivo dela para testar a fidelidade dele. Isso lhe daria uma boa munição para usar contra ele.

Não sei o que me incomoda mais – ouvir um homem ser chamado de noivo de Jenny ou a ideia de Sofia flertar com ele.

– Não gosto desses joguinhos. São manipuladores demais. Indignos, entende?

Sofia dá de ombros.

– Se quer vencer, às vezes você precisa ser sacana.

Nego com a cabeça.

– Prefiro ser sacana de outro jeito. – Tomo um gole de cerveja e explico por que a ideia deixa um gosto tão amargo na minha boca. – Alguns anos atrás, eu estava saindo com uma mulher chamada Rebecca. A gente se conheceu em uma conferência...

Sofia gargalha.

– Conferências profissionais são um campo tão fértil para encontros quanto festas de suingue.

Sou obrigado a rir, concordando com ela.

– Não entrei em detalhes sobre minha relação com Jenny, mas deixei bem claro que Rebecca e eu éramos parceiros casuais.

– Claro.

– Enfim, ela disse que aceitaria isso de boa. Saímos duas vezes, e aí Rebecca começou a fazer um monte de merda. Começou a dar indiretas para deixar claro que estava saindo com outros caras, fazia planos comigo e os desfazia. E, ao mesmo tempo, inventava desculpinhas para aparecer na minha casa. Ela se tornou pegajosa e seus joguinhos eram irritantes. Tudo isso a fez parecer… patética. Rapidinho terminei com ela.

– Você ficou incomodado por ela ter quebrado a regra do "estritamente casual" e se apaixonado por você? Ou por ela tentar manipulá-lo e convencê-lo a retribuir o sentimento? – Sofia quer saber.

– Acho que as duas coisas.

Compreendendo, ela assente.

– Então sejamos diretos. Eu vou estar lá para…?

– Você vai estar lá para garantir que eu não morra pela boca nem enfie o pé na bunda de um filho da mãe. Para me manter no caminho certo. Jenn e eu temos uma história longa e também temos Presley. Ela disse que só está saindo com James Dean há alguns meses, então não consigo acreditar que os sentimentos que tem por ele podem ser tão fortes quanto os que tem por mim. Acho que tudo isso é, na verdade, um pedido de ajuda.

– Acha que ela está se sentindo deixada de lado?

– Exatamente. Então, vou mostrar que ela tem minha atenção.

Ela toma um demorado gole de vinho, esvaziando metade da taça.

– E depois disso? Você acha que vai… pedir Jenny em casamento?

Eu estaria mentindo se dissesse que não cheguei a pensar nisso. Massageio a nuca.

– É complicado. Não quero que ela se case com outro, isso é certo. Mas… Presley ainda está estudando e não sei se elas vão querer se mudar agora para a capital do país. Sempre imaginei Jenny e eu nos casando… depois. Quando formos mais velhos.

Ela arqueia as sobrancelhas.

– O senhor se olhou no espelho nos últimos tempos? Porque você *está* mais velho.

– No meu apogeu.

– É mais ou menos o que eu quis dizer.

Levanto-me.

– A questão é que tudo é uma possibilidade. Se pedir Jenny em casamento for capaz de impedi-la de se casar com o Salsichinha… Bem, nesse caso farei o que tiver que fazer.

– Uau! – exclama Sofia. – Você é tão romântico. Como uma mulher vai resistir a isso?

Dou o dedo do meio e abro um sorriso irônico.

– O romance está no que se faz, não no que se fala.

Com o caso encerrado, vou tomar banho.

—

Quando saio do banheiro saturado pelo vapor, Sofia já está deitada e coberta. A luz lançada pela TV, ligada no noticiário e muda, produz um brilho silencioso, quase sinistro. Solto a toalha presa em minha cintura, deixando-a cair no chão, e deslizo entre os lençóis.

Ela está de costas para mim, seus cabelos castanhos espalhados no travesseiro. E então percebo que já jantamos, mas ainda não desfrutamos da sobremesa.

E a sobremesa é sempre a minha parte preferida.

Desço pela cama, levando as cobertas comigo, e logo meus olhos estão diante daquele volume delicioso coberto por seda – as nádegas de Sofia. Observo-a até a cintura, percebo que ela não está usando calcinha. Meu coração bate acelerado, bombeando sangue para a parte inferior do meu corpo. E então encosto meus lábios à sua bochecha, brincando de esfregar os dentes ali.

– Stanton.

Não é um gemido urgente, mas uma declaração seca. Uma negação.

Afasto-me.

– O que há de errado?

Ela puxa a camisola para baixo, cobrindo-se, e se vira para mim. Vou mais para cima na cama, descansando a cabeça no travesseiro, a poucos centímetros do rosto lindo de Sofia.

– Acho que não deveríamos transar enquanto estou com você na sua casa.

A decepção cai sobre mim como o telhado de uma casa abandonada.

– Por que não?

A possibilidade de Sofia se sentir desconfortável com meus sentimentos por Jenny chega a brotar por um instante, mas logo deixo esse pensamento de lado. Ela sempre soube da minha relação com Jenny, mesmo antes de transarmos a primeira vez, e isso nunca a incomodou antes. Além do mais, em meu modo de ver, Sofia não tem nada a ver com Jenny – é como se elas fossem dois cômodos diferentes. Na verdade, duas construções diferentes. Como um celeiro e uma casa. Ambos são importantes, mas não estão relacionados. Servem a dois propósitos distintos.

Sob a luz fraca do quarto, os olhos dela parecem mais escuros, mas, ao mesmo tempo, mais brilhantes. Ela abre a boca para dizer alguma coisa, mas logo a fecha. Pensa por alguns instantes e, por fim, fala:

– Você deveria... guardar esse desejo, sabe? Como um zagueiro guarda as energias antes de um jogo importante.

Ajeito seus cabelos atrás da orelha.

– E você?

O desejo sexual de Sofia é tão saudável e intenso quanto o meu. A gente anda transando entre três e quatro vezes por semana nos últimos seis meses. Não parece justo ela ficar sem nada nas próximas duas semanas.

Seus lábios perfeitos se repuxam em um sorriso.

– Eu posso... cuidar de mim mesma.

A imagem dessa declaração faz meu pau ficar tenso.

– Você está me matando assim – gemo.

Suas mãos descansam em minha clavícula, depois deslizam até o maxilar, acariciando a barba por fazer.

– Sinto muito.

Ainda não estou convencido a passar sem a minha sobremesa, embora não saiba o que exatamente Sofia está sugerindo. Acaricio sua bochecha e depois deslizo a mão até seu peito. E ali sinto seu coração bater abaixo da minha palma.

– Não vai sentir falta disso? – pergunto.

– Sentir falta?

Puxo sua mão que está em meu maxilar e esfrego meus dentes na ponta sensível de seu dedo antes de sugá-lo em minha boca, girando a língua ali. Puxo o dedo para fora com um estalo.

– Não vai sentir falta da minha boca em você? Da minha língua te lambendo? Da forma como arreganho suas pernas para poder invadir sua boceta com meu pau, bem devagarinho, centímetro por centímetro? E da forma como suas unhas se enterram em minhas pernas porque você precisa tanto disso?

A respiração de Sofia fica pesada e rápida. E ela murmura:

– Hum, sim... Acho que vou sentir falta.

– E se eu dissesse que só quero um último beijo? – Chego mais perto e deslizo a língua por seu lábio inferior. – Saborear sua boca uma última vez. Você deixaria?

Ela fica com os olhos vidrados, hipnotizados por minhas palavras, lembrando cada gemido que compartilhamos. Cada toque.

– Sim, eu deixaria você me beijar uma última vez.

Mordisco seu queixo, seu maxilar. E sussurro:

– E se eu dissesse que preciso provar uma última vez? Uma última lambida em sua boceta doce e apertada? Não vou fazer você gozar se não quiser... Mas, se quiser, posso fazer. Você deixaria?

– Ah, meu Deus... – ela geme, tomada pelo prazer. Pelo desejo ardente. – Sim... Sim... eu deixaria.

Desço por seu corpo, aquecendo a seda com minha respiração. Beijo a pele firme de sua barriga. Lambo a parte interna de sua coxa. Depois, olho para ela, vendo-a me observar.

E, quando falo, percebo um tom de desespero em minha voz suave:

– E se eu dissesse que preciso possuí-la outra vez? Sentir seus músculos se apertando em meu pau com tanta força a ponto de me levar ao paraíso? E se eu dissesse que não aguento mais de vontade de foder até arrancar da sua boca aqueles gemidos deliciosos? Até ouvir você gritar meu nome? Você me deixaria fazer isso mais uma vez, mesmo que seja a última?

Antes de eu terminar, seus dedos estão deslizando por meus cabelos. Levando-os cuidadosamente para trás, prestes a me puxarem para perto dela.

– Sim, Stanton, eu também desejo isso.

Sorrio.

– Que bom. Porque ainda não estamos nem perto de chegar em casa... Então temos muito tempo.

O sorriso de Sofia se transforma em uma risada aliviada. Ela me chama mais para perto:

– Venha aqui e me beije.

—

Horas depois, minhas mãos agarram o quadril de Sofia, meus dedos se enterram em suas nádegas, ajudando-a a cavalgar em mim. Chupo seus peitos porque são lindos e porque estão tão próximos da minha boca.

– É isso aí, querida... cavalga no meu pau – ordeno, adorando o fato de minhas palavras a fazerem gemer.

Deslizo a mão pelo espaço apertado entre nossos corpos até alcançar seu clitóris inchado e úmido. Esfrego-o lentamente, com pressão apenas suficiente para mantê-la no limite do orgasmo, para deixá-la com mais tesão, mais molhada em volta do meu pau. Sua respiração se torna irregular conforme seu quadril golpeia minha mão.

– Mais forte – ordeno com uma autoridade que não deixa espaço para argumentações, nem se ela quisesse. Ergo o quadril, encontrando-a no meio do caminho. – Fode o meu pau mais forte...

Solto a cabeça no colchão enquanto Sofia me obedece. Para uma mulher que gosta de ser tão poderosa no escritório, ela se submete às minhas ordens bem pra caralho.

Com seus dedos em meus cabelos, ela puxa minha cabeça para que nossos lábios se encontrem. Em seguida, olhando-me nos olhos, pergunta:

– É assim com ela?

– O quê? – questiono atordoado enquanto ela aperta a boceta em meu pau.

Mas então ela para, parece mais séria, desliza a ponta do dedo pelo meu maxilar.

– É assim quando você está com Jenny? Você fica desse jeito?

Ela coloca a mão sobre o meu peito, sobre meu coração acelerado.

– Você se sente assim quando está com ela?

No escuro, alguma coisa faz a sinceridade parecer mais fácil. E há algo em estar cercado por uma mulher, preenchendo-a, perdido dentro dela, que torna mentir impossível.

– Não. Assim, não.

Ela espera um segundo. Os cantos de sua boca se repuxam muito levemente.

– Ótimo.

E então começa a movimentar o quadril outra vez. E tudo mais desaparece.

CAPÍTULO 10

SOFIA

– Eu preciso, mesmo. – E me retorço no assento como uma criança que… bem, precisa fazer xixi.

Stanton resmunga:

– Daqui a pouco já vamos chegar em casa.

– *Daqui a pouco* é tempo demais. Pare na próxima Starbucks.

Ele olha para mim como se eu tivesse sugerido que déssemos um mergulho em algum oceano… em um oceano na lua.

– Não temos Starbucks aqui.

Deslizo o olhar de um lado a outro, suspeitando que ele esteja me zoando.

– Que tipo de lugar é isso aqui?

Ao longo dos dois dias na estrada, percebi que os shoppings e prédios altos se tornavam cada vez mais raros, sendo substituídos por plantações de milho e casas solitárias afastadas da rodovia. Alguns quilômetros atrás, Stanton apontou para a placa que dizia "Bem-Vindo a Sunshine", mas, depois disso, só vi árvores e campos. E logo estarei tão desesperada a ponto de usar uma dessas árvores.

Paramos em uma rua pouco movimentada, com alguns carros estacionados.

– Um restaurante, então? – imploro, tentando pensar em algo além da pressão incessante em minha bexiga. – Quando passarmos pela área movimentada da cidade.

Minha sugestão o faz rir, mas não entendo qual foi a piada.

– Ah, Soph... Nós *estamos* na área movimentada.

Olho em volta. Vejo algumas – poucas – construções de dois andares. O restante são edifícios pequenos de um único piso – um correio, uma farmácia, uma barbearia, uma livraria, todos com toldos pitorescos, nos quais não está estampado o nome de nenhuma grande rede.

– Como você sabe?

Stanton aponta para o semáforo vermelho, na frente do qual esperamos.

– O semáforo.

– *O* semáforo?

Seu sorriso se torna mais largo.

– Sim... Só tem um.

Seguimos pela rua e fico impressionada por estar tão vazia, especialmente para uma manhã de sábado. Estremeço quando me lembro de *Colheita Maldita,* um filme dos anos 1980 que me fez morrer de medo quando eu tinha dez anos.

Passei meses sem conseguir comer milho.

Stanton para em uma vaga de estacionamento e aponta para a porta à nossa frente.

– Lanchonete. Pode fazer xixi aí.

Saio do carro antes que ele consiga abrir a porta para mim.

– Eu espero aqui – anuncia. – Se eu entrar com você, ficaremos presos conversando com uma dezena de pessoas. E aí vai levar anos até conseguirmos chegar em casa.

Apresso-me na direção da porta. Um sino dependurado me dá as boas-vindas. E os olhos de todos encaram. *Me* encaram.

Vejo alguns homens de meia-idade usando boné, outros com chapéu de caubói, duas senhoras de idade com vestidos florais e óculos de lentes espessas e uma mulher jovem de cabelos castanhos esforçando-se para cuidar de duas crianças em uma cabine.

Aceno com a mão.

– Oi, pessoal.

A maioria me recepciona acenando com a cabeça, e então pergunto à moça atrás do balcão onde fica o sanitário. Ela aponta para um banheiro unissex nos fundos.

Sentindo o alívio de estar três quilos mais leve, lavo as mãos, puxo uma folha de papel para secá-las e jogo-a na lata de lixo sem tampa. Saio da porta do banheiro e trombo com a pessoa esperando para entrar.

Trata-se de um homem alto, com barriga de cerveja, camiseta preta e chapéu de caubói, cheirando a cigarro de palha, com as unhas sujas. Ele segura meu braço para evitar que eu caia para trás depois de me ver colidir com a massa gelatinosa de sua barriga. Uma vida toda na cidade automaticamente me leva a murmurar um pedido de desculpas nada sincero.

Mas, quando tento passar por ele, ele bloqueia o caminho.

– Espere um pouco aí, querida. Por que a pressa? – fala com aquele sotaque arrastado, analisando-me de cima a baixo antes de seu olhar focar em meu peito.

– Ei, caubói – esbravejo. – Perdeu alguma coisa? Meus olhos ficam aqui em cima.

Ele lambe os lábios lentamente.

– É, eu sei onde seus olhos ficam.

Mas não olha para eles.

– Ótimo. Estou adorando a hospitalidade sulista.

Ele puxa o chapéu e finalmente olha para cima.

– Passando pela cidade? Precisa de uma carona? Meu banco de trás é muito hospitaleiro.

– Não, e… credo!

Usando o ombro, passo pelo caubói e sigo andando até a calçada. Encontro Stanton perto do carro, conversando com uma senhorinha de cabelos grisalhos muito volumosos… Bem, talvez seja melhor dizer que Stanton estava "escutando", pois só assentia, aparentemente sem conseguir dizer uma só palavra.

Ele parece aliviado ao me ver, mas seu rosto agora ostenta um rubor que não estava ali antes. E as pontas de suas orelhas estão vermelhíssimas.

– Senhora Bea, esta é Sofia Santos – ele nos apresenta.

– Olá.

– É um prazer conhecê-la, Sofia. E como você é linda!

Ofereço um sorriso.

– Obrigada.

– E alta... Deve ser bom se destacar na multidão... Eu mesma não sei o que é isso.

– Nunca pensei desse jeito, mas, sim, acho que é, sim.

Stanton raspa a garganta.

– Bem, acredito que seja a nossa hora de ir.

– Ah, sim – concorda a senhora Bea. Mas ela continua falando: – Sua mãe vai ficar muito feliz em vê-lo. Também preciso ir e passar na farmácia para comprar um laxante para o senhor Ellington. Tem alguma coisa feia deixando-o constipado. Seus intestinos não fazem qualquer movimento há quatro dias, pobrezinho. Está mais mal-humorado do que um urso velho.

Stanton assente.

– Aposto que está.

– Foi um prazer conhecê-la, Sofia.

– A senhora também, senhora Bea... Espero vê-la outra vez.

Ela dá três passos, e então se vira e grita:

– E, Stanton, não esqueça. Diga à sua mãe que vou levar um frango assado ao jogo de baralho na quarta-feira.

– Sim, senhora. Pode deixar que eu aviso.

Quando nós dois estamos no carro, pergunto:

– Por que seu rosto está assim? Você está... corado.

Não sabia que um cara com uma boca tão suja quanto a de Stanton era capaz de enrubescer.

Ele assente, confessando:

– Bea foi minha professora no colégio, no nono ano.

– Sei.

– Certo dia, alguém acionou o alarme de incêndio e ela foi direto ao banheiro masculino para ver se havia alguém ali... E olhou por debaixo das portas para ter certeza de que não havia ninguém.

Acho que sei aonde ele quer chegar, mas estou hilariamente errada.

– E eu estava em uma daquelas baias… me masturbando.

Fico boquiaberta.

– Não pode ser!

Ele resmunga:

– Depois disso, nunca mais consegui olhar na cara dela sem ficar vermelho feito a bunda de um babuíno.

Cubro a boca com a mão, rindo.

– Que loucura!

Ele também ri enquanto coça a sobrancelha.

– Que bom que você se diverte com isso. Minha mãe também achou engraçado, quando a senhora Bea ligou para ela, à tarde, para contar.

E minha risada se torna mais histérica.

– Você só pode estar brincando!

– Bem que eu queria estar…

– Ah, não! – gargalho, correndo a mão pela parte de trás da cabeça dele, acariciando sua nuca com compaixão. – Pobrezinho… Deve ter ficado com tanto medo.

Ele abre aquele meu sorriso favorito.

– Bem-vinda a Sunshine, Soph. O lugar onde sua privacidade acaba rapidinho.

Stanton se afasta e seguimos o caminho rumo à casa de seus pais. Vejo o caubói nojento trotando pela calçada.

– Quem é aquele cara?

Os olhos de Stanton endurecem; ele aperta o maxilar.

E fica delicioso.

– Dallas Henry – rosna antes de me analisar da cabeça aos pés. – Ele incomodou você?

– Praticamente me comeu com os olhos… Nada que eu não conseguisse dar um jeito.

Xingando, ele me diz:

– Se ele se aproximar outra vez, diga que você está comigo. Ele não vai mais olhar para você depois disso.

– É seu amigo?

Dando de ombros, ele responde:

– Quebrei o maxilar desse cara há alguns anos.

– Por que fez isso?

Os olhos cor de jade de Stanton olham diretamente nos meus.

– Ele tentou algo com alguém que não pertence a ele.

—

Quando Stanton me disse que cresceu na fazenda, criei uma certa imagem mental. Uma casa grande, um celeiro, árvores. Mas essa imagem mental não era nada comparada à coisa de verdade – ao tamanho impressionante da propriedade da família Shaw. O Porsche vai cuspindo terra conforme cruzamos o corredor ladeado por árvores, tão longo a ponto de não conseguirmos ver a casa. É uma construção branca, enorme, com telhado pontudo, uma varanda confortável, persianas verdes e janelas enormes. Dez anexos se espalham atrás dela, intercalados com grandes cercas de madeira. Mais acima, muito além, há pastos cobertos com um carpete de grama esmeralda.

Fico ao lado do carro, giro o corpo lentamente.

– Stanton, aqui é lindo.

Há um orgulho discreto em sua voz quando responde:

– Sim, é sim.

– Quantos acres seus pais têm?

– 3 786.

– Uau! Meus irmãos mal conseguiam lembrar de aparar as plantas dos vasos que minha mãe mantinha na sacada! Como eles conseguem cuidar de tudo isso?

– Trabalhando do nascer ao pôr do sol.

Juntos, andamos pelo caminho de pedras que leva à porta da frente. Antes de chegarmos a ela, um rapaz aparece na lateral da casa, fazendo-nos parar.

– Parece que alguém lembrou o caminho de casa, não é?

Durante a viagem, Stanton falou da família. Nós dois falamos. Esse belo rapaz loiro deve ser Marshall, um dos gêmeos de dezoito anos que estão no último ano do colégio. Abro um sorriso enquanto eles dão risada e tapinhas um nas costas do outro.

Quando Stanton nos apresenta, o irmão mais novo aperta os olhos com timidez, cumprimentando-me apenas com um "oi".

A semelhança entre os dois é impressionante – os mesmos olhos azuis brilhantes, o mesmo maxilar forte, os cabelos loiros e grossos. Marshall não tem os ombros tão largos, seu pescoço é mais fino – até mesmo por causa da idade –, mas, se ele quiser ver como vai ficar daqui a dez anos, basta olhar para o homem ao seu lado.

Stanton ergue o queixo e pergunta:

– Onde está a minha caminhonete?

Marshall leva a mão aberta ao peito.

– Você está falando da *minha* caminhonete? – E aponta na direção de um dos celeiros, para uma picape preta com chamas alaranjadas pintadas nas laterais. – Está bem ali.

Stanton parece espantado.

– Que diabos você aprontou com ela?

A gente se aproxima do veículo.

– Dei um jeito, cara. Pintura customizada, sistema de som novo... Os graves não estavam legais.

Então ele estende a mão e gira a chave para mostrar. Dança com a cabeça, acompanhando a música que faz o chão à nossa volta vibrar.

– Essa música é do Jay-Z – explica, para o caso de sermos velhos demais para conhecer.

E, nesse momento, uma picape mais velha, azul e branca, faz barulho na frente da casa, com vários garotos da idade de Marshall na carroceria.

– Preciso ir, hora do treino. – E dá um tapinha no braço do irmão mais velho. – A gente se vê mais tarde.

Stanton assente enquanto eu grito:

– Foi um prazer conhecê-lo.

Depois que seu irmão vai embora, Stanton olha mais um pouco para a caminhonete, esboçando uma reprovação com a cabeça.

Em seguida, damos a volta na casa, passamos pela porta lateral e chegamos à cozinha grande e iluminada. Balcões enormes de madeira, armários brancos e paredes rosadas criam um ambiente simples, mas muito acolhedor. Na parede há um relógio antigo e uma peça em crochê emoldurada que diz: "Nossa casa é onde nosso coração está".

A mãe de Stanton é uma mulher linda. Magra, alta, com uma aparência mais jovem do que eu imaginava. Seus cabelos cor de mel estão presos, algumas mechas balançam enquanto ela esfrega uma panela na pia. O nariz dela é pequeno, e o queixo é a ponta de seu rosto em formato de coração. Quando ela nos ouve entrando e olha em nossa direção, percebo que Stanton e Marshall devem ter puxado os olhos do pai, já que os da mãe são castanhos.

Seu sorriso é enorme e ela nem seca as mãos antes de abraçar o filho. Stanton levanta-a do chão e a gira pela cozinha.

– Oi, Mama!

Quando ela grita, ele a coloca no chão.

– Deixe-me ver como você está. – Ela então esfrega a mão na testa, no maxilar e nos ombros do filho. Dá um passo para trás. – Está ótimo. Parece cansado, mas ótimo.

– O caminho foi longo.

Stanton aponta para mim.

– Mama, esta é minha... esta é Sofia.

Antes que eu conseguisse estender a mão, a senhora Shaw me envolve com seus braços supreendentemente fortes.

– É um prazer conhecê-la, Sofia. Stanton falou muito de você... E que advogada talentosa você é, que bom que trabalham juntos!

– Obrigada, senhora Shaw. É um prazer conhecê-la. Fico muito feliz por estar aqui.

E o que me deixa impressionada é que me sinto realmente feliz. Ver onde ele cresceu, conhecer as pessoas que o fizeram o homem que ele é hoje me enche de alegria. Uma animação doce que faz meus pés baterem e um sorriso permanente estampar meus lábios.

– Pode me chamar de Mama, todo mundo chama. Se me chamar de senhora Shaw, não vou nem olhar.

– Está bem.

E ela nos acompanha até a mesa.

– Sentem-se, sentem-se. Vocês devem estar famintos.

– E é assim que começa – sussurra Stanton, seu hálito no meu pescoço me faz arrepiar.

Enquanto sua mãe faz ovos mexidos, Stanton pergunta do pai.

– Está na parte norte da fazenda – ela explica. – Vai passar o resto do dia lá, talvez até parte da noite. Arrumando a cerca que foi destruída pelo último temporal.

Quinze minutos depois, estão prontos os pratos com ovos, bacon e biscoitos amanteigados quentinhos.

– Está uma delícia, senhora... Mama – eu me corrijo com um sorriso desajeitado.

– Obrigada, Sofia.

– Agora você já sabe. – Stanton sorri com a boca cheia de biscoito. – Ela vai fazer você comer um monte enquanto estiver aqui.

– Ah, meu Deus!

Mary, a irmã de Stanton e gêmea de Marshall, desce as escadas e chega à cozinha. Com seus cabelos loiros na altura dos ombros e os olhos amendoados da mãe, ela não deixa dúvida de que é parte do clã Shaw.

Como também sou a irmã mais nova, imediatamente me identifico com ela.

Mary inclina o corpo para dar um beijo na bochecha de Stanton. E provoca:

– Vou começar a chamar você de Fantasma Grisalho. Porque está cada dia mais branco e sua barba está ficando grisalha.

Com doçura, Stanton belisca o queixo da irmã. Depois, esfrega a mão em seu próprio maxilar.

– Não tem nada grisalho na minha barba.

– Ainda não – Mary concorda. – Mas espere até Presley ter a minha idade. Você vai estar mais grisalho do que o papai.

Mary se apresenta e imediatamente declara seu amor por meu esmalte. E por meu batom. E pela blusinha prateada sem manga e minhas calças pretas.

– Mama – ela resmunga. – Podemos ir às compras? Por favor?

A mãe de Stanton limpa a mesa.

– Você ainda tem a mesada da semana passada?

– Não, gastei no cinema.

Mama aperta os olhos para Mary.

– Aí está a sua resposta, então.

– Vou à casa de Haddie – Mary anuncia, fazendo biquinho.

– Só depois de alimentar os bezerros no cercado.

Mary abre a boca para reclamar... Mas logo morde os lábios esperançosamente.

– A não ser que... o melhor irmão do mundo decida fazer isso por mim.

– O seu irmão acabou de chegar em casa – resmunga a mãe. – Ele mal terminou de comer. Dê pelo menos um minuto de descanso, oras.

Ela cruza os braços e lança para ele aquele mesmo olhar que Sherman lança para mim.

Stanton repuxa os lábios. E inclina a cabeça na direção da porta.

– Pode ir. Eu alimento os bezerros para você.

Mary abraça o irmão e grita:

– Obrigada! – Então, corre porta afora. – Tchau, Sofia!

Quando a mesa está limpa e as louças secando, Stanton, sua mãe e eu nos sentamos para tomar mais uma xícara de café.

– Depois de instalar Sofia em meu quarto, vou à casa de Jenny – ele anuncia.

Sua mãe enrijece levemente o corpo. Em seguida, assente e toma um gole de café. Stanton mordisca o lábio inferior.

– Seria bom ter me avisado de toda essa coisa do casamento. Um telefonema...

A senhora Shaw o olha nos olhos.

– Isso é entre você e Jenny, não me dizia respeito. Exceto se tiver a ver com Presley, a vida dela é a vida *dela*.

Stanton parece entender a resposta. Alguns minutos depois, pegamos nossas malas no carro e vamos para o lado de fora da casa, seguindo rumo ao antigo quarto de Stanton. "Lado de fora" porque o quarto fica em um dos anexos, em cima do celeiro. Tem aquecimento e divide o banheiro com um quarto idêntico do outro lado, painéis de madeira, chão de madeira, pôsteres e troféus em abundância. O quarto é o sonho de qualquer adolescente.

– Meu irmão Carter e eu construímos esses quartos durante um verão – Stanton me conta, deslizando o olhar pelo cômodo. – Meu pai disse que, se trabalhássemos direitinho, a gente poderia se mudar para cá. Então trabalhamos duro.

E então percebo as fotografias no criado-mudo: um Stanton bem mais jovem usando uniforme, com os braços envolvendo uma Jenny minúscula, com uniforme de líder de torcida; um porta-retratos da filha usando um suéter vermelho sobre uma blusa de gola branca, os dois dentes da frente faltando.

– Por que Marshall e Mary não se mudaram para cá depois que você e seu irmão saíram de casa?

Ele assente como se já esperasse a pergunta.

– Depois que Jenny engravidou, minha mãe não deixou nenhum dos dois vir pra cá. Ela acha que Presley foi concebida aqui e não queria mais netos.

Rindo, pergunto:

– E ela foi concebida aqui?

– Não.

—

Cerca de meia-hora depois, já desfiz as malas e estou pronta para trabalhar um pouco na cama queen size de Stanton. Desde que atravessamos a fronteira do Mississippi e entramos num território onde somos "amigos nada coloridos", Stanton disse que ficaria no antigo quarto de seu irmão. Ele sai do banheiro e já está trocado. Agora usa calça jeans, botas de couro, camisa branca e chapéu marrom de caubói. A camisa se agarra perfeitamente a seus braços, acentuando os músculos de seu bíceps. E o jeans se molda perfeitamente ao seu traseiro, à cintura malhada e àquelas coxas fortes que me fazem salivar.

Fecho a boca, mas ele me pega encarando.

– Tire uma foto para poder ficar olhando.

Viro os olhos.

– Não precisa. Posso recortar um anúncio de Marlboro de uma revista... Você está igualzinho.

Ele solta a cabeça para trás e ri. Vejo seu pomo-de-adão se movimentando. Há algo tão sensual, tão masculino nisso, algo que me faz querer arrancar aquela camisa, baixar a calça jeans e deixá-lo me foder ainda de botas.

– Você vai ficar bem nas próximas horas?

Prendo os cabelos em um rabo-de-cavalo enquanto ele observa cada um dos meus movimentos.

– Claro. Tenho alguns e-mails para responder. Só preciso da senha do Wi-Fi.

Stanton parece preocupado.

– Não temos Wi-Fi aqui, Sofia.

– Como é que é? Como assim não tem Wi-Fi? Como pode não ter Wi-Fi?

– Temos um radar para saber a previsão do tempo.

– Um radar?! – grito.

Então pego meu notebook e o seguro acima da cabeça, andando pelo quarto em busca de algum sinal. Como eu vou fazer para pesquisar coisas? Ler meus e-mails? Ah, como me sinto primitiva, tão desligada do mundo!

Como se eu fosse Sigourney Weaver no espaço sideral, ninguém consegue me ouvir.

– Eu estou no inferno! Você me trouxe para o quinto dos infernos! Como pôde fazer isso comigo? Que tipo de…

– Sofia.

Ele diz meu nome como uma brisa suave, mas atrai minha atenção e me faz parar de gritar. Então joga para mim um pequeno retângulo preto. Pego-o com uma das mãos.

Wi-Fi portátil.

– Obrigada.

Ele pisca com um olho. Depois, olha para meus pés, ainda cobertos com um sapato de couro e salto alto.

– Você não se lembrou de trazer botas, lembrou?

– É claro que eu trouxe. – Abro o armário e puxo um par de Gucci pretas, de couro, até o joelho, com saltos de 7 cm.

Ele solta um suspiro demorado e decepcionado.

– Está bem, vamos fazer o seguinte: quando eu voltar, daremos um pulinho na cooperativa na cidade para arrumar uma bota decente para você.

Não consigo resistir.

– Sério… Você acabou de dizer isso? *Cidade?*

E começo a gargalhar.

– Continue rindo, espertalhona. Vamos ver quão divertido será quando seus sapatos de grife ficarem cobertos de estrume e lama.

Aperto os lábios para me acalmar.

– Seria engraçado.

– Um pouco.

Com um sorriso no rosto, ele estende a mão e passa o polegar em minha bochecha. Depois, em meu lábio inferior.

E o gesto é tão íntimo, tão doce, que quase esqueço por que estou aqui.

Mas logo lembro.

Sou a assistente. A colega. A ajudante de Papai Noel.

Uno as mãos.

– Está bem. Um conselho de última hora. Converse com ela, não dê sermão. Nenhuma mulher gosta que falem com ela aos berros. Pergunte o que deu errado, o que Jenny acha que James Dean tem a oferecer e que ela não está recebendo de você. Depois, diga que vai mudar o que tem que ser mudado, que vai oferecer o que ela precisa.

Ele assente pensativo.

– Lembre-a da história que vocês dois têm, de todos os anos que passaram juntos. – Um toque de sarcasmo invade minha voz: – E, mais importante, mostre a ela que você é um cara *incrível*.

Stanton abre um sorriso convencido.

– Essa parte não vai ser difícil.

Ajeito a aba de seu chapéu com mais entusiasmo do que estou realmente sentindo.

– Vá atrás dela, caubói.

Ele dá meia-volta, mas para na passagem da porta.

– Obrigado, Sofia. Por tudo.

E então desce as escadas. Com um pesado suspiro, sento-me em sua cama e começo a trabalhar. E durante todo o tempo fico imaginando como seria se Stanton tivesse ficado aqui.

CAPÍTULO 11

STANTON

Estaciono, saio da caminhonete e me inclino contra ela, braços cruzados, absorvendo tudo.

A casa dos pais de Jenny é como a terra que o tempo esqueceu – nada nunca muda. A tinta branca está sempre descascando exatamente nos mesmos lugares. O enorme carvalho continua ali, com o mesmo balanço no qual eu costumava balançar Jenny – e continua com aquele galho perfeito, que se aproxima da janela do quarto dela e que tantas vezes me permitiu pular ali dentro.

Assim como a minha, a família dela trabalha nesses acres há gerações. Porém, o trabalho com gado é mais lucrativo e seguro, então fazendeiros como os Monroe enfrentam alguns problemas. Você pode colher mil acres de milho, mas, se só ganha um centavo por quilo, não vai fazer muito dinheiro.

– Jenny! – a avó grita da varanda. – Aquele rapaz está aqui outra vez.

Aquele rapaz.

A vovó nunca foi minha maior fã. Sempre me olhou com certa desconfiança – e irritação. Daquele jeito que você olha uma mosca voando em volta da sua comida, sabendo exatamente quais são as intenções dela, apenas esperando-a pousar... Para poder amassá-la com um jornal.

Depois que Jenny engravidou – e que não nos casamos –, tudo ficou bem claro. A vovó se tornou extremamente hostil. Mas a espingarda que está em seu colo enquanto ela balança em sua cadeira de vime não é para mim.

Bem… não é *só* para mim.

O marido da vovó morreu quando Jenn ainda usava fraldas. Lançado das costas de um cavalo bravo, o velho Henry acabou pousando da forma errada, no momento errado. Vovó manteve a espingarda de Henry consigo desde então, ela até dorme com a arma. Porque, caso ladrões, arruaceiros ou americanos do norte do país apareçam, Vovó está decidida a apagar quantos conseguir. A espingarda não fica carregada, e os membros da família de Jenny fazem de tudo para mantê-la assim.

Há quem diga que vovó sofre de demência, mas nem de longe acredito nessa hipótese. Sua mente continua tão afiada quanto sua língua. Acho que, em vez de andar devagar e apoiada em uma bengala enorme, vovó se sente melhor dando passos barulhentos e carregando a maldita espingarda.

Na porta de tela, Jenny coloca a cabeça para fora. Os cabelos estão presos em um coque bagunçado e, depois de terminar seu turno, ela ainda usa o uniforme rosa do hospital. E me encara por um longo instante antes de a preocupação em seu rosto se transformar em um leve sorriso.

Um sorrisinho amigável, um pouco culpado, mas não surpreso.

Agora que nós dois tivemos alguns dias para nos recuperar da conversa ao telefone, ela sabia que eu viria. Ergo as latas de cerveja e arqueio as sobrancelhas.

Jenny assente antes de inclinar a cabeça na direção da casa.

– Só vou me trocar.

Essa é a nossa tradição. Desde os dezesseis anos, sempre que venho aqui, sempre que queremos ficar sozinhos ou conversar sobre algo importante, levamos latas de cerveja para a beira do rio.

Um cobertor ali na margem é nosso divã. Nunca falhou e não tenho a menor intenção de permitir que nosso truque falhe dessa vez.

Depois que Jenny desaparece dentro de casa, subo lentamente a escada da varanda como se estivesse me aproximando de um urso em hibernação. Você sabe que é seguro, mas é melhor estar pronto para correr caso ele deseje atacar.

Puxo a aba do chapéu para cumprimentar a vovó.

– Senhora.

Seus olhos são afiados feito navalhas.

– Não gosto de você, rapaz.

– Sim, senhora.

– Minha bisnetinha é a melhor coisa que você já fez.

Repuxo um canto da boca em um sorriso.

– Não posso dizer que discordo.

– Eu devia ter atirado em você anos atrás – ela resmunga.

Sento-me ao lado dela, apoiando as mãos nos joelhos, como se estivesse realmente refletindo sobre o que ela está dizendo.

– Não sei... Se atirasse em mim, não haveria ninguém mais para trazer sua bebida preferida.

Levanto a camisa e puxo uma pequena garrafa de Maker's Mark Cask Strength escondida, com toda a habilidade de um traficante de drogas. Alegando motivos de saúde, a mãe de Jenny proibiu vovó de beber uísque há anos – ou pelo menos tentou. Mas a vovó é uma velha esperta, sabe o que faz.

Como um abutre.

Ela olha para a garrafa, lambe seus lábios finos como alguém que acaba de avistar um oásis no deserto. Pode parecer inadequado subornar uma idosa com álcool, horrível fazer isso em busca de informações. Mas não estou no jogo para mostrar boas maneiras ou respeito ou fazer a coisa certa.

Estou no jogo para vencer.

Além disso... eu teria trazido a bebida para ela de qualquer jeito. Venho entregando garrafas de bebidas de primeira há anos. E ainda assim ela me detesta.

– Conte-me sobre esse tal Jimmy Dean.

Confusa, ela inclina a cabeça.

– Do que você está falando?

Viro os olhos.

– Do cara com quem Jenny vai se casar... James Dean.

E é como se eu tivesse pronunciado as palavras mágicas. A vovó parece rejuvenescer anos quando sua carranca desaparece, abrindo espaço para um sorriso cheio de sonhos. O primeiro que vejo em décadas.

– Você está falando de J. D.? Hum-rum. É um exemplar de homem. Se fosse quarenta anos mais nova, eu mesma o paqueraria. Bonito, educado... É um bom rapaz. – O olhar furioso de sempre volta a estampar seu rosto. – Bem diferente de você, Satanás.

Só consigo rir.

– O que o bom J. D. faz para ganhar a vida?

– É professor no colégio. Dá aula de química ou algo assim... É um homem inteligente. E talentoso. Faz só um ano que trabalha na escola e já é assistente do técnico de futebol. Quando aquele Dallas Henry for expulso de seu cargo, imagino que J. D. ficará em seu lugar.

Hum... Então o Salsichinha está trabalhando para o time de futebol da mesma escola onde costumava recolher as coquilhas. Ah, as ironias da vida...

Vovó olha minha mão, que agora acaricia a garrafa de uísque como se um gênio pudesse sair dali.

– O que mais? – insisto.

Ela suspira, ponderando.

– O pai dele morreu há alguns meses. J. D. vendeu a propriedade da família e está construindo um casarão em um condomínio novo. É lá que vai morar com Jenny... e Presley.

Minha bota atinge o chão da varanda furiosamente.

– Nem passando por cima da porra do meu cadáver!

Vovó entende a minha expressão.

– Não use esse tom comigo, rapaz. A culpa é toda sua. – Ela cruza os braços e bufa com arrogância. – Você não é um pai ruim, isso sou obrigada a reconhecer. Mas... Jenny precisa de um homem. Um homem que esteja aqui.

– Eu *estou* aqui – esclareço com uma voz suave.

– Hum. E, pelo que ouvi dizer, não está sozinho. Trouxe uma mulher bonita da cidade. Uma *la-ti-na.*

Ouço a mãe de Jenny gritar dentro da casa, provando mais uma vez que essa cidade mais parece a Máfia – até as paredes têm ouvidos.

– Mamãe, seja discreta.

Vovó rebate sem pestanejar:

– Não venha me dizer como devo agir! – Em seguida, lança uma pérola: – O bom de morrer é que você não precisa ser gentil com ninguém.

Ah, sim... Vovó está para morrer. Desde que consigo me lembrar. Sempre esteve prestes a morrer.

– É verdade, eu trouxe alguém – confesso. – Uma amiga, Sofia. Vocês duas vão se dar muito bem... Ela também não engole desaforos de ninguém.

Uso o dedo para dar alguns tapinhas na garrafa de uísque.

– Agora me diga algo... diferente sobre J. D. Alguma coisa que a cidade toda não saiba.

Ela olha sedenta para mim. E admite:

– Bem, ele não bebe muito... Não dá conta. Mas não acho que seja uma qualidade ruim para um homem... Ninguém gosta de bêbados.

Interessante.

– Mais alguma coisa? – cutuco.

Ela se esforça para lembrar.

– Ah... É alérgico a pimenta. O rosto dele fica mais inchado do que um baiacu se provar uma que seja.

Ainda mais interessante.

Satisfeito, entrego a garrafa à vovó, mantendo a mão abaixo da linha da janela bem à nossa frente, para que a mãe de Jenny não veja. Vovó puxa a garrafa da minha mão como uma criança mimada pega um doce, deslizando-a sob o cobertor em seu colo.

Jenny sai da casa, usando shorts jeans e uma camiseta branca lisa. Continua com a mesma aparência que tinha aos dezoito anos. Posso estar irritado com ela, mas isso não muda o fato de ser sensual pra caramba. E doce. E não muda o fato de... Bem, de eu sentir saudades dela.

– Está pronto? – pergunta.

Levanto-me e puxo o chapéu para me despedir da vovó.

– É sempre um prazer, senhora.

Sua forma de se despedir é fechando a cara.

Jenny vai até a avó e beija sua bochecha. Então eu a ouço sussurrar:

– Não deixe a mamãe sentir o cheiro desse uísque no seu hálito ou ela vai mandá-la para a cama sem jantar.

Vovó ri e acaricia a bochecha de Jenn.

Seguimos em direção à caminhonete, mas paramos na base da escada da varanda quando a mãe de Jenn sai da casa. Apesar das rugas de preocupação marcando seu rosto, June Monroe é uma bela mulher – atraente, com seus cabelos loiros e longos e algumas mechas esbranquiçadas.

Ela oferece um sorriso forçado para mim.

– Stanton. Sua aparência está ótima.

– Obrigado, June. É bom voltar para casa.

June não me odeia tanto quanto sua mãe, mas eu não me arriscaria a dizer que gosta de mim. Diferentemente de Wayne, o pai de Jenn, para quem sempre fui o filho que ele nunca teve. Mas duvido que qualquer um da família esteja feliz com o meu retorno, já que isso atrapalha os planos do grande casamento. Ruby ainda mora com os pais – e tem cinco filhos até agora –, então imagino que os Monroe ficariam felizes se pelo menos uma de suas filhas se casasse e saísse de casa.

– Jenny – a mãe dela diz, a voz aguda, em tom de aviso. – A prova do vestido é hoje à tarde. Não podemos chegar atrasadas.

– Não se preocupe. Eu volto antes de Presley chegar do treino.

Seguro a porta da caminhonete aberta. Fecho-a quando Jenn entra no veículo. Então, me posiciono atrás do volante e partimos rumo ao rio.

—

No caminho, penso no que vou dizer, como faço nas noites antes de enfrentar um caso. Jenny está sentada em um cobertor xadrez, com as pernas cruzadas, enquanto estou em pé, pois consigo pensar melhor quando estou em pé. Nós dois seguramos nossas latas de cerveja.

– Você poderia ter trazido garrafas – ela diz, apertando a lata na mão.

– Só quis ser nostálgico.

Ela ergue o ombro.

– O gosto da nostalgia é melhor quando sai de uma garrafa.

Ela vira o rosto na direção do sol e avisto as sardas espalhadas pelo nariz e pelas bochechas, sardas tão pequenas e discretas que só podem ser vistas quando a luz está no ângulo certo. E parece que ainda ontem eu as estava observando aqui, após um longo mergulho e uma foda ainda mais longa, enquanto ela dormia coberta com nada além da minha sombra.

Jenny ergue a mão para tomar um gole de cerveja e o pequeno diamante brilhando em sua mão esquerda pisa em minha memória como se fosse um maldito elefante.

Ploft!

– Esqueceu de devolver a aliança para ele? Depois de dizer que tinha cometido um erro?

Os olhos dela se apertam.

– É assim que você pretende encarar as coisas, Stanton?

Quase consigo ver as notas de Sofia no bloco de papel amarelo, dizendo para eu tratar essa situação como se fosse um processo e Jenny como se fosse uma testemunha. Preciso que ela fale – para que, assim, eu saiba como tudo aconteceu e como posso colocar um ponto final nessa ideia de casamento.

– Não, não é – respondo com um suspiro. – Por que você não me contou?

Um sorrisinho brota em seus lábios. Um sorrisinho entristecido.

– Porque eu sabia que você tentaria me convencer a não me casar.

Dessa vez ela acertou na mosca.

Jenny lambe a cerveja de seus lábios e, com uma voz carregada de arrependimento, lança:

– Eu deveria ter contado. Você merecia ouvir direto da minha boca. Minha mãe enviou o convite por correio para você porque disse que eu estava enrolando… E eu de fato estava. – Seus olhos azuis, emoldurados por cílios claros, voltam-se para os meus. – Desculpe-me, Stanton.

Pego uma pedra e a balanço na mão.

– Aceito seu pedido de desculpas, contanto que você não se case.

Ela inclina a cabeça, observando enquanto eu jogo a pedra.

– Ouvi dizer que você trouxe alguém para casa.

Já posso visualizar a cadeia de comunicação que fez essa informação chegar em tempo recorde aos ouvidos de Jenny. A senhora Bea contou à senhora Macalister, que trabalha na farmácia. A senhora Macalister fofocou com a velha Abigail Wilson quando foi levar o remédio do coração, porque Abigail está quase cega e não consegue mais dirigir. Abigail Wilson ligou para sua prima Pearl, que por acaso é a melhor amiga há anos de ninguém menos do que June Monroe. E agora me pergunto se June esperou Jenny chegar em casa ou se telefonou para contar enquanto Jenn ainda estava no trabalho.

– É uma amiga.

Jenny zomba.

– Que tipo de amiga?

– O tipo que vai para a minha casa quando minha garota diz que vai se casar com outro homem. – Jogo outra pedrinha na água. – Já contei a minha parte. Agora é a sua vez. Quem é esse cara?

Ela brinca com a areia, pegando um bocado na mão e deixando cair por entre os dedos.

– Depois do colégio, J. D. foi fazer faculdade na Califórnia. Voltou para cá no ano passado, quando seu pai foi diagnosticado com câncer. A gente se encontrou um dia no hospital e ele se lembrava de mim. Passou a fazer visitas ao pai todos os dias e, quando eu estava lá, nós dois ficávamos conversando. Com o tempo, as conversas se transformaram em café na cantina e em jantares depois do meu turno. – Ela faz uma pausa, pensa no passado. Sua voz fica suave: – No fim, a coisa ficou muito ruim. Quando o pai de J. D. faleceu, ele teve muita dificuldade para lidar com a situação. Eu estava lá para ele. Ele… precisava de mim. E era bom sentir que alguém precisava de mim. Depois, J. D. deixou de precisar, mas ainda me queria. E isso… me fez sentir ainda mais especial.

– E você chegou a pensar em mim? Enquanto estava ocupada sendo *especial?*

Ela rebate:

– E você pensou em mim? Enquanto estava fodendo todo mundo na capital?

– Não é verdade.

– É claro que é… porque você acha que o tempo para quando não está aqui. Que eu fico presa, criando nossa filha e esperando você voltar.

– Em primeiro lugar, você não está criando nossa filha sozinha. Portanto, não aja como se fosse assim. Em segundo lugar, esse foi o acordo ao qual chegamos. Podemos fazer o que quisermos quando estamos separados, mas isso aqui… – Aponto para nós dois. – Isso era nosso. Ninguém mais tocava… Ninguém chegava perto. Se não estava mais funcionando para você, devia ter me dito.

E ela fica em pé.

– Estou dizendo agora! Tenho 28 anos, Stanton, e ainda moro com meus pais.

– Então esse é o problema? Jenny, se você quer uma casa, posso comprar uma casa para você.

Nunca chegamos a um acordo sobre pensão porque envio dinheiro todo mês sem precisar disso. E qualquer coisa a mais que ela precisar, qualquer coisa, só precisa pedir.

– J. D. quer ter uma casa comigo… Uma família, um casamento, tudo aquilo que você nunca quis.

Aperto os punhos, os músculos de meus antebraços enrijecem. E não consigo saber se é melhor beijá-la ou sacudi-la para que caia na real.

– Você e Presley são a minha *família*. E eu teria me casado com você dez anos atrás. Falei isso bem aqui, neste maldito lugar!

– *Queria* e *teria* são duas coisas diferentes.

– Foi você quem disse para eu ir! – grito, apontando para ela. – Você me disse para ir! Por *nós*… Por *nosso* futuro, por *nossa* família.

E então brotam as lágrimas, fazendo seus olhos brilharem como o sol batendo na água.

– Se você ama alguém, deixe-o ir. Se ele voltar para você, é porque é seu. – Ela sacode a cabeça. – E você nunca voltou.

– Mentira! Eu voltei sempre que pude…

– Não depois da Columbia. Você mudou naquela época. Começou a gostar daquela vida… do trabalho, das mulheres, da cidade…

– Eu estava me matando, Jenny! Estava estudando Direito, pelo amor de Deus! Trabalho, aulas, estágio… você não tem ideia de como é.

As linhas dos cadernos ainda brilham em minha mente como letreiros de neon. Brigar não vai resolver a situação. Preciso conversar com ela, e não dar sermão.

Respiro fundo para me acalmar. Então dou um passo na direção de Jenny, atraindo seu olhar.

E eu a vejo… Minha garota doce, minha melhor amiga. O amor da minha vida.

– Minha cabeça estava lá. Precisava estar. Mas meu coração sempre esteve aqui com você… nunca foi embora.

Ela chega a fungar, mas as lágrimas ainda não escorrem.

– Você nunca se perguntou por que era tão fácil?

– Amar alguém deve ser fácil.

– Não estou dizendo estar juntos. Quero dizer estar separados. – Ela se vira de costas para mim, olha para a água que corre e se esfrega na encosta. – Todo esse tempo, todos esses anos… Estar separado era mais fácil do que deveria ser. – Ela cruza os braços e um sorriso invade a sua voz. – Quando J. D. sai do trabalho, ele vai à minha casa porque não consegue esperar nem mais um segundo para me ver. Ele *arde* de paixão por mim. Não consegue suportar a ideia de estar longe, de me deixar, nem mesmo por um dia. Você em algum momento sentiu isso, Stanton?

Uma voz terrível e malevolente no fundo da minha cabeça sussurra que já senti isso, uma vez. Mas não por ela.

Bloqueio esse pensamento e me posiciono de modo que Jenny fique me encarando.

– Eu te amo.

– Você ama uma garota de dezessete anos que não existe mais.

– Não é verdade. Ela existe e está bem na minha frente.

Jenny inclina a cabeça e abre o mais discreto dos sorrisos.

– Eu não sou mais divertida como fui um dia.

Dou um passo para a frente e envolvo seu rosto com as mãos, acariciando sua pele.

– Olho para você e vejo mil dias de verão. Os melhores momentos da minha vida.

A emoção me afoga, tornando difícil falar. Os sentimentos que tenho por essa mulher me esmagam, até respirar torna-se difícil.

– Eu te amo desde os meus doze anos e vou te amar até o dia em que eu morrer.

As lágrimas começam a cair de seus olhos. Ela leva a mão ao rosto, tentando secar o choro, e então beija a palma da minha mão.

– E eu te amo, Stanton. Amo, mesmo. O que sinto por você, quem você é, é tão precioso para mim. Não quero perder isso.

E acho que consegui, acho que a convenci. Jenny pertence a mim e tudo está certo no mundo. Tenho que admitir, foi mais fácil do que eu esperava. Sabia que eu era bom, mas não imaginava que fosse *tão* bom assim.

Até ela baixar minha mão, secar o rosto e me olhar nos olhos.

– Mas estou apaixonada por J. D.

Caralho.

Balanço a cabeça.

– Você só está se sentindo sozinha porque eu passei tempo demais longe.

– Não – ela insiste. – Estou apaixonada por ele. Aconteceu rápido, mas o sentimento é forte e verdadeiro. Você precisa aceitar a realidade.

As próximas palavras passam por meus lábios antes de eu sequer me dar conta do que estou dizendo.

– Eu vou voltar para cá. Vou deixar a empresa para trás, Jenn. Vou abrir um escritório na cidade. E voltar a viver aqui.

Ela está com os lábios entreabertos, a voz sai sussurrada com a surpresa por ter ouvido palavras que não esperava.

– Não há muito mercado para um advogado criminalista aqui em Sunshine.

– Eu posso me dedicar a outros ramos do Direito.

Ela estreita os olhos.

– Você detestaria.

Seguro seu queixo.

– Posso fazer isso. Por você e Presley. Se é disso que você precisa, eu volto.

Ela franze as sobrancelhas, meio por desgosto, meio por mágoa.

– Eu não quero ser o seu sacrifício. Nunca quis. Nós dois merecemos *mais* do que isso.

E então ela solta o corpo contra o meu, envolvendo minha cintura com os braços, seu calor suave junto ao meu enquanto ela enterra o rosto no meu peito, recusando-se a me deixar ir embora. Retribuo o abraço, um abraço forte, beijando o topo de sua cabeça, murmurando palavras doces, pressionando o nariz em seus cabelos porque o cheiro é maravilhoso.

Ficamos assim por um tempo, até suas lágrimas secarem. E aí só resta a sensação de... tristeza. Como o último minuto de um funeral.

– Vou me casar com J. D. no sábado, Stanton. Preciso que você entenda.

Seguro seus braços e me inclino para a frente, para que ela possa me olhar nos olhos.

– Isso é um erro. Eu vim aqui atrás de você. Não vou desistir da gente. Entenda *isso*.

– Você não sabe... – ela começa a dizer.

No entanto, tenho uma ideia e a interrompo com um sotaque carregado do Alabama:

– Não sou um homem inteligente, *Jen-ney.* Mas sei o que é o amor...

Ela cobre as orelhas e grita:

– Não faça isso! Não brinque de *Forrest Gump* comigo! Você sabe que esse filme me faz chorar, seu malvado, seu filho da mãe!

Ela me dá um soco no braço, e nós dois estamos quase sorrindo.

– Sim, eu sei. – Empurro seus cabelos loiros para trás, deixando o calor das minhas mãos impregnarem sua camiseta, esfregando o polegar em sua clavícula. – Ele conhece? Ele conhece você tanto quanto eu conheço, Jenn? – E me aproximo, inclinando-me na direção dela. – Ele sabe o quanto você adora aqueles beijos demorados e molhados? Ele sabe lamber aquele ponto atrás da sua...

A mão de Jenn cobre a minha boca. Ela me olha com ares de diversão, como se eu fosse um adolescente incorrigível.

– Já basta, Stanton. Ele me conhece... e, em algumas coisas, melhor do que você. O que não sabe, vai ter muito tempo para descobrir.

Coloco a língua para fora e começo a lamber sua palma em movimentos circulares.

Ela grita e puxa a mão.

– Quero que você o conheça, Stanton. É um cara bom. Você vai gostar dele.

Cruzo os braços.

– Se ele estiver respirando, então não, eu não vou gostar dele.

Jenny aponta para a caminhonete.

– Vamos, me leve para casa. Presley já deve estar terminando o treino.

– Vamos buscá-la – sugiro enquanto andamos lado a lado até a caminhonete. – Juntos. Ela vai gostar.

– Está bem.

Estendo o braço para segurar a mão de Jenny, como já fiz um milhão de vezes antes, mas ela se afasta. Franzo a testa. Então eu a agarro, não a deixo escapar, e, de propósito, entrelaço nossos dedos.

Ela não parece impressionada.

– Terminou?

Olhando-a nos olhos, lentamente trago seus dedos aos meus lábios.

– Minha querida, eu nem comecei a começar.

Ela me olha no rosto, parecendo não saber se quer rir ou explodir em lágrimas, talvez as duas coisas ao mesmo tempo. Sua mão envolve meu maxilar enquanto ela balança a cabeça.

– Ah, Stanton… Sei que fiz muita merda com relação a tudo isso… Mas senti tanta saudade de você!

CAPÍTULO 12

STANTON

Depois de deixar Jenny na casa de seus pais, trago Presley para a minha. Ela e Sofia parecem se dar bem quando as apresento uma à outra em meu antigo quarto. Então Presley e eu vamos para fora, para brincar. Lanço a bola de futebol americano fazendo-a girar pelo ar até descansar nas mãos dela. Um passe perfeito.

É bom saber que ainda dou conta.

Presley segura a bola colocando os dedos sobre os cordões, do modo como a ensinei desde que tinha idade suficiente para segurar uma bola, e a arremessa de volta. Certamente tem os braços do pai.

Não que eu queira que ela se torne uma jogadora de futebol nem nada do tipo, mas acho que há certas habilidades que toda garota deveria aprender – no mínimo para não ficar muito impressionada quando algum idiota arrogante aparecer querendo se exibir. Trocar pneu, jogar bola, andar a cavalo, dirigir um carro com câmbio manual… e também é importante aprender a trocar o óleo do carro.

Além disso, o esporte nos dá tempo para conversar. Para restabelecermos o contato depois de eu ter passado meses fora. Sempre imaginei que enfrentar *aquelas* conversas – sobre beber, fumar, trepar – quando ela chegar à adolescência será menos desconfortável se houver o futebol entre nós.

– E aí... o que está achando de toda essa história de casamento?

Presley dá risada.

– Você se surpreendeu? Eu ia contar tudo na semana passada, mas a mamãe falou para esperar... disse que você ficaria muito surpreso.

Forço um sorriso.

– Ah, eu fiquei bem surpreso, sim.

– Eu vou ser a dama de honra! – Ela fica praticamente saltitante. – Meu vestido é azul, de cetim, e me sinto uma princesa com ele. E a vovó arrumou sapatos azuis para combinar. A mamãe disse que vou poder arrumar os cabelos e usar gloss!

Seu entusiasmo faz um sorriso sincero brotar em meus lábios.

– Que bom, filha!

Presley faz uma jogada e tenho que correr para pegar a bola na grama.

– E esse tal de J. D.? Você gosta dele?

Minha filha assente.

– Sim, ele é bem legal. Deixa a mamãe toda risonha.

Risonha? Eu me pergunto se ela vai ficar *risonha* quando eu arrancar a cabeça desse cara.

– E como, ahm... Como você vai chamá-lo... se ele e a mamãe se casarem?

Ela segura a bola, apertando o rosto em contemplação.

– Bem, de J. D., é claro. É o nome dele, seu bobo.

A respiração me escapa em uma explosão rápida de alívio, soando como uma risada rouca. Pego a bola que Presley joga e pergunto:

– Mas você tem certeza de que gosta dele?

Ela me encara por um instante.

Pensativa.

– Você quer que eu não goste dele, papai?

Momentos assim nunca deixam de me impressionar. Tudo aquilo que não dizemos na frente das crianças para preservar sua inocência, as palavras que soletramos, as ações que escondemos para elas não copiarem nossos maus hábitos... E meu pai, que costumava fumar atrás do celeiro, para que ninguém visse. Ainda assim, sentíamos o cheiro de cigarro nele.

As crianças não ouvem o que dizemos, mas observam a forma como dizemos. Como se fossem dotadas de um sexto sentido, percebem nossas emoções.

E simplesmente *sabem* o que está rolando.

Não quero dividir o carinho da minha filha com outro homem. Tampouco quero deixá-la dividida, forçá-la a ter de escolher entre as duas pessoas que mais ama no mundo. Não é tarefa dela proteger os meus sentimentos ou os de sua mãe. É nossa tarefa proteger os sentimentos de nossa filha.

E eu me detesto por ela ter sentido a necessidade de fazer essa pergunta.

Aproximo-me dela e me ajoelho para que nossos olhos estejam no mesmo nível.

– Quero que você seja feliz, Presley... Você e a mamãe. E quero que me diga se algum dia não estiver feliz. Mas não quero que sinta que não pode gostar dele, ou de quem quer que seja, por minha causa. Entende?

– Você vai ficar triste quando a mamãe e J. D. se casarem?

Como eu devo responder a essa pergunta? *Bem, querida, eu estou aqui para ter certeza de que isso não vai acontecer.*

Seguro a aba do chapéu e desvio a pergunta.

– Você vai?

Ela abre um sorriso tímido, como se estivesse prestes a revelar um segredo.

– Quando eu era criança...

– E quando foi isso? – provoco. – Ano passado?

Em tom de brincadeira, ela me dá um empurrão no ombro.

– Nããããão... Quando eu era *bem pequena*... cinco ou seis anos, eu costumava olhar para as estrelas e fazer um pedido antes de ir para a cama. Depois que a mamãe me colocava na cama, eu ia até a janela e olhava... e pedia para você voltar.

Um nó se forma em meu peito, cada vez mais apertado, até eu quase ficar sem ar.

– Ou que você levasse a mamãe e a mim para morar com você na capital e que ficássemos lá para... para sempre.

Jenny e eu somos bons pais, não tenho dúvida quanto a isso… Mas é difícil ouvir que você decepcionou sua filha, saber que ela desejava tanto algo que você podia ter feito, mas simplesmente não fez.

– Eu não sabia que você fazia isso, Presley. – Desvio o olhar e puxo algumas hastes de grama. – É o que você quer?

– Não. – Ela suspira pensativa. – E você está feliz lá. Lá tem o seu escritório e a Casa Branca… e tem o Jake. E a mamãe está feliz aqui. E agora tem J. D. para fazer companhia.

Que ótimo… a mamãe fica com J. D. e eu fico com aquele puto resmungão do Jake. Tem alguma coisa errada nessa história.

E ela prossegue, parecendo ainda mais contente:

– E eu tenho dois Natais… Quem em sã consciência ficaria triste com isso?

Só consigo dar risada. E a puxo em meus braços.

– Eu te amo, filhinha.

Presley me abraça na altura dos ombros e me aperta com toda a sua força.

– Eu também te amo.

CAPÍTULO 13

SOFIA

Presley Shaw era tudo o que eu havia imaginado com base no som de sua voz e nas fotografias espalhadas pelo apartamento de Stanton. Cheia de vida, doce, com um brilho arteiro nos olhos que lembram os de seu pai.

Continuei trabalhando depois que Stanton veio ao meu quarto para me dizer que levaria Presley de volta à casa dos pais de Jenny. Eu ainda estava elaborando um documento quando a luz do sol lá fora começou a desaparecer e a bola de fogo alaranjada sumiu no horizonte.

Deixei o notebook de lado quando a senhora Shaw veio me chamar para o jantar. A mesa estava posta e Marshall, Mary e Carter Shaw, o pai de Stanton, já estavam sentados. Parece que os jantares em família são algo comum por aqui, um evento com hora marcada. O senhor Shaw é um homem alto e corpulento, com um rosto bonito, marcado pelo tempo, e uma disposição estoica. Do tipo forte, silencioso. Imagino que seja uns dez anos mais velho do que a esposa, mas há uma doçura na forma como ele a olha e uma devoção na voz dela que me dizem que esse é um casamento feliz.

Eu me tornei o centro das atenções enquanto respondia perguntas sobre minha família, sobre como foi crescer em Chicago. Também contei histórias dos tribunais de Washington. Entre uma mordida e outra da deliciosa carne assada com batatas, eles me contavam tudo sobre Stanton – as glórias dos tempos da equipe de futebol do colégio, uma brincadeira que quase incendiou a casa em sua adolescência e a perna quebrada aos cinco anos, depois de pular do telhado, porque acreditou que sua cueca do Superman lhe daria o poder de voar.

Havia um lugar à mesa à espera de Stanton, mas a cadeira permaneceu vazia.

Depois do jantar, de volta ao quarto, liguei para Brent para saber como estavam as coisas. Parece que Sherman está muito acostumado à sua nova vida e talvez não queira mais voltar para mim. Nunca mais.

Depois do banho, visto uma camisola chocolate, seco os cabelos e abro a janela antes de me deitar na cama, sobre as cobertas. É uma noite fresca e a sensação do ar contra a pele é boa. Meus olhos começam a pesar enquanto vejo o mundo pela janela. Esperando avistar os faróis do carro, a volta de uma picape preta.

Não, não apenas esperando. É muito pior do que isso.

Estou desejando.

—

Ding.

– Merda!

Bang.

– Porra!

Smack.

– Filho da puta!

Acendo o abajur ao lado da cama e protejo os olhos quando a luz explode pelo quarto. Stanton acaba de entrar – está de quatro no chão.

Olha desconcertado para mim.

– O chão me enganou.

Vou ajudá-lo a ficar em pé. Seu peso faz nós dois cairmos na cama. Com meu rosto pressionando seu pescoço, sinto o cheiro de terra e de fogueira abaixo do cheiro mais forte e entorpecedor de álcool. Não é desagradável, mas possivelmente forte o suficiente para me deixar embriagada.

– Que bom que não estou com nenhuma vela acesa, ou então você explodiria.

Stanton dá risada enquanto eu o ajeito na beirada da cama, seus pés apoiados no chão em busca de equilíbrio. O chapéu está adoravelmente desajeitado e seus olhos, apertados e sem foco, me observam através daqueles cílios escuros, repousando sobre meu rosto.

– Caramba, você está linda!

Minha nossa! Não consigo segurar o sorriso que brota com o elogio nada suave.

– Desculpe ter deixado você tanto tempo sozinha, Soph – continua.

Dou um passo para trás e balanço a cabeça.

– Tudo bem. É por isso que estamos aqui, certo? – Mas sinto uma pontada de irritação ao perceber o que aconteceu. – Você estava dirigindo desse jeito?

Ele apenas dá de ombros.

– Meu carro sabe o caminho.

– Que idiota da sua parte, Stanton. – Engulo em seco. – Você estava... com Jenny esse tempo todo?

Seus lábios vibram quando ele expira pesadamente.

– Não. Jenn, a mãe, a irmã e Presley foram à prova do vestido. Wayne, o pai de Jenny, me levou ao seu galpão de caça para mostrar o cervo que caçou na última temporada, que agora está dependurado na parede. Começamos e beber, conversar... mais beber do que conversar.

Uma emoção feroz me atinge no peito como se fosse a bola de demolição de Miley Cyrus. Por um instante, ao reconhecer essa emoção, fico sem palavras.

Alívio.

Um alívio profundo, como a sensação de um bálsamo refrescante sobre uma ferida ardente. Que nasce no peito e se espalha pelos braços e pernas, fazendo a ponta dos dedos das mãos e dos pés formigar.

Puta merda! Eu não tinha me dado conta de como meus músculos estavam tensos, de quanto eu odiava a ideia de Stanton ter passado essas horas com Jenny, até ele me dizer que não tinha feito isso.

Que diabos há de errado comigo?

Quando olho para o rosto dele, minhas emoções fora de lugar se dissipam. Porque ele parece péssimo. Seus ombros pesam, o olhar mantém-se baixo, os lábios repuxados, quase em luto.

– Acho que acabou de vez – sussurra. – Fiquei muito tempo longe e… e a perdi. – Então, levanta a voz: – E todo mundo aceita numa boa! Wayne, Jenn, Presley, até minha própria mãe, todos acham fantástica a ideia de ela se casar. Parece que eu era o único achando que nossa relação seria duradoura. Para a vida toda, entende?

– Sinto muito – murmuro, posicionando-me entre suas pernas para abraçá-lo. Sua cabeça descansa contra meu pescoço, a respiração bate aquecida em meu peito.

As mãos gentis apertam minha cintura, envolvendo-a, descansando em minha lombar.

Coloco o chapéu ao seu lado na cama, deslizando os dedos por seus cabelos de modo a tentar oferecer algum conforto. Sua voz está suave, quase inaudível, perdida contra o tecido da minha camisola. E meus mamilos entumecem quando Stanton acrescenta:

– Estou grato pra caralho por você estar aqui, Sofia.

Uma das vantagens de viver cercada por homens é saber exatamente como eles pensam, entender o significado implícito das palavras que eles dizem.

Reviro os olhos.

– É claro que você se sente aliviado por eu estar aqui. Afinal, você tomou um chute metafórico nas bolas. E agora seu ego está ferido.

E, depois que um homem sofre uma derrocada, nada acalma seu ego mais rapidamente do que pousar em uma pista nova e calorosa.

Ele ergue a cabeça, que estava apoiada em meu peito, e me analisa com olhos turvos, mas sinceros.

– Não é só isso. Não estou grato só porque tem *alguém* aqui. Estou contente por ser *você*.

Lentamente, as mãos de Stanton deslizam mais para baixo, agarrando minhas nádegas, arrancando um gemido abafado em meus pulmões. Então ele prossegue:

– É claro que, se você quiser acariciar meu ego… ferido… e curá-lo… bem, serei obrigado a aceitar.

Stanton arqueia as sobrancelhas e eu dou risada. Seus cabelos espessos são suaves contra minha pele enquanto continuo deslizando as mãos por eles, pensativa. Avalio minhas opções.

E o desejo. Sempre o desejo. Por que não o teria? Pensei em manter as coisas platônicas enquanto estivesse aqui, para ajudar o plano a dar certo. Para manter tudo em seu devido lugar.

Mas agora, olhando seu rosto lindo, esses lábios cheios sorrindo para mim… Por que eu não poderia desfrutar desse homem quando eu o tenho? Afinal, não sou mais "a outra". Jenny não o quer mais.

Suas mãos deslizam e me massageiam, os dedos fazem uma busca, mesmo conhecendo tão bem o meu corpo. O ritmo que tanto adoro, os toques secretos que me fazem contorcer e arfar e desejar.

Por que eu não poderia colher os benefícios do que ela tão tolamente jogou fora?

É só sexo. Uma liberação incrível, quente, física. Tento pensar em um motivo para dizer não.

E não consigo encontrar nenhum.

Pego seu chapéu de caubói na cama e o coloco na cabeça.

Cavalgue, cowgirl.

Ele sorri. E meus joelhos cedem.

– Meu chapéu fica bom em você – elogia com uma voz arrastada.

Olho para sua boca antes de abrir um sorriso diabólico.

– Sabe o que mais fica bom em mim?

– O quê?

Aproximo-me o suficiente para poder saboreá-lo.

– Você.

Stanton começa a gargalhar, mas a gargalhada se transforma em um gemido quando eu o beijo. Um beijo de língua, sugando seus lábios, para deixar claro o que quero. Stanton ergue a mão, enterrando-a em meus cabelos, acariciando meu rosto. Esfregando a ponta dos dedos em meu pescoço. E me puxa mais para perto, deslizando a boca sobre a minha. Ele também deixa claro o que quer.

Uma eletricidade afetuosa se espalha entre nós, e uma forte afeição nos mantém unidos. É quente e familiar, selvagem e excitante, e, ao mesmo tempo, quero me afogar nela. Não consigo estar próxima o suficiente desse homem; preciso do contato de sua pele mais do que meus pulmões precisam de ar. Afasto a boca e ergo sua camisa. Assim que a tiro, ele está agarrado à alça da minha camisola, os dentes se esfregando em meu ombro, sugando a pele do meu pescoço com força suficiente para deixar marcas.

Espalho beijos por seu peito bronzeado, deslizando a mão por todos os músculos esculturais, adorando ver sua barriga se apertar com meu toque. Minha língua acaricia o seu mamilo duro, girando e provocando, fazendo Stanton silvar. Fico de joelhos e olho-o nos olhos enquanto desabotoo sua calça.

Ele me observa com olhos pesados, arrancando o chapéu da minha cabeça, acariciando meus cabelos, sorrindo como se guardasse um segredo.

Existe uma alegria sacana entre nós, uma emoção safada por eu estar de joelhos à sua frente enquanto ele puxa meus cabelos, enquanto sussurra as palavras mais sujas do mundo. Porque Stanton sabe exatamente o que está fazendo, sabe do que eu preciso. Dou a ele meu corpo, minhas súplicas, e, em troca, ele me dá um prazer de tirar o fôlego. Ele não precisa que eu dê dicas. Não preciso me preocupar com instruções. Ele vai me fazer chegar gloriosamente onde tenho que chegar.

Mas não sou fraca, nem de joelhos. Eu dou, ele recebe, mas ele *precisa* que eu dê. Está desesperado para me ver dar – posso perceber em seus olhos, nos movimentos de sua mão, em seus comandos sussurrados para que eu me apresse. Somos o equilíbrio perfeito da paixão, uma mistura perfeita de desejo e satisfação.

Tiro suas calças e as deixo de lado. O membro de Stanton salta, grosso e pronto, exigindo toda a minha atenção, esperando que eu o segure. Seu pau é uma imagem e tanto – uma circunferência impressionante, veias masculinas, tamanho potente –, que merece ser replicada, esculpida e reverenciada como uma obra de arte.

Seguro-o em minha mão, agarrando com força, punhetando lentamente.

– Porra! – ele geme.

Por um horrível momento, chego a me perguntar se ele não está imaginando a outra aqui em meu lugar, com aquela cabeça loira a seus pés. Mas então deslizo a língua por seu mastro, para cima e para baixo, umedecendo toda a extensão com desejo… E é o meu nome que sai de seus lábios.

– Sofia…

Um calor líquido se espalha por meu corpo ao ouvir sua voz. Minha boceta fica úmida, deixando-me mais excitada, com mais vontade de lhe dar prazer, de fazê-lo se contorcer, para engolir seus gemidos – para engolir esse homem.

Para fazê-lo esquecer por que chegamos aqui, para deixá-lo concentrado apenas em chegar ao orgasmo.

– Adoro esse pau duro assim – sussurro contra ele, fazendo-o estremecer em minha mão. – Adoro o seu sabor.

Envolvo a cabeça com meus lábios, essa cabeça inchada e quente. E chupo, passando a língua em círculos. Depois vou descendo, tomando-o por inteiro em minha boca, do jeito que ele tanto adora. Relaxo a garganta, deixando-o invadi-la, respirando enquanto tento não me afogar, e engulo, sabendo que meus músculos vão se contrair em volta de sua vara.

Ele mexe o quadril, tentando invadir minha garganta mais fundo. Então, lentamente tiro seu pau dali, mas sigo chupando, arrastando meus lábios e minha língua pelo caminho. Desço outra vez, acelerando o ritmo, esfregando de leve os dentes.

Seu peito sobe e desce agitado, arfando, grunhindo. Suas mãos agarram meus cabelos com mais força, puxando-os de modo a provocar uma leve dor. Mas é uma dor gratificante, encorajadora, porque sei que estou levando-o ao limite.

Assim, Stanton!

Quero que ele me empurre, me puxe, que foda a minha boca, que me use, contanto que esteja pensando apenas em mim. Contanto que deseje apenas a mim.

Minha cabeça segue em um vai e vem frenético. Seguro suas bolas pesadas com minha mão aquecida e massageio, puxo, antes de acariciar com suavidade.

Seu pau fica ainda mais ereto, uma vara grossa e aveludada fodendo minha boca sedenta. Envolvo-o com os dedos perto da base e punheto em harmonia com minha boca. E aí sua mão puxa a minha cabeça, tentando me fazer parar enquanto seu pau desliza para dentro e para fora da minha boca, enquanto seu quadril soca em mim com vontade.

– Porra... Eu vou gozar... Vou gozar nessa sua boca perfeita... Caralho...

Sinto seu pau se expandir, inchar e, um segundo depois, jatos de seu orgasmo quente e salgado deslizam na minha língua, enchendo minha boca. Engulo tudo o que ele oferece, engulo com gosto. Porque adoro o fato de poder fazer isso com ele. Adoro lhe dar prazer.

Stanton recupera o fôlego enquanto desliza os dedos por meus cabelos – agora suavemente, em carícias. Quando ele amolece em minha boca, solto-o e imediatamente me vejo ser puxada para cima, abraçada por ele enquanto caímos na cama. Ele beija minha testa, meus olhos fechados.

Em seguida, suas mãos deslizam por minha coxa e seu corpo desce. Sua respiração resvala em minha barriga, fazendo-a formigar. Ele se ajeita entre minhas coxas abertas, aperta minhas nádegas e desce com sua boca. O ar sai de meus pulmões com aquela sensação deliciosa, o primeiro toque de seus lábios me envolvendo. Arqueio as costas enquanto ele agarra meu quadril, mantendo-me parada e pronta para os ataques de sua língua.

Ele lambe e suga e se esfrega contra minha coxa, desesperado no meio das minhas pernas arreganhadas. Traz um calor delicioso, úmido, que rouba meus pensamentos e me deixa sem palavras. Olho para baixo, para vê-lo, e aquela imagem faz minhas mãos agarrarem os lençóis, fazem minhas coxas estremecer. Seus olhos estão fechados, concentrados; seu rosto, tomado pelo êxtase; a boca murmura uma apreciação enquanto sua cabeça vai de um lado para o outro. E sinto o orgasmo tomar forma – a pressão, as faíscas de prazer erótico crispam dentro de mim –, cada vez mais próximo.

– Ah, meu Deus, Stanton... Ahh...

Ele solta meu quadril. Minha pélvis gira sem-vergonha contra sua língua, desejando-o mais fundo, mais forte, mais quente. Ele desliza os dedos para dentro da minha boceta apertada enquanto sua língua mantém os círculos firmes e implacáveis em meu clitóris. Cada músculo do meu corpo enrijece com a espera e, por alguns lindos segundos, me vejo suspensa, flutuando sobre aquele precipício sensual.

E então, com um gemido longo passando por entre os dentes, eu me desfaço. Meus ombros estremecem com a força do orgasmo, minha boceta pulsa em torno dos dedos de Stanton e o êxtase carnal arrebenta cada nervo do meu corpo. E parece durar para sempre, com espasmos de prazer que forçam os gemidos para fora dos meus pulmões.

Quando o calor do desejo diminui, abro os olhos. Pontos de luz brilham nos cantos da minha visão e, no centro, vejo o rosto de Stanton, desejando-me com uma satisfação tenra. Sinto suas mãos tocarem meu queixo e, quando ele me beija bem devagarinho, saboreio em seus lábios a mistura do álcool com a minha doçura.

Cansados, acabados, puxamos as cobertas, apoiamos a cabeça em nossos travesseiros e, com uma respiração mais calma, fechamos os olhos ao resto do mundo.

CAPÍTULO 14

STANTON

Existe toda uma literatura de estudos científicos sobre o sono – benefícios, efeitos colaterais, melhores formas de dormir, quantas horas, em quais posições, em que tipo de cama e de travesseiro, a melhor temperatura do quarto. Os pesquisadores concordam que é melhor acordar naturalmente – quando seu corpo avisa que já dormiu o suficiente. Se você precisa trabalhar para ganhar a vida, essa provavelmente não é uma opção.

A segunda melhor maneira é acordar paulatinamente – e é por isso que existem despertadores com ruídos de ondas do mar, música clássica e sinos tibetanos. Mas, independentemente de qual som, quanto mais suave, melhor.

Essa não é a teoria que minha mãe adota.

Ding, ding, ding, ding, ding, ding, ding, ding, ding, ding, ding, ding, ding, ding, ding...

Sofia se levanta assustada, cabelos voando, braços sacudindo.

– O que é isso? O que está acontecendo? Onde...? Estamos sob ataque!

Ding, ding, ding, ding, ding, ding, ding, ding, ding, ding, ding, ding, ding, ding, ding...

Não consigo reunir a energia necessária sequer para resmungar.

– É um sino para chamar para a refeição. – O despertador preferido da minha mãe. – Quanto a estar sob ataque, acho que sim.

Merda. Levo a mão à testa, deslizo-a pelos cabelos em busca da picareta que está martelando meu cérebro.

Ding, ding, ding, ding, ding, ding, ding, ding, ding, ding, ding, ding, ding, ding, ding...

– Está cada vez mais alto... – Sofia lamenta antes de envolver o rosto com o travesseiro. – Por que está ficando *mais alto?*

Tento pegar o celular no criado-mudo para ver a hora.

Puta que pariu!

– Está cada vez mais alto porque hoje é domingo. – Meu sussurro fere meus próprios tímpanos. – E porque estamos no Mississippi.

Ela solta um lado do travesseiro, levanta a cabeça e olha para mim com apenas um olho aberto.

– Isso quer dizer alguma coisa?

– Sim, quer dizer que vamos à igreja.

Ela enterra o rosto outra vez no travesseiro.

Sei muito bem como Sofia se sente.

—

Nem todas as igrejas batistas do sul dos Estados Unidos são iguais. Existem as contemporâneas, com seus prédios modernos, anfiteatros enormes, rock cristão, sistema de som avançado e fiéis que erguem os braços cantando *amém*, por vezes aos milhares. E existem as tradicionais, como a Primeira Igreja Batista de Sunshine, Mississippi, construída antes da Guerra Civil, sem ar-condicionado ou sistema de aquecimento, com bancos de madeira e fiéis silenciosos, que aparecem todas as semanas... Igrejas nas quais o que mais se aproxima de um equipamento de som é o órgão. Órgão que é tocado pela senhora Bea, minha professora do nono ano.

Sentamo-nos em um banco na parte de trás do salão, ladeados por meus pais, minha irmã Mary (que envia mensagens de texto rapidamente antes de minha mãe ver) e Marshall, que está quase dormindo. Sofia atraiu muita atenção logo que entramos. Não por não estar vestida adequadamente, mas porque é um rosto novo – e lindo pra caralho. Seus cabelos estão presos em um coque, seu belo vestido roxo dá destaque a seus olhos escuros e as sandálias de tiras me fazem pensar em amarrar essa mulher deliciosa na cama.

Ela vai povoar as fantasias de todos os adolescentes da cidade, e também de muitos de seus pais.

Pouco antes de a cerimônia começar, avisto a cabeça de Jenny e a de Presley algumas fileiras à frente… e do homem de cabelos escuros sentado ao lado delas.

Minha. Quero gritar, escrever na parede, tatuar na testa dela com letras maiúsculas.

Ele se inclina, sussurrando, e Jenny cobre a boca. *Rindo, porra.* Sinto meus dentes se apertarem e exalo como um dragão furioso, pronto para atravessar o salão e transformar o rabo desse filho da puta em cinzas.

Provavelmente sentindo meu olhar, Presley se vira e abre um sorriso enorme para mim. Mando um beijo para ela. Trinta segundos depois, minha filha está se aproximando, depois de receber autorização da mãe. Presley se senta entre nós e começa a cochichar feliz com Sofia, a distração perfeita para afastar meus pensamentos do homem a quem quero agredir.

Quando o pastor Thompson dá início à cerimônia, ouço minha filha dizer a Sofia:

– Esse é o pastor Thompson… Ele tem 120 anos.

Dou risada.

– Ele tem 92.

– Está com uma aparência ótima para alguém com 92 – comenta Sofia, assentindo.

O pastor Thompson está na comunidade desde que nasci – na verdade, desde que quase todas as pessoas desta igreja nasceram. Sabe nossos nomes, datas de aniversário, esteve por perto para reconfortar aqueles que passaram por situações difíceis e para celebrar nos dias alegres.

E, pela primeira vez em muito tempo, o pensamento de ser conhecido por tantas pessoas não me incomoda. A sensação é… boa. Essa coisa de não precisar ficar me apresentando, dizendo de onde sou, onde estive, aonde vou. Simplesmente não é necessário.

Eu sou um deles. Todos já me conhecem aqui.

E é por isso que, quando o pastor começa seu sermão, ele desliza o olhar pela igreja. E o velho filho da mãe lança uma piscadela para mim antes de abrir a Bíblia e contar a história do Filho Pródigo.

—

Do lado de fora da igreja, avisto, no gramado, Jenny e o cara de cabelos escuros. Quando consigo ver melhor, percebo que ele é alguns centímetros mais baixo do que eu, mais magro, mas, mesmo assim, está em boa forma. Tem uma aparência razoável com seu nariz reto, sobrancelhas pesadas e lábios cheios e afeminados. E tem aquela covinha no queixo, como o John Travolta.

Um queixo, digamos, anal.

A partir de agora, sempre pensarei nele como Cara de Bunda.

– É ele? – sussurra Sofia, seus olhos apontados na mesma direção dos meus.

– É ele – rosno em resposta.

Como um cachorro que avista seu osso favorito na boca de outro.

– Nossa! – ela exclama em voz baixa. – O cara é lindo! Poderia ser modelo da Calvin Klein ou da Armani.

Franzindo a testa, viro-me para ela.

– Por que está me dizendo isso?

Ela olha para mim, sorrindo.

– Quer que eu minta?

– Sim, quero.

Ela aponta o olhar outra vez para o Cara de Bunda. Então, cobre os olhos com a mão.

– Meu Deus! Que cara horrível! Não consigo suportar olhar para ele. Vamos, Quasímodo, Jimmy Dean chegou.

Suspiro.

– Sofia?

– Sim, Stanton? – ela diz com uma voz doce.

Aproximo-me dela de modo que meus lábios estejam a um fio de cabelo de sua orelha.

– Seja melhor quando tentar mentir.

Enquanto o casal feliz se aproxima, viro-me para olhar para eles e pergunto para Sofia de canto de boca:

– Como devo agir nessa situação? Assustá-lo com ameaças ou simplesmente chutar seu rabo?

Por favor, escolha a opção "chutar o rabo".

– É melhor ser educado. Simpático… Mostre que você é maior.

Eu a cutuco com o ombro.

– Maior é melhor… E o apelido dele era Salsichinha, então parece que eu tenho o monopólio do tamanho.

Isso a fez rir discretamente.

– Você deve se tornar amigo dele, e o mais rápido que puder. Saia para beber ou caçar, matem algum animal juntos. Mantenha seus amigos por perto, seus inimigos ainda mais próximos.

Não pela primeira vez, dou os parabéns a mim mesmo pela sábia ideia de trazer Sofia comigo. Ter uma linha direta de contato com um cérebro feminino é o melhor recurso. Sem ela, eu teria acabado com esse filho da puta – o que aparentemente deixaria Jenny irritada, e não impressionada. E talvez até a fizesse fugir para Las Vegas com o Cara de Bunda.

Olho rapidamente para Sofia e digo com toda a sinceridade do mundo:

– Não sei o que eu faria sem você.

Ela me encara como quem está se divertindo e franze o cenho.

E aí eles chegam onde estamos.

Fico na frente de Jenny, olhando de lado para o Salsichinha. Ele estende a mão para mim.

– Há quanto tempo, Stanton! Que bom vê-lo!

Leio seus olhos, sua expressão, sem saber se esse cara está falando sério. Mas só consigo ver um sorriso amigável e olhos castanhos sem qualquer sinal de estar na defensiva.

E então me dou conta: Jenny não contou para ele. Não contou sobre a nossa visita ao rio ontem ou sobre como descobri a existência dele em sua vida.

Aperto sua mão. Com força.

– J. D.

Ele estremece e o homem das cavernas dentro de mim sorri com dentes apodrecidos. Então, ele abraça Jenn.

– Ficamos felizes por vocês terem conseguido vir para o casamento… Não seria a mesma coisa sem vocês.

Meus olhos encontram o semblante nervoso de Jenny e só consigo abrir um sorriso afetado. Chego até a rir.

– Pode repetir isso? Definitivamente não seria a mesma coisa.

Apresento Sofia e o sorriso de Jenny se desfaz. Elas analisam uma à outra, como mulheres – e gatos – fazem, querendo saber se precisam afiar as garras.

– Vamos fazer um churrasco na casa dos Monroe hoje à tarde. Vocês vão, não é? – J. D. pergunta.

Jenny abre a boca, mas, antes de conseguir pronunciar uma palavra sequer, eu respondo:

– De forma alguma deixaríamos de comparecer. Vou levar minha linguiça especial. Você sempre adorou o molho, lembra, Jenny? Sempre queria mais.

Ela lança um olhar demoníaco para mim.

Pisco com um olho em resposta.

– Mamãe – Presley se aproxima, saltitando, segurando minha mão. – Posso ir para a casa do vovô e da vovó Shaw com o papai e a senhora Sofia?

Jenny abre um sorriso caloroso.

– Claro que pode. Mas não vá sujar o vestido.

Com um suspiro, Jenny me encara.

– A gente se vê mais tarde, então.

– Pode apostar.

—

De volta à casa de meus pais, estou na cozinha tentando fazer meu tempo render, misturando molho inglês, vinagre e açúcar mascavo, embora melado fosse melhor. Molho para churrasco é algo importante na vida de um homem do sul – é uma questão de orgulho. O meu molho tem uma reputação enorme e não quero decepcionar os fãs.

Pela janela, vejo Presley levar Sofia ao canil.

– Este aqui é Bo, esta é Rose... Ah, este aqui é Lucky. Ele foi pisoteado por um cavalo quando era filhote... machucou muito a cabecinha. Está vendo a cicatriz?

Ergo o olhar e vejo Sofia acariciando o cachorro, depois o beijando com aqueles lábios rosados.

Lucky sem dúvida tem sorte.

– O vovô queria sacrificá-lo, mas o papai disse para darmos uma chance. Ele parecia um cachorro durão. E sobreviveu.

Quinze minutos depois, as panelas borbulham no fogão como se eu estivesse fazendo uma experiência na aula de química. Sofia entra na cozinha enquanto Presley brinca no balanço. E observa enquanto eu misturo os ingredientes em um pote retangular.

– Pensei que você tivesse dito que não sabia cozinhar.

Aponto para as formas e para a frigideira.

– Isso aqui não é cozinhar... É preparar o churrasco. Totalmente diferente.

Ela sorri. E se aproxima.

– Seduzir o júri, salvar cachorrinhos feridos e agora preparar churrasco. Há alguma coisa que você não saiba fazer bem?

Abro um sorriso afetado enquanto olho-a nos olhos. E sou possuído por uma necessidade de beijá-la. Inteira.

Mas afasto esse desejo. Beijar na cozinha não é algo que Sofia e eu faríamos. Em vez disso, confirmo sua pergunta sobre meus talentos infinitos.

– Nada.

– Por que você não faz churrascos em Washington?

– Não sei. Acho que não sobra tempo. E eu tinha esquecido que é tão legal preparar esses pratos.

Mexo mais um pouco a mistura no pote, depois provo com a colher. Sofia assiste à minha boca.

– Prove – sugiro.

Sua língua suave e rosada saboreia hesitante, seguida pelos lábios que envolvem a ponta da colher. Quando ela geme, Santo Deus, esse gemido vai direto para o meu pau. E me faz pensar em outros gemidos e naquela boca em outro lugar.

– Humm! Eu ficaria muito feliz em lamber esse molho onde quer que você o coloque.

Palavras perigosas. Agarro o balcão para me conter e não a colocar ali em cima.

Talvez beijar na cozinha seja algo que devêssemos começar a fazer.

– Acho que não é uma boa ideia – respondo. – Tem pimenta amassada na mistura. Pode queimar a pele.

Com um sorriso diabólico estampado no rosto, ela me passa a colher.

– Acho que teremos que tentar com calda de chocolate, então.

Ela dá meia-volta e, balançando aquele quadril maravilhoso, sai da cozinha.

Hum… Talvez uma leve queimadura valha a pena.

CAPÍTULO 15

Stanton

Quando chegamos à casa dos Monroe, metade da cidade já está ali. Depois da igreja, todos vão à casa de uma pessoa, levam comida e passam a tarde fazendo churrasco, bebendo e conversando. Por todo o quintal, posso ver grupos de pessoas falando e rindo, grupos de crianças correndo e gritando. Presley junta-se a um grupo assim que chegamos ao quintal. Os olhos da vovó observam tudo da varanda, como se ela fosse uma gárgula com uma arma empunhada. É um domingo comum.

Passo minha bandeja de molho para June, que a entrega ao marido, agora parado ao lado da churrasqueira, cercado por uma fumaça tão espessa que ele poderia se passar pelo Alice Cooper durante um show. Ruby, a irmã de Jenny, me oferece uma cerveja e um abraço. Como acontece com a casa de seus pais, os anos parecem não mudar Ruby. Os mesmos cabelos vermelhos chamejantes, a mesma risada feroz, o mesmo namorado barbado imprestável, embora com um nome diferente. Dessa vez é Duke ou Dick – não importa. Nenhum passa muito tempo com ela e, na verdade, é melhor que seja assim.

Apresento-a a Sofia e imediatamente percebo que Ruby não gostou dela. Pelo simples fato de Soph estar aqui comigo. Muito embora toda a cidade pareça animada com o casamento, Ruby claramente acha que ainda dá tempo de Jenn mudar de ideia. Portanto, ela não vai se mostrar amigável com uma mulher que possa ser a concorrente de sua irmã.

Olho em volta, procurando Jenny, mas não a vejo.

Quando Sofia e eu vamos pegar uma bebida, apresento-a a todos que encontro pelo caminho, e conheço muita gente aqui. Vejo uma loira bronzeada, a senhora Mosely. Estudei com suas filhas, mas era a mãe que despertava nosso interesse. Os meninos costumavam brigar para ver quem cortaria a grama de seu quintal só pela chance de vê-la tomando sol de biquíni. Depois vem Gabe Swanson, o historiador e dono da livraria da cidade, um dos homens mais brilhantes e tediosos que já conheci. Depois vou à mesa coberta por uma toalha xadrez e pego um pouco de *mint julep* para Sofia, viramo-nos e nos deparamos com o rosto sorridente do pastor Thompson.

– É bom vê-lo, Stanton.

– Também é bom vê-lo, pastor. – Tomo um gole da minha cerveja. – Foi uma bela cerimônia hoje.

– Imaginei que fosse gostar. – Ele usa a mão trêmula para dar tapinhas em meu braço. – Quanto tempo se passou desde a última vez que você veio para casa?

Esfrego a mão na nuca, tentando recordar. Até uma voz doce, que eu reconheceria em qualquer lugar, responder:

– Quatorze meses e doze dias.

Viro-me para a direita e Jenny está ali, usando um vestido de renda branco, os cabelos presos com um elástico amarelo, fazendo-a parecer um anjo… mas com um corpo diabólico logo abaixo. Meu tipo preferido.

Cara de Bunda também está ali. Infelizmente.

– Você não pode estar certa – corrijo. – Eu passei o Natal com Presley.

O sorriso de Jenny é calmo e ressentido; um tipo de sorriso que diz "você sabe muito bem que é verdade".

– Porque comprou uma passagem para ela ir passar o Natal com você. E falou que não poderia vir para cá. Outra vez.

Fico em choque quando me dou conta de que ela está certa. Sim, já fazia todo esse tempo. Como eu conversava com Jenny praticamente todos os dias e a via no Skype, os dias se emendavam um no outro... passavam... e eu não percebia.

Sofia apoia a mão em meu braço.

– Você estava trabalhando no caso Kripley em dezembro, lembra? – Então, quase como se estivesse me defendendo, ela explica: – Foi um caso importante... Roubo à mão armada, a sentença mínima seria de vinte anos. O senhor Kripley foi identificado erroneamente como o autor do crime. Stanton conseguiu mostrar ao júri como a identificação feita pelas testemunhas era duvidosa, e Kripley foi considerado inocente. Algumas semanas depois, o verdadeiro ladrão foi preso tentando vender material roubado.

Sofia me encara com olhos cheios de orgulho, mas, quando se vira para Jenny, esse mesmo olhar se torna congelante. E prossegue:

– Ele salvou a vida de um homem e ainda conseguiu passar o Natal com a filha... Impressionante, não acha?

O olhar de Jenny cai na direção do copo em sua mão.

– É claro. Todos sabemos quão importante é o trabalho de Stanton.

O pastor Thompson ergue o copo.

– Continue lutando pelo que é justo, filho.

– Obrigado, senhor. Pode deixar.

Depois que o pastor se vai, vejo uma oportunidade de ouro – e que se dane o Cara de Bunda.

– Jenny, precisamos conversar sobre algumas coisas. Vamos dar uma volta...

E meu irmão aparece entre nós, enfiando uma bola de futebol americano bem na frente do meu rosto.

– Ei, Bubba... Quer jogar bola?

– Boa ideia, Marshall – J. D. concorda com um sorriso. – Posso jogar com vocês?

– É claro, técnico Dean.

"Técnico Dean"... que piada! Bem, no mínimo, essa brincadeira vai servir como uma chance para eu colocá-lo em seu lugar. Entrego minha cerveja a Sofia.

– Vão jogar e se divertir, rapazes – Jenn estimula. – Vou ficar aqui e conversar mais com a Sofia.

Alguma coisa naquela voz me faz parar. Então olho para ver se está tudo bem com Sofia. Seu sorriso me diz que sim.

Pego a bola de Marshall e a lanço contra a barriga de J. D., que está a poucos metros. Ele a pega com uma expressão de dor.

Ah, sim… A gente vai se divertir muito com isso.

—

Depois de alguns minutos jogando bola, decido tirar vantagem da oportunidade de questionar J. D. – talvez descobrir algo que eu possa usar.

– Então… – começo casualmente… – Você está trabalhando como técnico na escola. Como é voltar para lá depois de tantos anos?

Relacionamentos impróprios entre professor e aluno estão na moda hoje em dia. E espero que J. D. siga a moda.

Ele dá de ombros em tom autodepreciativo.

– É como dizem por aí… Aqueles que não sabem fazer… ensinam. Aqueles que não sabem jogar… viram técnicos. Sempre fui bom com estratégias, com bolar jogadas… O lado físico é mais complicado. Não sou muito coordenado.

Como se quisesse confirmar o que acabou de dizer, ele joga a bola e ela passa a mais de um metro da minha cabeça. Tenho que pular para pegá-la. Mas consigo.

– Jenny disse que você passou um tempo morando na Califórnia…

Eu já tinha checado essa fase de sua vida. E não encontrei nada.

– É verdade… em San Diego.

Recebo o passe de Marshall e jogo a bola na direção do rosto de J. D. Ele consegue pegá-la melhor do que nos tempos do colégio. *Droga*.

– Deve ser difícil voltar a viver aqui depois de passar tanto tempo longe. Deixar para trás o trabalho, os amigos… talvez uma namorada antiga?

J. D. abre um sorriso irritante de tão sincero.

– Meus amigos vêm me visitar de vez em quando para desfrutarem da vida na cidade pequena, sabe? Não tinha nenhum relacionamento sério. E, da forma como as coisas estavam com meu pai na época… não foi difícil, de forma alguma. Sunshine ainda parecia ser a minha casa.

Olho para o meu pai do outro lado do gramado, onde ele está tomando uma cerveja com Wayne Monroe e abraçando a cintura de minha mãe.

– Sinto muito por seu pai, J. D. De verdade.

Ele segura a bola, há um brilho de sinceridade em seus olhos castanhos.

– Obrigado. Fico feliz por ter voltado e passado um tempo com ele. No fim, ele pôde ver meu relacionamento com Jenny se desenvolvendo e me disse que tudo acontece por um motivo. Ela é o meu motivo. Jenny fez toda a tristeza valer a pena.

Quero ficar irritado. Porra, Jenny era o *meu* motivo antes de esse merdinha sequer saber o nome dela. Mas ele está sendo tão sincero!

Fazer qualquer coisa contra ele agora seria como chutar um filhotinho de cachorro que chega abanando o rabo, e só um grande filho da puta faria algo assim.

Ele joga a bola para Marshall antes de se virar para mim.

– Podemos conversar por um instante, Stanton?

– Pensei que já estivéssemos fazendo isso.

– Quero dizer, em particular.

Isso vai ser interessante.

– Claro.

Marshall vai procurar outra pessoa com quem jogar enquanto J. D. e eu atravessamos lado a lado o quintal.

Pelo caminho, vejo Presley e alguns de seus primos fazendo bagunça, jogando grama uns nos outros e berrando feito animais. Levo os dedos aos lábios e assobio duramente.

– Ei… Ordem aí!

As crianças param imediatamente. Presley, em especial, parece assustada com a reprimenda. Acredito ser importante as crianças terem um medo saudável de seus pais. Em especial do pai. Eu morria de medo do meu pai e ele quase nunca encostou em mim. Não precisava… Só saber que ele poderia fazer isso era suficiente.

Ofereço à minha filha uma piscadela para diminuir o impacto do susto.

– Se vocês forem se comportar como animais, vou prender todos no celeiro.

Presley sorri e eles voltam a brincar, mas agora de forma mais tranquila.

J. D. e eu ficamos perto do carvalho, distantes das outras pessoas.

– Você tem algo a dizer? – pergunto.

Ele ajeita as costas e me olha nos olhos.

– Sei que o fato de o casamento acontecer tão rápido pegou você despreparado. Aprendi que a vida é breve, e por isso não quis esperar. Sei que você e Jenny são muito próximos, que vocês dois têm uma ligação forte. Confio em Jenny e jamais dificultaria a amizade entre vocês dois. Quanto a Presley…

Automaticamente enrijeço. Se agora ele disser uma coisinha sequer errada, vou chutar esse cachorrinho a semana inteira.

– Presley é uma boa garota e gosto muito dela. Mas o pai é você. Não quero atrapalhar essa relação nem tomar o seu lugar. E não conseguiria, mesmo se tentasse. Só quero ser um amigo para ela. – J. D. faz uma pausa e respira fundo antes de prosseguir: – Sei que, mesmo depois de Jenny e eu nos casarmos, parte de você ainda verá as duas como suas garotas. E quero que saiba que tudo o que planejo para o resto da minha vida é fazê-las felizes. – Ele estende a mão para mim antes de continuar: – E acho que elas ficariam felizes se nós dois formos amigos. O que me diz?

Filho de uma puta.

Não consigo chegar a uma conclusão sobre se Jimmy Dean é idiota ou um gênio grandioso e maníaco. Só sei que realmente queria odiá-lo. E ele… Ele simplesmente tornou isso impossível.

—

Depois de trocarmos um aperto de mão, J. D. e eu voltamos aonde Sofia e Jenny parecem conversar como duas pessoas que se deram bem. Os cabelos escuros de Sofia brilham sob a luz do sol quando ela solta a cabeça para trás e ri, sua boca livre e desinibida. E eu sorrio apenas observando.

Só conseguimos percorrer metade do caminho quando percebemos uma agitação do outro lado do quintal. Um tumulto. Isso também é muito comum. Ofereça álcool a um grupo de pessoas que passaram praticamente a vida toda juntas – alguém inevitavelmente vai dizer algo que outro não goste.

Dessa vez, essas pessoas são Ruby e seu namorado.

– Saia daqui!

Ele a agarra pelo braço, os dedos enterrando na pele.

– Com quem você acha que está falando, sua vadia?

Já vimos esse filme antes. Sei qual é o final. E parece que J. D. também sabe.

– Ai...

– Porra!

Ele intercepta Jenny, que está em pé, sempre pronta para defender a irmã.

– Jenny, fique na sua – pede J. D. – Você se intromete toda vez...

– Ela é minha irmã! Não posso ficar aqui sentada enquanto aquele estrume a trata como lixo.

Passo por eles e sigo direto até o local do tumulto.

As pessoas dizem que existem dois tipos de homem: aquele que jamais sonharia em encostar a mão em uma mulher e aquele que enfrenta suas frustrações e imperfeições usando os punhos contra a mulher mais próxima. Todavia, eu discordo da afirmação. Porque um homem que bate em mulher simplesmente não é homem, é apenas lixo em forma de ser humano.

– Ei, caipira! – Isso atrai sua atenção. – Chegou a sua hora de ir para casa.

Ruby vacila quando a mão dele se aperta em volta do braço dela. E um fio de saliva escorre pela barba dele, quando rosna:

– Que porra é esse cara?

Ofereço um sorriso afetado.

– Você não é daqui, é?

– Não é problema seu... Dê o fora.

Ele se vira outra vez para Ruby, mas eu me aproximo. E me coloco bem diante dele. Adoto uma voz baixa, letalmente calma:

– Entenda, é justamente aí que você está errado. Porque minha filha está aqui e está de olho na gente agora... Isso torna a sua atitude um problema meu, sim. Então, tire as mãos da tia dela agora mesmo, caralho. Ou então vou quebrar os seus dentes e enfiá-los tão fundo na sua goela. Você vai cagar seus molares inteiros, cara.

Ficamos ali parados por alguns segundos, sem piscar. E posso perceber as rodas girando em sua cabeça ignorante enquanto ele pensa se é capaz de me enfrentar. O babaca deve ter um tiquinho de inteligência, afinal, ele a solta e segue se arrastando pelo quintal.

– E não volte aqui! – Ruby grita para ele.

Balanço a cabeça.

– Pelo amor de Deus, Ruby.

Ela joga as mãos para cima.

– Eu sei, eu sei. Se eu não tivesse azar com os homens, seria lésbica.

As palavras me fazem rir.

Ela me cutuca com o cotovelo.

– Vamos pegar algo para beber.

Passo o braço em volta de sua nuca e fazemos exatamente isso.

—

Quando encontro Sofia, ela está segurando dois pratos – um para si, outro para mim – com frango, salada de batata e costela.

– Obrigado.

Encontramos lugares vazios em uma mesa e nos sentamos para comer.

– Bem, foi interessante – revela Sofia.

– E mal começou. Ainda é meio-dia. As coisas que realmente interessam vêm depois do escurecer.

– Todos se transformam em vampiros que brilham ao sol?

Nego com a cabeça.

– Em caipiras. – Mordo um pedaço de costela que se desfaz em minha boca. – E como foi o encontro com Jenny?

– Foi bom. Comparar nossas memórias de suas proezas sexuais nos fez ter muito assunto em comum. A propósito, você teve duas aprovações.

– Só duas? – Sorrio. – Preciso melhorar minha reputação.

– E como foi a sua conversa com J. D.? Ficaram amigos, como eu sugeri?

Limpo a boca com um guardanapo.

– Mais tarde conto tudo. Eu queria encontrar Jenn e passar um tempo a sós com ela.

Sofia empurra o prato, aparentemente já terminou de comer.

– Hum... Acho que ela entrou na casa.

As risadas e as vozes atravessam o quintal, atraindo a nossa atenção.

– Retiro o que eu disse sobre depois de escurecer – digo a ela. – O interessante já está chegando.

E meu irmão mais velho, Carter, se aproxima usando jeans surrado, uma camiseta branca com uma estampa de Bob Marley e uma corrente dourada no pescoço, tendo um medalhão estranho como pingente. Carter se parece muito comigo. É como uma versão minha mais alta, mais magra e com um bigode que parece uma versão loira do cara da série *Magnun, P. I.*

Fico em pé e aceito o forte abraço que quase me levanta do chão.

– Veja só, meu irmãozinho!

Carter é quatro anos mais velho do que eu e, enquanto crescíamos, ele era meu herói. Eu não queria nada além de seguir seus passos. Ele também jogava futebol no colégio e ainda detém o recorde do maior número de jogadas bem-sucedidas. Ganhou uma bolsa para estudar na Ole Miss, mas abandonou o curso depois de apenas um semestre. E veio para casa... diferente. Renascido. Mas não no sentido cristão. Agora ele é *o cara*: aquele sujeito de 32 anos que vai a todas as festas dos alunos do colegial. Que arruma cerveja – e outras coisinhas mais – para os adolescentes da cidade. Ele é a alma das festas da cidade e todos o idolatram.

– Que bom ver você, Carter – digo com um sorriso. E com sinceridade.

Ele me olha de cima a baixo e, cheio de orgulho, dá um tapa em meu braço. Em seguida, vira-se para Sofia e oferece um aperto de mão.

– Oi, eu sou...

– Você é Sofia – ele conclui a frase para ela. Em seguida, a abraça. Um abraço um pouco íntimo demais e certamente demorado demais para o meu gosto. Por fim, se afasta, mas continua encarando-a. – Um passarinho me contou o seu nome.

Ela olha para mim, mas apenas balanço a cabeça.

– Um passarinho? – pergunta Sofia.

– Exatamente. Eu comungo com a natureza todas as manhãs. E, se começar a prestar atenção, você vai se surpreender com o que ela é capaz de dizer. – Mais uma vez, ele desliza o olhar pelo corpo dela. – E você é realmente tão linda quanto diziam. Veja esse quadril, as maçãs do rosto, seus...

– Sim, sim, ela é bonita. – Apoio a mão aberta em seu peito, empurrando-o para trás. – O que você está fazendo aqui? Pensei que tivesse deixado a igreja para trás.

Ele dá de ombros.

– Mesmo nós, pagãos, gostamos de um bom churrasco.

Duas jovens paradas atrás dele se aproximam. Seus cabelos loiros estão arrumados em tranças. Elas são pequenas, usam blusa de hippie com franjas e mocassim decorado com miçangas. Sem sombra de dúvida são irmãs, talvez sejam gêmeas.

– Deixe-me apresentá-los às minhas garotas – diz Carter. – Essas são Sal e Sadie.

A jovem à esquerda dá um passo à frente.

– Eu sou a Sal, ela é a Sadie. – E aperta a bochecha do meu irmão. – Você sempre nos confunde.

– Oiiieee, pessoaaaal! – Sadie cumprimenta com uma risadinha.

– A gente vai pegar algo para comer – anuncia Sal. – Quer que eu faça um prato para você, querido? – pergunta a meu irmão.

Ele a beija na testa.

– Você é legal demais comigo. – Quando elas dão meia-volta para sair, ele dá um tapa na nádega de Sadie. – Tragam um pouco do frango frito da minha mãe.

Ela dá um gritinho e bate os cílios para ele.

Depois que as duas se vão, pergunto:

– Elas têm idade legal para isso?

Ele aperta os olhos.

– Depende da sua definição de "legal".

– Não, veja bem... – Ergo o dedo para explicar. – Essa é a beleza do termo "legal". Ou você é, ou não é... Não se trata de algo subjetivo.

– Você se preocupa demais, Stanton.

– E você não se preocupa o suficiente.

Ele bate no meu braço.

– Você parece o nosso pai.

Só consigo bufar.

– Como você sabe? Você e o pai voltaram a se falar?

Depois que voltou da faculdade, Carter chegou à conclusão de que não conseguiria mais viver seguindo as regras fascistas da casa do meu pai. Então comprou um trailer velho nos arredores da cidade, instalou-se ali e tentou virar... agricultor.

E trabalhar com uma planta específica que hoje em dia é legal no Colorado.

Durante esse período, Carter também desenvolveu um alimento vegetal líquido e forte que oferece o equivalente a semanas de nutrição em poucas gotas. Patenteou o produto, vendeu-o ao governo federal e tornou-se bem abastado. Mas você nem desconfiaria disso, já que meu irmão mantém seu gosto simples. Ainda mora no mesmo trailer, embora tenha comprado alguns acres de terra na região para ter privacidade e cuidar de sua... plantação. É uma coisa meio de comunidade – vida livre, amor livre. Como um Woodstock o dia todo, todo dia. Os garotos da cidade se refugiam na propriedade de Carter. No último ano do colégio, quando um colega de Marshall, dirigindo bêbado, bateu em um caminhão e fugiu, ele foi para a propriedade de Carter. E meu irmão o recebeu e o convenceu a entregar-se à polícia. Carter chegou a acompanhar o garoto até a delegacia.

Esse estilo de vida alternativo é um remedinho amargo que meu pai se recusa a engolir. Carter não foi expulso de casa, ele ainda aparece nos feriados e nas reuniões em família, porque minha mãe insiste. Mesmo assim, meu pai simplesmente finge que ele não está ali.

Carter dá de ombros.

– O pai só precisa de mais tempo... Ele vai se acostumar com as coisas.

Tomo um gole de cerveja e me pergunto se há uísque nesta festa.

– Vou fazer uma festa esta semana – anuncia meu irmão, erguendo os braços. – E quero que você e sua linda Sofia participem. Lá em casa, terça-feira à noite.

– Você vai fazer uma festa em plena terça-feira? – Sofia pergunta.

– Acredito que terça-feira seja o dia mais negligenciado da semana. Todo mundo reclama da segunda-feira, quarta-feira é o dia do mau humor, quinta é quase sexta e sexta é o dia preferido. Ninguém se lembra da terça-feira... Ela é a ovelha negra. – Ele pisca um olho. – Assim como eu.

Tenho muito a fazer para poder desperdiçar uma noite na casa do meu irmão, festejando com jovens alcoolizados ou ficando alto de tanto respirar o ar saturado de maconha.

– Não sei se a gente vai conseguir comparecer.

Ele sorri como quem sabe o que faz.

– Jenny e J. D. estarão lá. – E segura meu ombro. – Mudar é difícil, meu irmão, especialmente para alguém como você, que tem objetivos tão claros. Quero oferecer meus serviços para ajudar a facilitar a transição. – Ele cruza os dedos. – Para transformar nossas famílias em uma só. Entende o que estou dizendo?

Normalmente, não dou a mínima para essa merda de visão de vida *new age*, sentimental. Mas... Se Jenny vai estar lá, então terei a chance de conversar com ela. De pegá-la sozinha. De seduzi-la, fazê-la lembrar de seus sentimentos, de suas memórias, dos bons momentos que passamos juntos. Isso pode ser útil.

– Sim, eu entendo, Carter.

Ele assente.

– Que bom. Vou ali ver a nossa mãe. – Ele beija as duas bochechas de Sofia. – Foi incrível conhecer você pessoalmente. Mal vejo a hora de chegar terça-feira.

E sai andando.

– Ele estava chapado, não estava? – pergunta Sofia, sorrindo.

– Com Carter, é difícil saber... Mas eu ficaria surpreso se ele não estivesse.

—

Algumas horas se passam, preenchidas por cerveja gelada e boa conversa. O número de pessoas começa a diminuir, já que elas vão para casa se preparar para a semana que as espera. Alguns de nós continuamos sentados em cadeiras dobráveis em volta da fogueira enquanto o céu fica rosa e acinzentado com o pôr do sol. Jenny está no grupo, sentada ao lado do Cara de Bunda. Sofia está ao meu lado e Presley em meu colo. Acaricio cabelos, beijo o topo da cabeça e desfruto de poder abraçar minha filha assim. Porque logo ela vai estar grande demais para se sentar em meu colo e, em vez de um herói, serei uma enorme fonte de constrangimento.

Mary está sentada na grama, pernas cruzadas, segurando o violão.

– Cante para nós, Stanton.

Balanço a cabeça.

– Não, agora não.

– Ah, vamos lá! – Mary insiste. – Já faz anos. Podemos tocar "Stealing Cinderella"... Adoro essa música.

Sofia está com as pernas dobradas, a cabeça apoiada em uma mão.

– Não sabia que você cantava.

– Stanton tem uma voz linda – minha mãe elogia. – Ele cantava todo domingo na igreja.

Sofia sorri.

– Você era o menino do coral, sério? Como eu nunca soube disso?

– Eu tinha sete anos – digo apaticamente.

Mas logo Presley toma a palavra:

– Vamos, papai! Gosto de ouvir você cantar.

Simples assim.

Concordo com a cabeça, olhando para Mary, e ela começa a dedilhar o violão. É uma melodia tranquila, quase triste. Uma canção sobre pais e filhas seguindo a vida enquanto continuam exatamente iguais.

– She was playin' Cinderella, ridin' her first bike...

Passo a mão outra vez pelos cabelos de Presley, mas, conforme a música continua, a letra se torna mais forte, adquire um significado mais relevante. Sinto o calor do olhar de Sofia me observando com fascinação, atenta a esse meu lado diferente, que ela nunca viu. Percebo o olhar de J. D. totalmente concentrado em Jenny, quase forçando-a a virar a cabeça. Mas ela não olha para ele. Do outro lado da fogueira, do outro lado da fumaça e das chamas, ela mantém seus olhos azuis focados em mim. E, quando canto sobre memórias preciosas – amores antigos e novos –, olho diretamente para ela.

– *In her eyes I'm Prince Charming, but to him I'm just some fella, ridin' and stealin' Cinderella.*

—

Sou um apanhador – um daqueles caras que pega os restos antes de todos estarem prontos para ir embora. À mesa, sob a luz da fogueira, percebo que J. D. também é assim. Coloco a última coxa de frango em meu prato; J. D. pega os últimos pedaços de carne vermelha. Cubro o frango com meu molho caseiro para churrasco. E ele pergunta:

– Foi você que fez o molho?

– Sim.

– Ouvi dizer que é delicioso.

Ofereço uma colherada para ele.

– Você ouviu a verdade.

Ele coloca o molho no prato, depois lambe os dedos e enfia um pedaço de carne na boca. E me dá um sinal de aprovação enquanto mastiga.

– Meu irmão falou de uma festa na terça-feira. Acho que você vai... ou estará ocupado?

Francamente, espero que ele tenha outros planos – assim eu teria Jenny só para mim. Mentalmente, fico animado, ansioso com essa possibilidade.

J. D. assente.

– Sim, eu vou. Basicamente deixei minha agenda desta semana toda livre.

Franzo as sobrancelhas ao perceber que é cada vez mais difícil entender suas palavras. Então o observo de perto, afinal, alguma coisa parece estar errada.

– *Vofê fai efftar lá, Thanton?* Lá.

– Puta merda! – respondo assustado.

Porque Jimmy Dean agora não tem mais o rosto de um modelo da Calvin Klein.

Agora ele parece o personagem principal de *O Homem Elefante*.

– Tem *pimenfa niffo?* – pergunta.

Pimenfa?

Pimenta!

Ah, não!

—

– Seu filho de uma mãe!

– Foi um acidente!

– Acidente o meu rabo!

– Eu não sabia que...

– A vovó disse que te contou que ele era alérgico a pimenta. – Jenny grita do outro lado da caminhonete, após um J. D. chapado de anti-histamínicos ser colocado no banco do passageiro.

– Eu coloquei flocos de pimenta no molho, Jenn... Pensei que ele só fosse alérgico a pimenta *de verdade*. Não a pimenta desidratada!

E a ironia disso tudo? É que estou dizendo a verdade. Depois do ocorrido, vou ter que calibrar meu detector de mentiras quando ouvir alegações de inocência de meus clientes. Parece que às vezes eles estão falando a verdade, por mais que não pareça.

– Eu te odeio!

– Você está sendo um pouco exagerada, não acha?

– Exagerada! – ela guincha, fazendo-me estremecer. – Você tentou envenenar J. D.!

Chuto o pneu da caminhonete.

– Se eu quisesse envenenar esse cara, ele já estaria morto, porra! – Passo a mão no rosto. – Mas talvez você devesse pensar na ideia de adiar o casamento, pelo menos até quando o J. D. não parecer tão... – Aponto para a janela do passageiro. – Quando ele não estiver com essa aparência aí.

Os olhos de Jenny incham. As narinas também.

– Foi por isso que você fez o que fez? Acha que pode sabotar meu casamento, seu filho de uma puta?

– O quê?! Não!

Agora sim deu merda!

– Você me ouça e me ouça com atenção – ela chia. – Vou me casar no sábado e estou pouco me fodendo se terei que levá-lo pela igreja numa cadeira de rodas, quase morto, e deixá-lo apoiado em cima do órgão! Até lá, fique longe de nós. Não quero ver você, não quero ouvir nada a seu respeito... Não quero olhar na sua cara!

– Quando foi que você ficou tão teimosa? – berro.

Ela se arrasta até dar a volta por trás da caminhonete, rebatendo:

– Quando você se tornou tão egoísta!

– Jenny! Espere...

Mas ela não espera. Na verdade, faz justamente o oposto de esperar. Entra na caminhonete e vai embora. Para levar J. D. para casa e oferecer os cuidados até ele estar totalmente curado.

Sofia permanece ao meu lado, vendo os faróis traseiros desaparecerem.

– Bem, não saiu como o planejado – resmungo.

– Foi mesmo um acidente? – ela questiona, mantendo as sobrancelhas arqueadas.

– Sim, foi. – E faço uma pausa para reformular minha frase: – Um acidente maravilhoso.

Ela sorri e eu também.

Então, arfa:

– Puta merda!

– O que foi? O que há de errado?

Ela estala os dedos e aponta para o céu, sorrindo com seu momento de *eureka*.

– Reação alérgica.

– Como é que é? – questiono.

– O assassinato perfeito... Provocar uma reação alérgica.

E cruza os braços, toda cheia de si.

– Sério? – digo com o rosto apático. – Minha vida está desabando e você ainda está pensando em como seria o assassinato perfeito?

Ela dá de ombros.

– Bem... É uma boa alternativa. Brent e Jake vão ficar impressionados.

CAPÍTULO 16

STANTON

– Nunca vi algo tão grande. É gigante demais!

– Não é tão grande assim.

– É monstruoso. Ele vai me matar!

– Juro que você vai adorar, querida. Toque nele.

Ela fica boquiaberta.

– Não consigo.

Seguro a mão de Sofia e a pressiono na pele aquecida, forçando-a a acariciá-lo.

– Está vendo? Ele gosta de você. Agora só precisa cavalgar… Aí ele vai gostar de você *de verdade*.

Na segunda-feira de manhã, finalmente levei Sofia à cooperativa para comprar um par decente de botas. Ela adorou as de couro marrom com costura rosa e um chapéu combinando. E devo admitir: essa mulher sabe usar um chapéu como ninguém.

Quando chegamos em casa, parece boa ideia usar o novo equipamento e levá-la para andar a cavalo.

Ela solta a mão e suspira:

– Então minha morte será assim.

Viro os olhos.

– Quando foi que você se tornou tão dramática? Ou covarde? Você tem um cachorro do tamanho de um touro.

Estamos na frente dos estábulos, ajeitando a sela em Blackjack, um cavalo tranquilo e gentil – o primeiro no qual Presley cavalgou.

Sofia o encara atentamente.

– Meu cachorro não vai me jogar no chão e quebrar meu pescoço. Ou me chutar. Ou pisar em mim.

Puxo a sela no dorso de Blackjack.

– Não... Ele só pode rasgar a sua garganta se você o irritar.

Ela fica indignada com a minha observação.

– Esse é o estereótipo de um rottweiler bravo. Sherman jamais faria algo assim. Ele é o meu bebezinho lindo.

– Nunca vi um bebezinho com dentes como os dele. – Aperto as cilhas e prendo a última fivela. Em seguida, dou um tapa no flanco de Blackjack, da forma como eu gostaria de estar estapeando o traseiro de Sofia.

– Agora suba.

Sofia olha para o animal enorme. Os olhos dela estão arregalados, sua expressão totalmente intimidada e vulnerável. E eu devo ser um cafajeste, pois isso está me deixando com um tesão enorme.

Ela dá um passo para a frente, ergue a mão, dobra o joelho... E se acovarda.

– Não consigo! Não consigo, não consigo. Não, sério, não dá!

Rindo, acaricio seu ombro.

– Tudo bem. Não vá ter um ataque cardíaco... Vai ser mais divertido assim.

Subo nas costas do cavalo, olho para baixo e estendo a mão para ela.

Sofia arqueia as sobrancelhas.

– Não sei se humanos foram feitos para montar em algo tão enorme.

Ofereço um sorriso.

– Vamos, Soph... Confie em mim. Eu ajudo.

Ela respira fundo, segura minha mão e coloca o pé esquerdo no estribo. Blackjack fica completamente parado enquanto eu a puxo e ela passa a perna por sobre seu dorso. Sofia então se ajeita à minha frente.

Seu traseiro coberto pela calça jeans pressiona meu pau. Suas costas se soltam contra meu peito, os cabelos se esfregam em meu rosto e sinto o cheiro de gardênia. Essa cavalgada vai ser terrível – no melhor sentido da palavra. Senti-la, tê-la assim, tão perto, mas não ser capaz de fazer nada... um tormento delicioso.

Passo o braço em volta de sua cintura, puxando-a para trás, segurando as rédeas em minhas mãos.

– Relaxe, Sofia – aconselho com uma voz calma. – Eu jamais deixaria algo acontecer com você.

Ela se afunda contra meu corpo, vira a cabeça e sorri.

– Está bem.

E começamos a cavalgar.

– Uau! – grita, segurando minhas coxas. – É fácil... Lembre-se, devagar e sempre para se ganhar a corrida.

– Mas rápido e forte é muito mais divertido.

Subimos a colina a trote e sei exatamente onde quero chegar. No ponto mais alto das terras de meus pais, de onde se pode ver acres de gramado como se formassem um oceano esmeralda.

– Sabe... – provoco. – A única coisa melhor do que cavalgar nas costas de um cavalo é quando uma mulher cavalga em você nas costas de um cavalo.

Sofia dá risada.

– Está falando por experiência própria?

Ergo o chapéu.

– Apenas expondo minhas fantasias vívidas e infelizmente não satisfeitas. Mas seria um pouco complicado, cavalgar do jeito certo enquanto suas pernas balançam em volta da minha cintura ou sobre meu ombro...

– Está tentando me distrair para eu não ficar com medo?

Corro a língua pelos lábios e ofereço um sorriso.

– Talvez sim, talvez não... Está funcionando?

Suas mãos deixam de agarrar minhas coxas para começar a massageá-las.

– Bem, de fato, sim, está. Continue conversando assim comigo...

—

– Meu Deus! É lindo aqui!

Já vi essa paisagem milhares de vezes, mas estar aqui com Sofia, observando o deleite em seu rosto... É contagioso. E me faz agradecer mais uma vez por ser de onde sou, pela bênção que foi ter crescido aqui. Ela suspira e juntos desfrutamos do silêncio, observando o pasto verde e os vales pontuados por gado marrom e preto.

– Hum.

Ela olha por sobre o ombro.

– O que foi?

Olho para o gado reunido.

– Está vendo que eles ali estão todos juntos?

Sofia assente. Olho para o céu em busca de algum sinal, mas só vejo a imensidão azul.

– Quando o gado se junta, em geral é sinal de que há uma tempestade a caminho.

Agora ela também olha para o céu.

– Quer dizer que eles são capazes de sentir?

– Sim.

– Que coisa incrível!

Encolho o ombro.

– Sim, é bem legal. – Ofereço as rédeas para ela. – Quer guiar?

Ela mexe os dedos, sorrindo nervosamente. O que me faz sorrir em resposta.

– Acha que estou pronta?

– Sem dúvida.

Sofia acaricia a nuca de Blackjack e segura as rédeas.

– Está bem, Blackjack, coopere comigo.

Passo os próximos vinte minutos explicando como se cavalga, como se faz para o cavalo virar, parar, acelerar. Depois, Sofia assume o controle. E se sai muito bem.

Seguimos conversando sobre tudo e nada, sobre as vantagens e desvantagens de se cuidar de uma fazenda, sobre a empresa de seu pai, sobre como as coisas devem estar indo no escritório sem a nossa presença. Sofia me conta como foi a primeira vez que seus pais a deixaram andar sozinha de metrô em Chicago e eu falo sobre como era cavalgar por aqui, com Jenny, depois do colégio.

E dou risada ao lembrar.

– Quando éramos jovens, tentávamos encontrar a árvore perfeita para trepar. Depois, já mais velhos, tentávamos encontrar a árvore perfeita para treparmos também… mas em outro sentido.

Sofia ri antes de adotar uma expressão sóbria. Nossos corpos sacodem com os passos suaves de Blackjack e ela me pergunta:

– Você a ama de verdade, não é?

Sem pensar duas vezes, respondo:

– Sim, amo.

Ela permanece em silêncio por alguns instantes, olhando para o chão. Por fim, pergunta:

– Já pensou no que vai fazer se não conseguir convencer Jenny a desistir do casamento?

Nego com a cabeça.

– Falhar não é uma opção. Não tenho um plano B.

Sofia se vira para me olhar no rosto. E percebo alguma coisa navegando naqueles olhos, algo que não consigo ler.

– Stanton… Você significa muito para mim. E eu… nesses últimos tempos… Sinto que…

Afasto seus cabelos do rosto.

– Você também significa muito para mim, Soph.

– Sabe, se você convencer Jenny a não se casar com J. D., existe uma probabilidade grande de que ela queira que você pertença somente a ela. E, se isso acontecer… Eu não quero que as coisas fiquem estranhas ou desconfortáveis entre nós. Não quero perder… a sua amizade.

Inclino o corpo para a frente e beijo sua testa. E prometo para ela:

– Você não vai me perder… Eu jamais deixaria isso acontecer.

—

Mais tarde naquele mesmo dia, depois que voltamos do passeio a cavalo, tento ligar para Jenny. Mas a ligação cai direto na caixa de mensagens. Envio uma, duas, três mensagens de voz, mas, horas depois, nada de resposta. Então ligo outra vez depois do jantar. Caixa de mensagens.

Que merda.

Já está escuro quando saio da caminhonete e me vejo na frente da casa de Jenny, bato à porta e pergunto por ela.

– Jenny não quer descer, Stanton – Wayne me informa, passando pela porta e mastigando o pedaço de palha. – Ela ainda está furiosa.

– Não vou sair daqui enquanto não falar com ela. Vou dormir aqui, nessa porra de escada.

– Uma balinha no meio da sua testa vai fazer você dar o fora daqui rapidinho, rapaz! – grita vovó da sala principal. – Pegue as balas para mim, Wayne!

Alguns minutos depois de Wayne entrar na casa outra vez para tentar convencer Jenny, ouço os passos pesados dela descendo as escadas. Seus cabelos estão soltos, ela usa um roupão felpudo rosa. E cospe fúria.

– Passei o dia todo cuidando de J. D. e tenho que trabalhar cedo. Não quero nem começar a discutir com você agora, Stanton.

– Então deveria ter atendido a porra do telefone mais cedo, quando eu liguei. Precisamos conversar.

De braços cruzados e com uma carranca, ela se inclina para a frente e declara:

– Já falei tudo o que tinha que falar com você.

Meu maxilar se aperta e dou um passo para perto dela. Ela dá um passo para trás.

– Me diga uma coisa, Jenn: está mesmo *tão* brava assim comigo? – deslizo o olhar por seu rosto, por seus punhos cerrados, sua cintura envolta pelo cinto do roupão. Então, olho-a no rosto e pergunto em voz baixa: – Ou está com medo de ficar sozinha comigo? Com medo de me ouvir? Porque sabe que está cometendo um erro. Porque ainda me ama.

Sua boca se aperta e ela ergue o queixo.

– Vá para casa e passe algum tempo com sua filha. Você precisa deixá-la no colégio às oito horas amanhã cedo.

Essa resposta era tudo o que eu precisava.

– Sei que horas as aulas dela começam.

– Então tenha uma boa noite, Stanton.

Ela corre na direção da porta, para dentro de casa, como se não conseguisse se afastar de mim com a rapidez necessária.

Giro a chave em volta do dedo.

– Bons sonhos, Jenny.

—

Vinte minutos depois, estou subindo as escadas que levam ao quarto, tentando pensar em algo novo, inesperado... Em alguma coisa que faça Jenny cair em si.

Quando começo a abrir a porta do antigo quarto de Carter, ouço vozes vindas do meu quarto – risos e vozes de mulheres. Sorrindo, abro a porta e ali, sentadas em minha cama, usando pijamas e pantufas, estão minha filha, minha irmã e minha... Sofia.

– Oi, papai! – Presley me cumprimenta com um sorriso. Ela ergue a mão, mostrando as unhas estampadas com bolinhas. – A senhora Sofia fez nossas mãos e nossos pés!

Mary também me mostra as unhas das mãos e dos pés – vermelhas, com flores alaranjadas – enquanto vai se sentar na cadeira no canto do cômodo, abrindo espaço para mim na cama.

– Que bonito! Agora vocês têm as unhas mais lindas da cidade.

– E estamos vendo um filme – Presley conta, aproximando-se de Sofia. – *O Rei Leão.*

– *O Rei Leão?* Acho que não assisti a esse filme até hoje.

Subo na cama enquanto uma cena começa a passar na tela: dois leões em um encontro na floresta.

– Como foi? – Sofia pergunta baixinho, passando um pote de pipoca para mim.

Meus olhos contam tudo o que não posso dizer.

– Não foi.

Presley encosta o rosto em meu peito e eu me ajeito, beijando o topo de sua cabeça. Olho para Sofia, que coloca uma pipoca na língua e lambe a manteiga da ponta delicada de seu dedo. E há alguma coisa nessa cena, aqui em minha cama, com minha irmã e minha filha, que faz tudo parecer caloroso e certo, que faz Sofia estar ainda mais linda do que eu pensei que fosse.

– Quero ter meu próprio Simba um dia – suspira minha irmã. – Um homem forte e peludo que role no chão da floresta comigo.

Peludo?

Franzo a testa para Mary:

– Não tenho nem ideia de como começar a responder a isso.

– Eu não – lança Presley enojada. – Todos os meninos que conheço são pequenos. E feiosos.

Acaricio sua cabeça.

– Isso mesmo. *Todos* os meninos são pequenos e feiosos. São horríveis.

Sofia ri da minha expressão.

Presley concorda com a cabeça.

– Mas gosto dessa música.

Sofia fica praticamente histérica ao ouvir as palavras saindo da boca da minha filha.

– Meu Deus! Elton John… o melhor cantor do mundo! Se seu pai autorizar, vou baixar todas as músicas dele para você!

Os olhos grandes e azuis de minha filha me encaram em busca de permissão.

– Meu pai aprova.

E recebo um abraço em agradecimento.

Com os braços apoiados nos travesseiros atrás da gente, descanso a mão ao lado da cabeça de Sofia – próximo o suficiente para conseguir tocá-la. E faço justamente isso. Massageio seu couro cabeludo, correndo os dedos pelos fios suaves e escuros, desfrutando da sensação de tê-los deslizando em minha palma.

Ela ergue a cabeça para receber meu toque e oferece um sorriso de contentamento. E, juntos, assistimos ao resto do filme.

CAPÍTULO 17

Stanton

Por volta de dez horas da noite seguinte, estacionamos em meio a um mar de carros na área onde meu irmão mantém seu trailer. É como uma grande festa do interior, com adolescentes por todos os lados. Mary e Marshall desaparecem em meio à inundação de hormônios conversando, andando, segurando copos de plástico vermelhos. Enquanto seguimos pelo caminho que leva à porta principal, Sofia faz uma pausa para olhar o local – as luzes cintilantes nas árvores, a lua cheia no céu, Led Zeppelin estourando em alguma caixa de som aos fundos.

– Aqui é um lugar legal – ela elogia. – Tranquilo.

Enquanto ela devora o lugar com os olhos, eu a devoro com meus olhos outra vez. Sofia está linda com a calça jeans justa, botas até os joelhos e uma blusa de gola rolê sem mangas que se prende a todos os lugares mais interessantes de seu corpo. Seus cabelos são grossos e exuberantes, enrolados nas pontas. E há um colar de pérolas em seu pescoço. Minha avó usava pérolas, mas nunca as usou tão bem quanto Sofia Santos.

Antes que eu possa abrir a porta do trailer, alguém a abre para nós. E então uma das seguidoras hippies do meu irmão – Sadie ou Sal – sai. Ela nos observa com olhos felizes e vidrados.

– Oiiieee! – E nos abraça, cheirando a maconha. – Bem-vindos à selva! A gente vai arrumar o esquibunda lá em cima. Querem vir?

Sofia abre um sorriso indulgente.

– Talvez mais tarde. – Depois que a garota hippie sai cambaleante, Sofia me confessa: – É como voltar para os tempos de faculdade.

Só consigo bufar.

– A Columbia não era assim, não. E olhe que eu vivi em uma fraternidade!

Nesse momento, um cara que parece ter mais ou menos a minha idade passa por nós. Com a bunda de fora. Cubro os olhos de Sofia.

– Está bem... É mesmo como nos tempos de faculdade. – Sou obrigado a concordar.

Seguimos para dentro, desviando dos fios com miçangas dependuradas na passagem da porta. Um incenso queima na prateleira, preenchendo a sala com um cheiro picante. Carter abre um sorriso enorme quando nos avista em meio à multidão de corpos que simplesmente lotam toda a sala. Usando apenas um colete de couro e algumas miçangas, ele me abraça.

– Sejam bem-vindos. Fico feliz por estarem aqui! – Em seguida, abraça Sofia... demoradamente. – Vamos arrumar alguma coisa para beber.

Carter oferece a Sofia um tour pelo trailer e fico aliviado por não haver somente adolescentes na festa. Na verdade, o evento se parece muito com um reencontro do pessoal do colegial. Todo mundo que estudou comigo e que não deixou a cidade – ou seja, praticamente todos os habitantes de Sunshine – está aqui. A gente se revê e, com orgulho, apresento Sofia. Cerca de uma hora depois, ela cochicha ao meu ouvido:

– Vou ali fora para tomar um ar.

Luminárias coloridas com motivos chineses estão dependuradas acima de uma fileira de roseiras, emoldurando o quintal de chão de pedra. Uma fogueira estala mais adiante, iluminando quase todo o espaço. Corro o olhar pelo grupo de pessoas no gramado e enfim – porra, até que enfim! – avisto Jenny. Ela está conversando com a morena Jessica Taylor, que fazia parte da equipe de animadoras de torcida. E o mais importante: J. D. não está por perto.

Hora de usar o meu charme.

Entrego meu copo de Jack Daniel's a Sofia.

– Pode segurar para mim?

Ela segue minha linha de visão.

– Claro.

Corto o cabo de uma rosa branca e mostro para ela.

– O que acha?

Ela agarra o copo com mais força.

– Acho que ela vai adorar.

– Se tudo correr como o planejado, devo passar algum tempo com ela. Marshall pode levar você para casa, se quiser ir mais cedo. Combinado?

Sofia olha para seus sapatos.

– Combinado.

Pisco com um olho.

– Você é a melhor, Soph. Deseje-me sorte.

Mas, enquanto me distancio, ela não me deseja sorte.

Jessica Taylor me cumprimenta com um abraço. Jenn me olha com desconfiança. Estendo a mão com a rosa.

– Uma oferta de paz.

Seu rosto se ilumina muito ligeiramente até os belos lábios rosados formarem um sorriso relutante.

– Obrigada.

Jessica dá risada.

– Nossa, eu queria ser tão gentil assim com meu ex. Ele não liga para mim, nem se importaria em fazer um esforço para me envenenar com estricnina. – E sacode a cabeça. – Mas vocês dois sempre foram o casal perfeito. Lembram-se daquela partida de futebol do primeiro ano do colegial? Depois que Stanton venceu o jogo? Ele veio trotando pelo campo, direto na sua direção, Jenn. Ele a levantou e beijou na frente da escola toda… Parecia uma cena tirada de um filme da Drew Barrymore.

Os olhos de Jenny parecem aquecidos, então sei que ela lembra. Assim como eu lembro.

Eu tinha me atrasado para pegá-la para sair e aí acabamos discutindo. Uma palavra levou à outra e, quando chegamos ao campo, ela jurava que nunca mais falaria comigo. Meu gesto romântico a fez desistir dessa ideia e ela passou a noite depois do jogo no banco traseiro da minha caminhonete, falando palavras como: "assim, mais, outra vez".

Jessica vai buscar mais bebida e não consigo parar de olhar Jenny nos olhos.

– J. D. já se recuperou?

Ela bufa.

– Como se você desse a mínima para ele. Mas, sim, se recuperou. Carter preparou algumas compressas de ervas para ele, o que ajudou a acabar com o resto do inchaço. Agora ele está no trailer, aplicando mais dessas compressas.

Meu sorriso se aperta.

– Vou agradecer Carter por isso. – E chego mais perto: – Por que a gente não...?

Mas não consigo terminar a frase.

Atrás de nós, no quintal, ouço um assobio, gritos e vaias. Viro-me para olhar na direção do barulho. E percebo que o motivo de toda aquela comoção é justamente Sofia. Quatro filhos da puta que nunca vi na vida, cujos nomes desconheço, mas que poderia descobrir para escrever em uma lápide.

Então um deles estende a mão e a passa no traseiro de Sofia.

Quando dizem que alguém fica "tão nervoso que só consegue enxergar em vermelho", pensei que fosse exagero. Porém, isso realmente acontece. Meus olhos agora foram tomados por um vermelho em ebulição. Não me lembro de ter deixado Jenny, não me lembro de ter cruzado o quintal. A próxima coisa que vi foi minha mão em volta da garganta do filho da puta, batendo sua cabeça contra a lateral do trailer do meu irmão.

– Toque nela outra vez e vou arrancar o seu braço e enfiá-lo no seu rabo.

As mãos dele agarram a minha, tentando afastar meus dedos. Mas aperto com mais força.

Então vejo Carter ao meu lado.

– Devagar aí, Stanton. Aqui somos pacíficos. Você precisa se acalmar, meu irmão.

Quando o rosto do filho da puta adota um tom aceitável de roxo, decido soltá-lo. Ele leva as mãos ao próprio pescoço, esbaforido, arfando. E rosno para meu irmão:

– Não venha me dizer para me acalmar. Diga ao seu amiguinho aqui para prestar atenção em onde coloca essas malditas mãos.

Enquanto o idiota mantém a mão no peito, prendo-o na parede do trailer uma última vez. Só para ter certeza de que aprendeu a lição.

Então, abraço Sofia e a levo para longe. Seus olhos brilham levemente para mim.

– Você sabe que eu teria dado conta dele.

– Sei, sim. Mas você não precisava passar por isso.

E não saio do seu lado pelo resto da noite.

—

À uma hora da manhã, a festa ainda segue firme e forte. Sofia está bobinha, feliz, embriagada, sentada ao meu lado em uma cadeira de jardim, ensinando palavrões em português para Sadie. Depois de seis ou sete doses de uísque com Coca-Cola, eu também estou bem zoado. Carter sai do trailer, me chama e diz para me apressar. Estendo a mão para Sofia e o seguimos, dando a volta até a parte da frente do trailer. Meu irmão leva o dedo aos lábios e aponta com a cabeça na direção da minha caminhonete.

As janelas do veículo estão tão embaçadas quanto as daquele carro no filme *Titanic*.

Carter vai por um lado e eu vou pelo outro. E ele abre violentamente a porta enquanto eu bato nas janelas e grito:

– Abram! É a polícia!

Então meu irmão cantarola:

– *E aí gritei "Eureka!", quando vi Marshall sem cueca!*

Rimos feito hienas enquanto Marshall sai de chapéu e com a calça desabotoada, amaldiçoando o dia em que nós dois nascemos. Uma loira enrubescida vem logo atrás dele. E, para a decepção de Marshall, ela desaparece em meio a um grupo de amigas.

– Seus filhos da mãe! – resmunga meu irmão mais novo, fechando uma carranca.

Um pouco depois, estamos todos sentados em volta da fogueira: Carter, Marshall, Jenny, J. D., Sofia e eu. Carter dá uma tragada em um cigarro de maconha e me oferece. Recuso balançando a cabeça. Sofia também rejeita. Jenny, todavia, aceita prontamente e fuma como uma profissional.

– Pensei que você tivesse dito que já não era tão divertida como antes? – provoco.

Ela solta uma nuvem de fumaça.

– Agora, com 28, fumo por motivos completamente diferentes dos que me levavam a fumar aos dezesseis anos.

J. D. também dá algumas tragadas.

– Está bem, ouçam, crianças... Tenho algo a anunciar – começa Carter, fazendo todos os olhos voltarem-se a ele. – Quando Jenny e J. D. se casarem, no sábado, seremos todos uma família.

Na verdade, não.

Abro a boca para falar, mas ele prossegue:

– Como as abelhas de uma colmeia, precisamos todos viver em harmonia para a colônia prosperar. E estou sentindo uma forte tensão entre Stanton e J. D.

Os olhos brilhantes de J. D. se apertam.

– Não tem tensão nenhuma, cara. Stanton e eu nos damos superbem.

Claro. Da minha parte, nossa relação seria ainda melhor se ele se mudasse para a China, tentasse escalar o Monte Everest e... morresse.

Jenny ergue a mão como se estivéssemos nos tempos de escola.

– Concordo, Carter. Existe uma tensão no ar. – E dá tapinhas na perna de J. D. – É que você é doce demais para perceber, meu querido.

– Precisamos expurgar a negatividade – explica meu irmão mais velho. – Tenho um plano perfeito para restabelecer a ordem natural e uma hierarquia eficiente, com a qual todos ficaremos felizes.

J. D. coça a cabeça.

– São palavras demais, cara. Será que dá para repetir?

Ordem natural.

Hierarquia.

Talvez seja efeito do uísque... Mas essa me parece uma ideia muito boa.

—

Sem dúvida era o uísque.

– Essa ideia é horrível!

A vida é engraçada. Um dia, você está usando um terno que custa mais do que o salário de muita gente, impressionando seu chefe com suas habilidades e *expertise*. Uma semana depois, você está no meio de um pasto, às duas horas da manhã, embriagado demais para pensar direito, preparando-se para apostar uma corrida de trator.

Sim, isso mesmo. De trator.

Essa foi a grande ideia de Carter. Competição saudável, que vença o melhor, toda essa bobagem. Agora os tratores do meu pai estão cuspindo fumaça e roncando como trovões – eu em um deles; J. D. no outro. Carter coloca a música "Holding Out for a Hero" para tocar bem alto e Jenny está parada à nossa frente.

– Preparar, apontar, valendo!

Ela joga o chapéu de J. D. para cima e nós dois damos a partida. O caminho até a árvore tem quinhentos metros, depois temos que contorná-la e voltar. Afundo o pedal até o chão e engato a marcha.

Ouço Jenny gritar:

– Acabe com ele, J. D.!

E Carter:

– É assim que se faz, rapazes! Sintam o equilíbrio retornando… Tudo é uma questão de equilíbrio!

Sofia leva as mãos em forma de concha em torno da boca e grita:

– Vamos, Stanton! Arrasa com esse trator!

E dou uma risada sonora e profunda. Olho para J. D., que também está rindo. Porque isso é tão ridículo… Mas da melhor forma possível. Quando começamos a dar a volta na árvore, me sinto decidido a vencer. Será uma ótima forma de terminar a noite – com uma vitória.

Mas existe um motivo pelo qual as pessoas não devem operar máquinas pesadas sob o efeito de álcool ou drogas. Esse motivo fica claro quando J. D. e eu não deixamos espaço suficiente e tentamos fazer curvas fechadas. E acabamos raspando os tratores um no outro. Puxo a perna em tempo para que ela não fique presa, mas as máquinas acabam engatando uma na outra.

– Dê ré! – digo a ele, manobrando.

– Dê ré você! – ele rebate.

E, quando penso em desferir um soco e manobrar o trator para ele, uma espingarda atira, ecoando pelo campo.

Instintivamente me abaixo. Com o ruído ainda ecoando nos ouvidos, analiso o que está acontecendo... E vejo meu pai vestindo um roupão azul e botas pretas e segurando a espingarda.

A festa definitivamente acabou.

—

– Que diabos vocês tinham na cabeça?

Nós seis estamos sentados à mesa da cozinha, cabisbaixos, de boca fechada.

– E vocês dois têm uma filha! Não se comportavam assim nem quando estavam no colégio!

O melhor a fazer em momentos assim é deixar meu pai se expressar. Quanto mais você falar, mais ele vai berrar.

– Meu filho, o advogado, destruindo o meu gramado como um idiota. E meu outro filho, o traficante, ajudando! – ele berra, as bochechas rosadas, mais parecendo um Papai Noel muito puto da vida.

Carter aproveita esse momento para se expressar:

– Era um exercício para eles se aproximarem. Eu curo as pessoas, pai.

– Você é um idiota, isso sim!

E essas são as primeiras palavras que meu pai fala diretamente ao meu irmão em dois anos. Faz sentido.

Carter insiste:

– O senhor precisa relaxar. O estresse é um assassino silencioso. Tenho algumas ervas que podem ajudar.

– Você pode me ajudar a chutar o seu rabo! – meu pai berra ainda mais alto.

Mas Carter não desiste. E lança os braços em volta do pescoço do meu pai.

– Eu te amo, pai. Fico feliz por estarmos conversando outra vez.

Por um instante, meu pai dá tapinhas amigáveis nas costas de Carter. E percebo seus olhos se acalmarem. Sei que está feliz por estar conversando outra vez com meu irmão. Mesmo que seja uma conversa aos berros.

Então, ele afasta Carter e volta a nos olhar friamente.

– Todos vocês vão trabalhar para arrumar meu gramado. Ou então vou acabar com o rabo de cada um.

– Sim, senhor – J. D. responde.

– Sim, senhor – Jenny concorda.

– Definitivamente, não quero que você acabe com o meu rabo – concordo.

E, como é esperta, Sofia acrescenta:

– Ou arrombe.

Cubro a boca para meu pai não começar outra vez com seu sermão. Marshall gargalha atrás de mim.

Quando ele se vira na direção das escadas, Mary entra pela porta dos fundos usando a mesma roupa que usava mais cedo – shorts jeans, blusinha vermelha, jaqueta jeans branca, tênis azuis. É claro que é a mesma roupa, afinal, ela não passou em casa para se trocar.

Mary para repentinamente assim que passa pela porta, olhando para o nosso grupo como um cervo olha para a luz de um caminhão se aproximando.

– O que está acontecendo? Alguém morreu?

Não, mas a noite ainda é uma criança.

– Você está chegando em casa agora? – meu pai exige saber, sua voz se tornando mais ameaçadora a cada sílaba.

O rosto de Mary empalidece. É a expressão de uma mentirosa, do tipo que tenta não demonstrar nenhum sinal de que está blefando.

– É claro que não! – ela alega. – Meu toque de recolher é à meia-noite e já passou da meia-noite. Se eu estivesse chegando agora… seria muito errado.

Minha irmã não é boa no blefe e certamente faria um péssimo trabalho no tribunal. Mas meu pai, assim como tantos outros quando estamos falando de seus caçulas ou de sua única filha, é cego. Ou talvez esteja velho demais para perceber.

– Então, onde diabos você estava? – pergunto, inclinando a cadeira para trás.

Ela me lança um olhar malvado por uma fração de segundo. Depois, diz com um tom tranquilo:

– Eu não estava conseguindo dormir, por isso… coloquei uma roupa e fui andar um pouquinho.

Ela dá um beijo na bochecha do meu pai.

– Você deveria estar na cama, papai. Parece um pouco cansado.

Ele acaricia o topo da cabeça de Mary e vai direto para a escada, resmungando que nós seremos o motivo de sua morte.

Estou preparado para deixar rolar, afinal, para cada vez que eu respeitava o toque de recolher, desrespeitava outras dez. Porém, neste momento, minha irmãzinha decide pegar um copo de suco na geladeira e tira a jaqueta, revelando meia dúzia de hematomas no pescoço e perto do peito.

Marshall tira as palavras da minha boca:

– Mas que porra é essa?

Mary quase derruba o copo de suco.

– O quê? Do que você está falando?

Carter, Marshall e eu a cercamos.

– Disso! – exclamo, apontando para as marcas. – Você por acaso foi sugada por um aspirador de pó?

Ela abaixa o olhar.

– Ah! – mente outra vez. E mente mal. – Eu me ralei toda em um arbusto.

Carter inspeciona o pescoço com mais atenção.

– Isso aqui são chupões, garotinha. Chupões recentes. Quem foi que chupou o pescoço da minha irmãzinha?

– Prefiro não comentar – ela responde, apertando os lábios.

– Estou pouco me fodendo para o que você prefere – rebato. – Você vai dizer e vai dizer agora mesmo!

Sofia se levanta.

– Esperem aí!

Ergo a mão.

– Fique na sua, Sofia. Isso é um assunto para homens. Você não entende.

Assim que as palavras passam por meus lábios, percebo que falei a coisa errada.

Ela arregala os olhos antes de estreitá-los. Cruza os braços e dá passos decididos na nossa direção. É sua postura do tribunal, é a advogada de defesa tomando conta. E é sensual pra caramba.

– Desculpa – ela diz, mas nem de longe quer se desculpar. – Você acabou de dizer que uma coisa é "coisa de homem"?

– Eu não falo desse jeito.

– Bem, para mim, você soa como um neandertal. Só estou esperando você começar a rugir, bater no peito e fazer uma fogueira. Ou ainda não descobriu o fogo?

– Soph…

E agora ela ergue a mão.

– Não me chame de "Soph". Não vi nenhum de vocês querendo saber o nome da garota com quem Marshall estava no banco de trás do carro… E com as calças na altura dos tornozelos.

Mary fica boquiaberta.

– Com quem você estava, Marshall?

Ele dá um passo para trás.

– Prefiro não comentar.

Mary olha para Jenny, que desvenda a informação:

– Norma-Jean Forrester.

– Eu sabia! – Mary grita enquanto bate no braço de Marshall. – Ela é nojenta!

– É mesmo – concorda Jenny. – A família inteira dela é.

Ergo os braços.

– Será que dá para mantermos o foco, por favor? – Lanço um olhar perfurante para Sofia. – O motivo de não estarmos interrogando Marshall é o fato de Norma-Jean Nojenta não ter deixado um rastro de chupões.

Sofia faz que sim com a cabeça.

– Então o problema são os chupões?

Na verdade, não... Mas eles são uma boa desculpa por estarmos furiosos com a ideia de minha irmã estar fazendo a mesma coisa que meu irmão.

– Sim.

Infelizmente, há motivos para Sofia ser uma advogada de excelência: essa mulher sabe detectar mentiras.

– Tem certeza? – ela pergunta com um sorriso afetado.

– Sim, essa é a minha resposta final.

– Entendi. – Ela agarra a gola da blusa e a puxa para baixo. – Então acho que eu também tenho um problema com todos esses chupões.

Quatro – não, cinco – chupões já desaparecendo e duas marcas de mordidas maculam a pele delicada de Sofia. Olhar para elas faz o sangue correr direto para a minha virilha.

– Minha nossa! – exclama minha irmã. – Você se transformou em vampiro enquanto estava em Washington?

Jenny também contribui, rindo:

– Pelo amor de Deus, Stanton!

Eu deveria me incomodar por Jenny não estar irritada com essa prova clara dos meus galanteios com outra mulher. Mas... ela não se abala.

Aponto para os chupões.

– Isso aí é algo totalmente diferente!

– Por quê? – Sofia pergunta, seus lindos olhos queimando com ares de desafio.

– Porque você não é a minha irmã.

– Bem, ela é irmã *de alguém* – Mary rebate.

Mantendo seu olhar na minha direção, Sofia ergue três dedos.

– Três! Ela é irmã de três alguéns – Mary verbaliza.

– E meu irmão mais velho poderia acabar com você sem derrubar uma gota de suor. – Nesse momento, ela cruza os braços e anda como se estivesse apresentando o argumento final no tribunal. – Então, senhor Shaw, parece que estamos diante de um impasse. Você pode deixar sua irmã ir para o quarto sem ela ter de dizer nenhum nome. Ou... as mulheres e eu iremos a outro quarto para tirar fotos de meus chupões e depois as enviaremos a meu irmão. Para ver se ele concorda com a sua alegação de que é "uma coisa de homem".

Por um instante, esqueço que Sofia e eu não somos os únicos neste cômodo.

– Adoro quando você banca a advogada comigo.

Ela responde com um sorriso.

Suspiro. E viro os olhos.

– Vá dormir, Mary.

– Sim! – Ela e Sofia batem as mãos em celebração. – É isso aí, garota!

Marshall anuncia que também vai para a cama e segue Mary pelas escadas.

Carter boceja.

– Estou acabado. O sofá me chama.

Ele atravessa a cozinha, tirando as roupas pelo caminho. Quando deixa o cômodo, a última imagem que vejo é sua bunda branquela.

Esfrego as mãos nos olhos para apagar aquela imagem grotesca, pois também estou exausto.

– Ei, Stanton? – J. D. me chama. – Como todos nós temos que ir dormir – E olha o relógio. – E em duas horas precisamos começar a arrumar o gramado, teria algum problema se Jenny e eu ficássemos aqui?

Sem pensar muito, dou de ombros.

– Tudo bem.

E nós quatro vamos para os quartos. Depois que Jenny e J. D. estão instalados no antigo quarto de Carter, e Sofia e eu estamos sob as cobertas na minha cama, ela sussurra para mim:

– Isso é esquisito. É esquisito, não é? Você não se incomoda por eles estarem… aqui do lado?

Ela aponta para a porta aberta do banheiro, que liga os dois quartos.

Mais uma vez, deveria ser esquisito. Eu deveria querer arrancar a cabeça do Salsichinha. Enforcá-lo com um travesseiro. Jogá-lo pela janela e vê-lo despencar pelos dois andares, torcendo para cair de cabeça.

Mas apenas puxo Sofia mais para perto.

– Estou cansado demais para me importar.

CAPÍTULO 18

STANTON

Marshall escapa de plantar grama porque tem aula. O restante de nós – Sofia, eu, Carter, Jenny e J. D. – não tem tanta sorte. Tomamos o desjejum juntos e passamos a manhã espalhando sementes e fertilizante na terra para meu pai não se sentir tentado a aparecer e chutar nossos traseiros. Mais tarde, depois de um longo banho, a tensão começa a aumentar. E, ao anoitecer, vem a sensação de que um novo peso me empurra. Tenho pouco tempo até sábado.

Então, resolvo tomar conta da situação.

– Ai!

Enquanto escalo, um galho corta meu braço e começo a sangrar.

– Merda!

Um ramo coberto de folhas estapeia meu rosto.

– Puta que pariu!

Bato a cabeça na parte inferior de um galho particularmente sólido.

Por que era mais fácil quando eu tinha dezessete anos? Talvez o tesão me deixasse imune à dor. Por fim, chego ao topo – ao meu destino.

À janela do quarto de Jenny.

Que está destrancada, como eu sabia que estaria. Abro-a e apoio as mãos no parapeito para me empurrar para dentro.

– Santo Deus! – grita Jenny na cadeira de sua penteadeira, onde está sentada, usando uma camisola rosa e curta, de alcinhas. – Você me assustou pra caralho. Por que fez isso?

– Você beija a sua avó com essa boca suja? – resmungo. – Isso explica muita coisa. – Quando ela continua sentada, agora com os braços cruzados, franzo a testa. – Não vai nem me dar uma ajudinha? Quanta frieza, Jenn.

Ela vira os olhos e expira alto, mas logo se levanta para me ajudar.

Cambaleio para a frente, agarrando-me a seu quadril para não cairmos. E ficamos congelados quando percebemos que nossos rostos estão a milímetros um do outro, compartilhando o mesmo ar.

E aí Jenny pisca e se afasta.

– Você não pode ficar aqui, Stanton.

Ignoro-a e olho para a cama.

– Onde está Presley?

– Ela dormiu no sofá lá embaixo. Vou buscá-la daqui a pouco.

E nesse momento meu olhar desliza atrás de Jenny – para o vestido branco dependurado na parede. E todos os ossos do meu corpo se transformam em blocos de gelatina presos por tendões bambos.

– É o que estou pensando? – sussurro.

– Sim – ela confirma com uma voz suave. – É o meu vestido de casamento. Não é bonito?

Imagino Jenny usando o vestido. Renda delicada, flores bordadas envolvendo aquele corpo que conheço tão bem. “Bonito” nem começa a descrever.

– É lindo.

Mas aí lembro que ela vai usá-lo com outra pessoa e meu coração se aperta a ponto de parecer prestes a evaporar e sair do corpo.

– Não quero ferir seus sentimentos, Stanton.

Viro-me para ela, agora desesperado.

– Então não faça isso. Converse comigo, ouça o que tenho a dizer.

– Eu *já conversei* com você! É você que não me ouve! – ela alega, agora cabisbaixa. – É tão teimoso... Está tão preso ao que acha que era para ser que não enxerga o que está bem diante dos seus olhos.

Sento-me na beirada da cama, passando a mão nos cabelos com frustração.

– Você está parecendo Carter falando.

Percebo, aos meus pés, uma pilha de caixas abertas com os laços soltos e caídos.

– O que é isso?

– As meninas do meu grupo fizeram um chá de lingerie para mim.

Percebo o material saindo pela caixa. Preto e... *couro?*

Puxo aquela coisa e me vejo segurando algemas pretas com trancas prateadas. Juntas com um chicote da mesma cor.

Que porra é essa?

– Stanton, não...

Mas já estou olhando. Vendas para os olhos, mordaças, chicotes que definitivamente não foram feitos para serem usados com cavalos, um anel peniano e toda uma variedade de vibradores – roxo, azul, de vidro e um com uma bateria particularmente enorme.

Fico quase sem voz.

– Com que tipo de gente você está andando?

Totalmente enrubescida, ela puxa o vibrador gigante da minha mão e engasga.

– Eu disse que J. D. me conhecia melhor do que você.

– Ele também curte esse tipo de coisa?

Ela não me olha nos olhos.

– Não sei... Você me conta tudo o que curte hoje em dia?

Jenn e eu sempre fizemos sexo maravilhosamente, mas sempre em posições e de jeitos comuns. Perguntar a ela se quer ser fodida com mais força, fazê-la implorar para gozar, incliná-la sobre a mesa e arregaçá-la sem me preocupar com sequer tirar as roupas porque assim é mais sacana... Isso nunca, nunca passou por minha cabeça.

– Não, acho que não. Pensei que você me estapearia se eu sugerisse uma coisa desse tipo.

– O que teria dito se eu confirmasse que curto isso?

Pego o vibrador da mão dela e fico examinando-o entre as minhas.

– Eu teria dito… pra você conferir se tem baterias extras.

Ela dá risada, joga o vibrador de volta na caixa e descansa a cabeça em meu ombro.

– Eu te amo.

As palavras me fazem ficar sério outra vez.

– Então não faça isso.

Ela apenas oferece um sorriso entristecido.

– Existe todo tipo de amor, Stanton. O nosso é o que liga duas pessoas da melhor forma, aquele que dura a vida toda. Mas não é o tipo de amor que serve para casamento.

– Não é verdade. – Seguro seu rosto em minhas mãos. – Eu sou apaixonado por você, Jenny.

Os olhos dela estão secos, mas há lágrimas em sua voz.

– Não, não é. Isso é um eco do passado, do que fomos um dia, das promessas que fizemos, da paixão que vivemos. Mas um eco não é real, não podemos criar uma vida com base nele. Um eco é só a memória de um som.

Acaricio sua bochecha com o polegar, escutando suas palavras, mas sem ouvir de verdade.

– Eu só queria… Queria ter sabido que nosso último beijo era o último. – Deslizo a ponta do dedo por seus lábios. – Eu tomaria o cuidado de me lembrar dele. Deixe-me beijá-la agora, Jenn. Dê isso a nós dois. E depois, se ainda quiser se casar com ele, juro que vou deixar o caminho livre.

Posso ver em seus olhos. Desejo. Talvez ela também tenha se arrependido por não ter desfrutado mais do último beijo. Jenn olha para minha boca e suas mãos acariciam meu maxilar. Aproximo-me enquanto dou tempo para ela recusar.

Mas ela não recusa.

E então nossos lábios se tocam, se esfregam, se transformam em um. Ela se entrega ao beijo com o mais leve gemido. E eu a puxo para mais perto. Minha boca se move sobre a dela e o sabor é o mesmo, exatamente como me lembro: cerejas doces no verão.

Então espero aquele sentimento que sempre surge, a força inegável que me faz querer tocá-la em todos os lugares ao mesmo tempo. Espero aquela sensação de certeza, de perfeição, de que estou exatamente onde deveria estar e a mulher em meus braços é tudo o que eu poderia desejar.

O problema é que... essas sensações não aparecem.

Meu coração não bate forte no peito, minhas mãos não tremem com a necessidade de acariciá-la. Só há... não há nada. Quero dizer, estou em um quarto escuro com minha boca pressionada à de uma bela mulher – então, há algo. Mas não é como era para ser. Não é forte nem esmagador, não é tenro nem excitante.

Não se parece com o que sinto com o beijo de...

Ah, merda!

Então me lembro dos contos de fadas que lia para Presley quando era mais nova. Aqueles nos quais um beijo sempre quebrava o feitiço. Acabava com uma maldição. Abria os olhos.

Jenny e eu lentamente nos afastamos. E nos encaramos.

– Você também sente, não é? – pergunta.

– O quê?

– Como se estivesse tentando fazer a peça errada encaixar no quebra-cabeça... como se faltasse algo. Você também sente isso, não sente?

Em um sussurro impressionado, finalmente admito para mim mesmo – e para ela:

– Sim... É... É exatamente isso.

De repente, ela cobre a boca com a mão e seu rosto se transforma em uma máscara de arrependimento e culpa.

– Ah, meu Deus! O que foi que eu fiz?

– Jenn...

Ela se levanta e anda de um lado para o outro, cuspindo as palavras agitadamente e com horror:

– Ai, meu Deus! Eu beijei você! Três dias antes do meu casamento! Três dias antes de eu me colocar diante de Deus e da minha família e me prometer a outro homem! Um homem que não fez nada além de me amar, de confiar em mim, de me respeitar! Puta que pariu!

– Acalme-se! Está tudo bem. A gente não...

Ela se vira para mim como se fosse uma víbora:

– Não me diga para me acalmar! J. D. sempre se sentiu intimidado por você. Você era como... uma lenda para ele. J. D. sempre teve medo de que eu não o amaria como amei você. Achava que nunca estaria à sua altura...

Não consigo evitar o sorriso de satisfação que se forma em meus lábios.

– Sério?

Ela aponta o dedo para mim e esbraveja:

– Tire esse sorrisinho do seu rosto ou vou arrancá-lo daí a tapas!

Meu sorriso foge aterrorizado.

– Como eu vou explicar para ele? Como vou explicar sem fazê-lo sentir...

Levanto-me e bloqueio seu caminho.

– Vamos manter isso entre nós. Não precisa dizer nada para ele.

– Preciso, sim! – berra. – Segredos são venenosos. Eles destroem a alma dos relacionamentos.

– Ah, menos, Jenn... Você precisa mesmo parar de andar com meu irmão.

Ela aponta o dedo contra o meu rosto outra vez, empurrando-me na direção da janela.

– É tudo culpa sua! Você me seduziu!

– Eu não seduzi você!

– Minha avó estava certa sobre você... Você é Satanás! – Ela pega a primeira coisa que encontra, a mordaça, e atira em mim. – Vá embora, Satanás!

Depois vem o vibrador azul. E depois as algemas.

Ergo os braços enquanto os brinquedos eróticos voam em minha direção. O vibrador gigante acerta minha testa.

Provavelmente vai deixar uma marca.

– Se eu sou Satanás, em tese você deveria estar jogando água-benta em mim!

Viro-me e me jogo para fora da janela. Desço rapidamente, percorrendo metade do caminho antes de prender o pé, e desabo a outra metade.

– Droga!

Caio de costas, possivelmente ferindo um rim.

Respiro em meio à dor, ouço Jenny bater a janela lá em cima e olho para o céu, que está escuro feito nanquim. As estrelas brilham para mim como um milhão de olhos me zombando.

Cubro o rosto com o braço. As coisas não saíram como o planejado hoje. É o que vem acontecendo ultimamente.

Mas percebo algo crucial. Uma coisa capaz de mudar a minha vida.

Sou um homem apaixonado. Só que não é por Jenny Monroe.

Meu primeiro pensamento após me dar conta disso é: *porra!*

O segundo é: *Drew Evans vai morrer de rir.*

—

Demoro todo o tempo de que preciso para voltar à casa dos meus pais, tentando processar essa informação ao longo do caminho. Meu irmão me diria que preciso meditar e, pela primeira vez desde que ele resolveu seguir por esse caminho, acho que talvez esteja certo. Os sentimentos avançam dentro de mim, rápidos demais para serem contidos, me escapam como gravetos na correnteza de um rio turbulento.

Abro delicadamente a porta do quarto de Sofia, avistando seu corpo sob a luz suave da lua que entra pela janela aberta. Ela está deitada de lado, a pele luminosa de suas costas nuas voltadas para mim.

Sinto uma ternura invadir meu peito e um sentimento doce, de alívio, como a sensação de voltar para casa. Forço minha mente a se silenciar, a afastar toda a confusão entranhada, enquanto tiro as roupas. Depois, deito-me na cama, decidido a me concentrar neste momento. Só existe o aqui e o agora. Só ela.

Todavia, antes de eu tocá-la, ela se vira, surpreendendo-me.

– Como foi com Jenny? – quer saber.

Afasto os cabelos úmidos de seu rosto.

– Foi… esclarecedor.

– O que quer dizer com isso?

Francamente? Não tenho a menor ideia. Por tanto tempo, achei que Jenny Monroe fosse a mulher da minha vida. Era uma certeza absoluta, como saber que o sol nasce no leste. Perceber que nada disso é certo, que não há problema algum no que está acontecendo, me deixa surpreso.

E me pergunto se é assim que as pessoas se sentiram ao descobrir que a Terra não era plana. É uma mudança de percepção, de como vejo o mundo e de qual é meu lugar nele.

Meus pensamentos envolvendo Sofia são muito mais fodidos agora. O que sinto por ela vai muito além de admiração por seus seios estupendos e por sua inteligência impressionante. É mais profundo. Agora tenho certeza disso. Só não sei o que fazer. *Ela acreditaria em mim se eu me abrisse? Será que há alguma chance de Sofia estar sentindo a mesma coisa por mim?*

Então não vou fazer nada. Porque, quando está dirigindo, você não pode mudar a marcha rápido demais. Ou o carro vai chiar. Talvez você até mesmo provoque uma pane na transmissão.

Quando em dúvida, o melhor a fazer é esperar.

– Não quero falar sobre isso.

Seu rosto se aperta, como se ela fosse forçar o assunto, mas Sofia apenas se vira de costas e resmunga:

– Está calor demais... Estou derretendo aqui.

E seca o suor de sua testa.

Ofereço um sorriso.

– Minha avó costumava dizer que o Mississippi fica mais perto de Deus. O lado ruim é que, quando você está mais perto dos céus, está também mais perto do Sol. É por isso que é tão quente aqui.

Sofia cai na risada. Em seguida, arqueia as costas e tenta encontrar uma posição confortável para a cabeça.

– Não vou conseguir dormir assim.

E é então que tenho a melhor ideia do mundo.

– Quero levá-la a um lugar.

—

– Tem certeza de que é seguro?

– Totalmente. – Puxo o guidão, testando o peso que a corda é capaz de suportar. Ela geme como uma casa velha em meio a um furacão, mas aguenta. – Está vendo?

Estamos nas Cataratas de Sunshine, a poucos quilômetros de onde Jenny e eu costumávamos ficar, onde todo mundo vem nadar. Na verdade, o que há aqui não são cataratas, mas algo mais parecido com pedras de um metro e pouco sobre as quais o rio forma cascatas de água fria e cristalina. Mesmo assim, o nome do lugar é Cataratas de Sunshine. A melhor parte é a área das árvores antigas, de raízes profundas, na margem. Os galhos pendem sobre a água, criando o mais perfeito e mais épico balanço. Este aqui tem um guidão antigo preso na ponta, e não apenas corda, o que ajuda a segurar.

– Você só precisa se lembrar de soltar.

Ela assente com atenção.

– Soltar. Já entendi.

– Nada de congelar e ficar agarrada. Você vai acabar voltando e batendo no tronco... O que vai ser hilário e inesquecível. Mas também vai doer pra burro. Não fique nervosa.

– Eu não estava, mas agora você está me deixando nervosa.

Sofia apoia o peso do corpo em um pé e depois no outro, fazendo seus lindos seios sacudirem por baixo do triângulo de seu biquíni vermelho e minúsculo.

Chego a lamber os lábios. Seria tão fácil me inclinar aqui para chupar aqueles mamilos deliciosos. E pensar o que eu poderia fazer com essa corda e o guidão...

Fecho os olhos e chego a gemer, sentindo o volume enrijecer debaixo da sunga. Mas tenho que afastar esses pensamentos... porque é hora de nadar. Sofia está com calor. E *tão sexy*.

Nadar, nadar. Nadar, porra!

– Eu vou primeiro.

Seguro o guidão, ergo as pernas e deixo meu corpo seguir pelo arco acima da água. Quando chego ao limite – um segundo antes de a corda me forçar para trás, solto o corpo, consigo fazer um salto perfeito e caio em pé na água. Atravesso a superfície e suspiro de prazer. A água fresca na minha pele quente traz uma sensação deliciosa.

Apertando os olhos para tentar enxergar na escuridão, vejo Sofia na margem.

– Venha! É legal!

Então, com um grito ensurdecedor, ela vem na minha direção.

– Solte agora! – grito.

E ela se solta, caindo como uma bola de canhão no rio.

E sobe rindo, engasgando um pouquinho. Sua pele está úmida e reluzente; os cabelos molhados pesados e longos.

– A parte de cima do biquíni ainda está aqui? – Ela verifica as alças presas em seu pescoço.

– Infelizmente, sim.

Seu rosto está em êxtase, como o de uma garotinha vendo a vastidão do oceano pela primeira vez.

– Vou fazer de novo!

—

Mais tarde, Sofia está deitada na margem, seu pé mexendo na água.

– Essa foi a melhor ideia que você já teve – suspira.

Posicionado na parte mais rasa, observo-a enquanto sinto a água ricochetear em meu quadril. Minha voz sai rouca, quase irreconhecível:

– Estou tendo uma ideia ainda melhor agora.

Sofia ergue a cabeça e me olha nos olhos. E logo sua respiração muda. Seu peito sobe e desce um pouco mais rápido. O pulso salta em seu pescoço com um pouco mais de força.

– Venha cá, Sofia.

Seu olhar não desgruda do meu rosto enquanto ela desliza pela água, aproximando-se. Quando está a um braço de distância, respiro fundo.

– Você disse nada de sexo enquanto estivéssemos na minha cidade... mas meu desejo é tão forte que consigo praticamente sentir o seu sabor.

Ela olha para a minha boca enquanto pensa no que dizer. E não consigo segurar um sorriso.

E é esse sorriso que a convence. Porque, um segundo depois, ela está me puxando para perto, murmurando:

– Que se foda.

– Ah, querida, foder é o que eu planejo.

Assim que meus lábios tocam os dela, assim que minha língua invade o calor úmido de sua boca, já me pego gemendo. Parece que toda uma eternidade se passou desde a última vez. Ela agarra meu bíceps, enterra as unhas em minha pele, sua língua se mostra tão ansiosa quanto a minha.

Puxo o laço de seu biquíni, liberando um calor suave e luxuriante. Em um único movimento, passo suas pernas em volta da minha cintura, segurando-a mais alto, e abaixo a cabeça. E então minha boca está nela, chupando seu mamilo entumecido, usando a língua, sugando a água em sua pele, provando mais uma vez seu sabor. Santo Deus, eu poderia passar horas fazendo isso.

E as sensações – cegas e contraditórias – tomam conta de mim.

Tudo o que não aconteceu quando eu estava beijando Jenny. O desejo insano, a necessidade inexplicável, o desejo de passar horas e dias com essa mulher em meus braços e, ao mesmo tempo, o desejo de que este momento nunca termine. A necessidade de gozar tão intensamente a ponto de meu pau doer, e, ao mesmo tempo, desejar passar a noite toda enterrado dentro dela.

Estou ferrado. Mas, neste segundo, eu não mudaria nada.

Sofia se contorce e geme em meus braços. Seu quadril se esfrega, rebola sobre minha barriga, suas mãos agarram minha cabeça, puxam meus cabelos.

E desfruto do meu tempo adorando seus seios maravilhosos. Mantenho um braço segurando suas costas enquanto a mão livre massageia seu seio, beliscando o mamilo até Sofia ficar sem ar.

Ela não parece ter a mesma paciência que eu tenho.

– Stanton, por favor – implora, seu queixo esfregando-se em meus cabelos. – Ah, por favor, preciso que você me foda! Que foda a minha boceta!

Deslizo a língua pelos chupões em seu seio e depois volto a sugar, remarcando-os.

– Ainda não.

Ela abre as pernas e desliza na minha frente. Meu pau chega a doer com a fricção e meu quadril vai para a frente, procurando mais. Em seguida, Sofia tem a situação em suas mãos.

Literalmente.

Beijo sua boca, mordisco-lhe o lábio. E vejo sua mão deslizar abaixo da água, entrando em seu biquíni.

Ah, caralho!

Ela geme mais alto, um gemido mais selvagem, e sua mão livre desliza por minhas costas, invade minha sunga, agarra minhas nádegas. E me puxa mais para perto.

Ergo seu corpo contra o meu e nos arrasto até a margem. Abaixo-a e solto meu corpo sobre o dela, nossos peitos nus se esfregando. Sofia começa a tirar a parte de baixo do biquíni. Termino de arrancá-la e então me livro da minha sunga. Suas coxas estão arreganhadas quando pressiono meu quadril ali. Seguro meu pau, esfrego a cabeça nas dobras de Sofia, sentindo seu calor, desejando esfregar, estocar e montar sobre ela até nós dois perdermos a cabeça.

Jesus, eu nunca senti isso. Essa urgência. Tão desesperadora.

Enfio nela, só a cabeça, e seus músculos se agarram avidamente ao meu pau. Ela está quente pra caralho… e úmida e gostosa. Quente demais.

Olho-a nos olhos.

– Eu não trouxe nada, Sofia.

Toda uma caixa de camisinhas maravilhosas ficou em casa, no meu quarto. Droga!

Ela sacode a cabeça, sua voz alta e exasperada.

– Eu não ligo.

Fico mais enrijecido com a ideia de fodê-la sem camisinha. Imagens ilícitas e decadentes brilham atrás dos meus olhos, dizendo-me que não há problema algum em fazer isso. Estimulando-me a enfiar, estocar, arregaçar.

Arrasto as unhas suavemente por sua coxa.

– Eu tiro – falo roucamente. Prometo. – Quero ver minha porra na sua pele.

Deslizo a mão por sua barriga, por seus seios, e complemento:

– Aqui, brilhando nessa pele perfeita.

Ela concorda, gemendo, puxando-me para perto. Erguendo as pernas, fazendo-me deslizar mais fundo.

Soco com força. E paro. Desfrutando da sensação de tê-la, sem a barreira da camisinha, em volta do meu membro, preenchendo-a completamente, sem nada entre nós. Não lembro quando foi a última vez que invadi uma mulher sem camisinha, mas não é isso que torna esta situação diferente.

É algo bonito. Intenso.

Mas só porque é com Sofia.

Saio lentamente de dentro dela. Sofia arqueia as costas, esfregando-se em mim. E enfio outra vez, gemendo e arfando. E me liberto, fodendo-a sem nenhuma restrição, fazendo seus seios sacudirem a cada estocada.

Puxo seus ombros e ela segura minha cabeça. E me abraça enquanto sua língua explora minha boca. Seus lábios deslizam por meu maxilar, mordiscando, e ela goza com um grito abafado pela minha pele. Sinto sua contração apertando-me com tanta força a ponto de ser quase doloroso. Dor da melhor espécie.

Quando seus músculos relaxam, soco outra vez dentro dela, sentindo a tensão se acumular em minha barriga. Choques elétricos se espalham por minhas coxas e, no último momento possível, puxo o pau para fora e fico de joelhos. Bato punheta e Sofia observa com olhos atentos. Cobre minha mão com a sua própria, ajudando-me a chegar lá.

O som do sangue palpitando alcança meus tímpanos e gozo em golpes quentes e fortes. Ela geme comigo enquanto meu orgasmo pinta seus seios com jorros que continuam e continuam saindo.

Com um gemido final, caio em cima dela, nós dois gemendo, tentando recuperar a respiração. Ela me ajeita na curva de seu pescoço e meus braços a envolvem, puxando-a para perto. E ficamos assim até o sol surgir a leste, no horizonte.

Um novo dia nasceu.

CAPÍTULO 19

STANTON

Na tarde de quinta-feira, Ruby faz uma grande festa para Jenny e J. D. na casa dos pais dela. A celebração é mais requintada do que o churrasco de domingo, mas não chega a ser extravagante. Os futuros noivos deixaram de lado as despedidas de solteiro para a infelicidade de Ruby. Parece que ela queria dar à irmã uma despedida de solteiro com direito a strippers vestidos de bombeiros e rodeio em um touro mecânico. É claro que Ruby não sabe das preferências mais sacanas da irmã. Nem que ela já tem sua própria coleção de algemas. Jenny certamente gostaria de uma festa com strippers.

Como somos próximos, minha família inteira é convidada. Entrar na casa decorada com motivos matrimoniais e balões não ajuda a melhorar a situação dentro da minha cabeça. Não estou feliz por Jenny se casar, mas a ideia já não faz meu interior queimar de ciúme e pânico. Agora eu entendo… Depois de ontem à noite, depois daquele beijo que não significou nada, percebo que Jenny estava certa. A respeito de tudo.

E é exatamente por isso que não há motivos para ela confessar nada a J. D. O gesto só provocaria problemas. É esse conselho que quero dar a Jenn… se ela ficasse parada tempo o suficiente para me ouvir.

– Agora não, Stanton – diz enquanto sai da cozinha.

Eu a sigo de perto. Sua boca parece ameaçadora; seus olhos, cansados e apáticos, cheios de remorso. Jenn está com um semblante de estresse. E, ainda pior, de culpa.

– Jenny, me dê só um segundo.

Mas ela já está na sala de estar, movimentando-se em meio a um mar de gente, todos mexendo a cabeça, sorrindo e conversando. Lá fora, o céu está cinza feito fumaça, rapidamente adotando uma tonalidade carvão, então todos permanecem aqui dentro. Os olhos de J. D. brilham quando Jenny entra no cômodo. Ela logo para, encarando-o com uma expressão que não consigo ler.

– Não diga nada, Jenn. Não diga nada ainda – peço, cochichando em seu ouvido.

Ruby entra na casa, trazendo um microfone na mão, animando um jogo de perguntas e respostas sobre a vida dos noivos.

– Vamos lá, pessoal! Quem sabe o dia e o mês do primeiro encontro de J. D. e Jenny? Escrevam em seus cartões. – Ela inclina o corpo, aproximando-se dos cabelos grisalhos da senhora Fletcher, que é surda feito um poste. Então, Ruby grita ao microfone: – *A data* do primeiro encontro, senhora Fletcher!

A senhora Fletcher assente antes de escrever a data de hoje em seu cartão.

– Eu só vou ser sincera – Jenny diz a si mesma. – A verdade liberta.

Não. Sei, por experiência profissional, que a verdade pode fazer uma pessoa sentar o rabo na cadeia por anos. É *como* a verdade é apresentada que faz a diferença.

Mas ela já está andando outra vez antes que eu possa segurar seu braço.

– Aí está a minha mulher! – diz J. D. em sua cadeira.

Vejo Jenn engolir em seco enquanto se senta em uma cadeira vazia ao lado dele. E ela parece realmente prestes a vomitar quando anuncia:

– Preciso dizer uma coisa para você.

– Ei, J. D.! – arrisco. – Quer dar um pulo ali fora para jogar bola?

Ele ergue um dedo para mim enquanto seus olhos escuros se apertam e analisam Jenny com uma mistura de preocupação e curiosidade.

– Qual é o problema, minha linda?

– É isso aí, pessoal! Preparem-se para a próxima pergunta! – Ruby anuncia, falando ao microfone. Ela se posiciona entre as cadeiras de J. D. e Jenny. – Jenny vai lançar a pergunta para vocês!

E é uma catástrofe. Uma catástrofe lenta, mas incontrolável.

Ruby baixa o microfone à altura da boca de Jenny enquanto ela confessa:

– Eu beijei Stanton ontem à noite.

Puta que pariu!

Todo mundo para. Encara. Ninguém se mexe. Até a senhora Fletcher ouviu direitinho.

– Há! – ela sussurra alegremente para sua companheira de bingo. – Sabia que o menino não a deixaria livre com tanta facilidade.

Mas é outra voz que captura minha atenção, que aperta alguma coisa dentro de mim. Aperta e repuxa.

– Você a *beijou* ontem à noite?

As palavras são sussurradas em tom de condenação… e descrença. Mas é o olhar de Sofia que quase me faz cair de joelhos. Angústia. Uma dor pura que sequer tenta se esconder.

E é como se eu pudesse ler sua mente, seus pensamentos. Ela está pensando nos momentos que passamos no rio, está ligando os pontos. E pensando que eu a usei. Que a procurei para terminar o que Jenn tinha começado. Tudo isso está ali, estampado no rosto de Sofia.

– Soph… – Dou um passo à frente para tentar desfazer aquela expressão.

Mas Sofia se vira de costas para mim e sai andando.

Com as pessoas ainda em silêncio, Ruby raspa a garganta e anuncia ao microfone:

– Bolo… e bebidas… serão servidos na varanda. Por favor, me acompanhem.

E acena com a mão.

Logo a sala está vazia, restando apenas eu, Jenny, J. D., nossos pais e meu irmão mais velho. Os olhos castanhos de J. D. a observam como se esperassem que ela continuasse falando, mas sem saber se realmente querem que isso aconteça. J. D. não parece bravo. Mas parece chocado. Acabado.

Como... como um cachorrinho que acabou de levar um chute.

Ele respira fundo e diz:

– Jenny... sei que eu não sou um cara incrível. Não tenho um trabalho chique, nunca fui um astro do futebol... Sou um homem simples. Gosto de... coisas simples. Coisas discretas, como andar de mãos dadas e ver TV com você em meus braços. Sou só um homem que a ama mais do que qualquer coisa. – Ele se endireita na cadeira. – Mas eu não vou brigar por você. A gente não está na escola nem em um filme romântico... Somos adultos. Você precisa decidir o que quer. Quem você quer. E precisa decidir agora.

Jenny esfrega os dedos desesperadamente.

– Eu já decidi. Quero ficar *com você,* J. D.... Eu amo você.

As palavras só parecem deixá-lo ainda mais irritado. Ele esfrega as mãos em seus cabelos escuros, os braços endurecidos, os punhos se fechando.

– Tem certeza do que está me dizendo? Porque, do meu ponto de vista, isso não parece amor.

Acho que é hora de eu dizer alguma coisa.

– Ouça, J. D....

– Ah, cale a boca! – ele rosna em resposta.

– Como é?

– Já estou por aqui com você! – E mexe a mão sobre a cabeça. – Estava tudo bem antes de você voltar. Você era um cuzão nos tempos do colégio e continua sendo um cuzão hoje, anos depois!

Pressiono a mão contra o peito.

– Jenny disse que você me considerava uma lenda.

– Um cuzão lendário! Sempre andava por aí se achando melhor do que a gente, bom demais para viver nesta cidade. Vá se foder!

Agora me sinto insultado.

– Bem, eu certamente era melhor do que você, Entregador de Água.

De repente, J. D. deixa de ser um cachorrinho e se transforma em um rottweiler. Um rottweiler furioso.

– Eu era *o gerente!* – berra.

Então, pula na mesa e me atinge na cintura, levando nossos corpos ao chão.

June grita.

Jenny exclama:

– Ah, inferno!

Minha perna se prende à perna da mesinha de canto, fazendo o abajur ali em cima cair no chão.

E Carter diz:

– Até que enfim! Era disso que eu estava falando! Expurgar a negatividade! Expressem-se abertamente, rapazes.

Ajeito o braço contra o peito de J. D., tentando assumir o controle da situação.

– Pensei que você não fosse partir para a porrada – falo entre os dentes apertados.

– Mudei de ideia – ele rosna antes de me dar um soco no olho.

Minha cabeça vira para o lado, mas logo volto a olhar para a frente e acerto um gancho em seu maxilar, fazendo os nós dos meus dedos pulsarem. A gente segue se agredindo, chutando e socando. Mas, alguns minutos depois, Wayne e meu pai chegam à conclusão de que já basta. Eles nos puxam pelo colarinho da blusa, colocam-nos em pé e nos afastam.

Arfando, J. D. se livra das mãos de Wayne, mas não tenta me atacar outra vez.

Ele olha para Jenny e bufa:

– Para mim, já deu.

E a porta principal bate depois que ele sai.

—

Após J. D. sair, Ruby anuncia que a festa chegou ao fim e manda todo mundo para casa. Depois jurou que nos levaria a algum desses programas de baixaria na TV. Vinte minutos depois, estou sentado à mesa da cozinha e segurando um saco de ervilhas congeladas sobre o olho inchado. Jenny está sentada na cadeira ao meu lado enquanto nossa filha anda de um lado a outro na nossa frente.

Presley para à minha frente.

– A gente usa *palavras,* e não *punhos,* para resolver problemas por aqui. – E volta a andar de um lado a outro. Depois, lança um olhar duro para Jenny: – E você feriu os sentimentos de J. D. Precisa se desculpar.

Jenny e eu concordamos com a cabeça.

Sentir seu rabo ser massacrado por uma garotinha de onze anos não é nada divertido.

Presley balança a cabeça, com o dedo em riste:

– Estou muito decepcionada com vocês dois. Quero que fiquem sentados aí e reflitam sobre seu comportamento. E, da próxima vez, espero que façam escolhas melhores.

E então ela se vai, deixando-nos ali para refletir.

Em silêncio, Jenny cutuca as unhas. É o que faz quando está preocupada. E ninguém precisa ser um gênio para saber por que ela está preocupada.

– Sinto muito, Jenn. Eu não queria...

Não termino minha frase. Afinal, acabar com o casamento de Jenny e J. D. era justamente o que eu queria fazer. Pensei que me sentiria exitoso, que seria mais uma vitória em minha coleção.

Mas a verdade é que me sinto péssimo.

Ela descansa a mão em minha perna.

– Tudo bem, Stanton. Nem tudo é culpa sua.

Encaro-a, esperando.

– Está bem. É culpa sua, sim. Mas eu também tive um papel nisso. Se eu tivesse contado para você desde o início, para você se acostumar com a ideia, a gente não teria...

A porta principal se abre violentamente e um golpe de vento invade a casa, trazendo consigo folhas, poeira e... Jimmy Cara de Bunda Dean.

Jenny se levanta quando ele entra com um rosto endurecido, a testa franzida. Mas tem algo mais em seus olhos.

Medo.

– Você voltou! – ela suspira.

– Tive que voltar. Para ter certeza de que está tudo bem com você e Presley. – Ele a puxa nos braços e o rottweiler desaparece. – Tem uma tempestade se aproximando. – J. D. olha para mim. – O alerta de tornado está ligado... Ouvi quando me aproximei da cidade. O sinal de rádio caiu, mas parece que um tornado vai atingir esta região.

Merda.

Avisos de tornado são muito comuns nesta parte do Mississippi. Enfrentamos esses eventos como o pessoal da Costa Leste enfrenta as nevascas – com cuidado e preparação. Mesmo assim, ninguém espera que realmente aconteça aquele Armageddon, como costumam mostrar nos filmes.

De qualquer forma, um aviso quer dizer que há um tornado se formando. E, se você estiver no caminho dele, aí a casa cai.

No mesmo instante, todos começam a se movimentar – trazendo para dentro os móveis que estão no quintal e trancando as janelas. Nem todas as fazendas têm um refúgio para tempestades, mas esta aqui tem. O pai de Jenny pega o kit de primeiros-socorros debaixo da pia e todos nos reunimos na cozinha antes de seguirmos para a porta dos fundos. Mas meu coração salta na garganta e me deixa sem ar quando olho em volta.

– Onde está Sofia?

Atravesso novamente a sala de estar, procurando-a. Abro a porta principal para olhar no quintal – e tenho que forçar minhas pernas contra uma lufada de vento que faz parecer que Deus está me acertando no traseiro.

– Ela foi dar uma volta – Ruby conta com um rosto pálido e tenso.

– Quando? – berro.

– Já faz um tempinho... Antes da briga. Ela saiu pela porta principal e foi andando.

Um pânico gelado sobe por minhas pernas como se eu estivesse parado em cima de areia movediça. E mil cenas horríveis se passam em minha mente. Sofia sendo atingida pelos destroços que chegam com o vento, sangrando e gritando meu nome. Sofia presa debaixo de uma árvore, seus olhos sem vida. Sofia correndo, quase chegando em casa... antes de ser levada por uma massa cinza e monstruosa. Desaparecendo, como se jamais tivesse estado aqui.

Seu nome borbulha em meu peito. Aperto os dentes para não gritar.

Preciso encontrá-la.

Na cozinha, digo a todos:

– Sigam com o plano... Eu vou procurar Sofia.

– Papai! – Presley joga os braços em volta da minha cintura e posso senti-la tremer. – Papai, por favor, venha com a gente. Não vá!

Seu terror e sua necessidade da minha companhia atingem meu peito como um facão, cortando-me em dois. Ajoelho-me, olho em seus olhos, toco seu rostinho. E, para reconfortá-la, coloco tudo o que tenho a oferecer em minhas palavras:

– Eu vou voltar, Presley. Juro, eu vou voltar.

Seus lábios tremem.

Acaricio seus cabelos e tento oferecer um sorriso.

– Não podemos deixar Sofia sozinha por aí, filha. Vou encontrá-la e depois volto para você.

Olho atrás de Presley, para Jenny, que agora está de mãos dadas com J. D. E sei o que tenho que fazer.

Pego Presley nos braços e dou um beijo em sua bochecha.

– Você vai ficar com a sua mãe e J. D. Eles vão mantê-la em segurança.

Ela me abraça uma última vez – e depois eu a entrego.

A J. D.

Nunca me imaginei entregando minha filha para outro homem cuidar. Nunca imaginei um cenário no qual não haveria problema algum em fazer isso. Mas agora não sinto ciúme, não sinto a necessidade de derrubá-lo e pegá-la de volta. Só me sinto... grato por não estar deixando tudo nas costas de Jenny.

Ela murmura alguma coisa para nossa filha e assente para mim. Percebo a gratidão em seus olhos. Como um presságio, ouço uma pancada lá fora, afastando-nos de nossos pensamentos. Minha mãe faz todos se apressarem na direção da porta. Quando J. D. começa a se distanciar, seguro seu ombro e me expresso mais com os olhos, para não assustar a criaturazinha preciosa que ele segura nos braços.

– Tranque a porta direitinho. Entendeu?

O que estou dizendo, na verdade, é: não me esperem. Fechem a porra da porta e a deixem trancada, mesmo se eu ainda estiver lá fora... Para que nada aconteça com vocês.

Ele assente com um rosto solene.

– Sim, entendi, Stanton.

Viro-me e atravesso a sala de estar.

– Ei, espere aí! – ele grita. Olho para trás e J. D. me joga uma chave. – Seu irmão colocou pneus de qualidade duvidosa na sua caminhonete... Ela vai acabar atolando no barro. Vá com a minha.

Olho para a chave em minha mão, depois de volta para ele. J. D. assente. Eu também. E isso é tudo.

Sofia estava certa quando disse que homens são criaturas simples. Com essa troca rápida e direta, concordei em não entrar no caminho dele e de Jenny, e ele concordou em jamais me dar um motivo para matá-lo. *Simples assim.*

Corro na direção da porta e ligo o carro. A assustadora realidade de que não tenho a menor ideia de onde Sofia está me consome, pressiona meu cérebro, ameaçando esmagá-lo. Conheço a propriedade dos Monroe como se fosse minha. Se ela saiu pela porta dos fundos, são grandes as chances de ter seguido para o milharal.

A não ser que tenha ido para o outro lado.

– Droga! – berro, girando o volante, tentando dirigir rápido o suficiente para encontrar Sofia logo, mas, mesmo assim, analisando tudo à minha volta em busca de um sinal de onde ela poderia estar.

A caminhonete sacode com a força do vento e granizos do tamanho de ervilhas atingem o para-brisa. Penso em Sofia por aí, com esse tempo, sozinha... desprotegida. Estaria com frio? Com medo? Cada músculo do meu corpo se aperta.

– Vamos, querida – murmuro entre dentes apertados. – Onde você está?

Dizem que, quando você morre, sua vida passa como um flash diante dos olhos. Não sei se é verdade. Mas tenho certeza de que chega um momento em que seu temor por alguém com quem se importa, por alguém que você ama, torna-se tão intenso, tão paralisante, que tudo o mais desaparece. E aí você é consumido por essa pessoa: por seu riso, seu cheiro, o som de sua voz. Todos os momentos que dividi com Sofia passam como um filme silencioso em minha mente. Ela ao meu lado no tribunal, debaixo do meu corpo na cama, os dias em que nos divertimos e conversamos, as noites em que gememos e suspiramos. E as imagens me fazem desejar mais. Mais tempo. Mais memórias. Todos os momentos que ainda não dividimos, todas as experiências pelas quais ainda não passamos, todas as palavras que eu ainda não tive a oportunidade de dizer. Preciso de tudo isso. Preciso *dela*.

Mais do que já precisei de qualquer pessoa. *Qualquer pessoa*.

Fecho os olhos e faço uma prece silenciosa, implorando, suplicando. Por mais uma chance de fazer a coisa certa. Para reviver cada segundo ao lado dela, tratá-la com a reverência que ela sempre mereceu.

Por favor, meu Deus.

E, quando abro os olhos, não tenho opção senão acreditar que Deus me ouviu. Porque a vejo no horizonte – cabelos chicoteando, pés tropeçando no vento com aqueles malditos saltos enormes. Meu primeiro pensamento é: "Ainda bem que ela está bem". O segundo: "Vou estrangular essa mulher".

Acelero um pouco mais e a caminhonete canta pneu quando piso no freio a poucos metros de onde Sofia está. O vento é forte e o granizo continua caindo quando saio do veículo. O carro sacode, o granizo chicoteia meu rosto e meus ombros como estilhaços de gelo.

Minha voz sai mais alta do que o vento:

– Qual parte de "o gado está reunido" você não me ouviu dizer?

– O quê?

E então eu a seguro. Sofia está em meus braços, contra meu peito, aquecida e viva. Aperto-a com tanta força a ponto de seu corpo parecer prestes a quebrar. Mas não consigo soltá-la.

– Nunca mais faça isso! – arquejo duramente em seu ouvido.

Ela me observa com olhos arregalados tão lindos que me fazem estremecer.

– Não faça o que outra vez?

Empurro seus cabelos para trás, acaricio seu rosto. E minha voz falha quando respondo:

– Ir embora.

Pressiono-a contra meu corpo, aperto-a junto a mim, protegendo-a com minha própria pele e meu próprio sangue. Meu corpo suspira, minhas juntas relaxam com o alívio de tê-la aqui comigo.

Mas a segurança, assim como tantas outras coisas que pensamos poder controlar, é uma ilusão. Porque, quando dou meia-volta para abrir a porta da caminhonete e colocá-la ali dentro, uma dor aguda, perfurante, explode em minha têmpora...

E o mundo se torna escuro e silencioso.

CAPÍTULO 20

SOFIA

É curioso, as coisas que você lembra. Os momentos que estão gravados em sua mente, os minutos que você preferiria esquecer. Não me lembro de ter sentido medo durante aquele acidente de avião em minha infância, embora eu certamente estivesse amedrontada. Não me lembro da dor do corte na lateral do corpo. O choque e a adrenalina devem ter me deixado entorpecida.

Mas ainda posso ouvir, mesmo depois de todos esses anos... Aquele barulho. A pancada, o impacto. O rugido enquanto deslizávamos pela pista. Era absurdo e inescapável. Lembro-me de levar a mão aos ouvidos para cobri-los quando, na verdade, eu deveria era estar me agarrando a alguma coisa para tentar salvar minha própria vida.

E esse som – aqui, agora – é quase o mesmo. O grito agudo do vento.

O vento.

Tão alto. Tão ensurdecedor.

Porém, o que mais chama a atenção desta vez não é isso. A imagem desse momento que vai me assombrar para sempre é Stanton parado, caído no chão. De olhos fechados, com o corpo solto e terrivelmente imóvel.

– Não! Stanton!

É curioso como a clareza surge rápido quando a vida e a morte estão em jogo. Quando o inferno gelado e empoeirado gira e chicoteia à sua volta, fazendo as árvores se inclinarem, lançando fragmentos de madeira e metal pelo ar. E aí você se dá conta – e tem certeza, a mais absoluta certeza – do que sente por alguém, de quanto essa pessoa significa para você... Sim, quando você está diante da possibilidade de perdê-la para sempre.

– Stanton, acorde!

Eu estava tão brava ainda há pouco, quando saí daquela casa.

– Você está me ouvindo? Por favor, acorde!

Não, isso é bobagem. Hora de ser adulta.

Eu não estava brava. Eu estava triste.

– Ah, meu Deus! Stanton, fique comigo! *Não se atreva* a me deixar!

Quando ouvi a confissão de Jenny, foi como se uma lança de aço tivesse sido enfiada em meu estômago. Porque o que aconteceu entre nós no rio na última noite – a forma como ele me olhava, me tocava, me segurava – dava a impressão de significar mais do que todos os outros momentos que dividimos. E, no fundo, eu esperava que Stanton sentisse a mesma coisa.

Parece que eu sou mesmo uma trouxa.

E todas as desculpas mentais que criei ao longo dos últimos dias – as explicações, justificativas, defesas... Tudo não passava de mentiras que eu vinha contando a mim mesma, de sentimentos que afastei e ignorei.

Porque eu não queria admitir. Não queria enfrentar a verdade, que é um tanto complicada.

– Eu te amo! – sussurro.

É aterrorizante. Uma bagunça. E a coisa mais pura e sincera que já senti na vida.

– Eu te amo, seu idiota.

Se conseguisse pensar com clareza, lembraria todos os motivos pelos quais não deveria estar fazendo isso: a história de Rebecca, o pedestal no qual ele coloca Jenny e o fato de não sermos nada além de "amigos que trepam". Esse tipo de sentimento seria a última coisa com a qual um cara como ele poderia querer se deparar.

Mas nada disso importa agora. Porque tenho certeza de que nós dois vamos morrer.

Já assisti a *O Mágico de Oz, Twister, Sharknado 1* e *2*.

Agora, a qualquer momento, uma vaca ou uma casa sairia voando, e nós também.

– Por favor, Stanton. Eu te amo!

Não percebo que estou chorando até ver minhas lágrimas caindo em seu rosto perfeito. Sua cabeça descansa em minhas coxas, minhas costas estão curvadas, inclinadas sobre ele, protegendo nós dois abaixo dos meus cabelos, que voam ferozmente. Beijo-lhe a testa, o nariz e, por fim, encosto em seus lábios aquecidos.

E é nesse momento que sinto os dedos de Stanton agarrarem minha cintura, apertando o tecido da minha blusa. E me afasto apenas o suficiente para olhá-lo nos olhos, que agora se abrem.

Suas pupilas estão enormes, confusas, atentas. Mas, em segundos, quando ele percebe onde estamos, elas se contraem.

Em um movimento fluido, ele me rola abaixo de seu corpo, seu peso pressionando-me, protegendo-me do vento cortante e dos destroços que giram à nossa volta.

Agarro seus ombros, minha voz ainda embargada pelas lágrimas. E pelo medo.

– Está tudo bem com você? Graças a Deus você acordou. Pensei que...

Stanton acaricia meus cabelos e murmura palavras calmas, suaves, em meu ouvido.

– Shhh... Estou com você, Sofia. Estou aqui. Agora estamos bem. Eu estou aqui.

Embora ainda estejamos correndo risco, sinto o calor vindo de dentro. Sinto-me segura. Estou contente porque ele está em meus braços e estou nos braços dele.

– Você tem sorte por ter acordado... Se não tivesse, estaria na minha lista de cagadas monumentais.

Seu peito vibra quando ele ri e ergue o rosto para me olhar. Seus olhos acariciam minha face; aquele sorriso cheio de afeto faz meu peito se apertar.

– Eu jamais aceitaria isso.

Stanton suspira e ajeita minha cabeça em seu peito.

– Acho que agora está claro – digo, apertando-me ainda mais para junto dele. – Eu não nasci para viver na pradaria.

Ele ri outra vez. Meus dedos deslizam por suas costas. Abraçamo-nos com força, mais fortes do que a tempestade. Juntos.

—

Enquanto fazemos o caminho até a casa dos Monroe, olho em volta. Os danos não são tão terríveis quanto eu imaginava. Algumas árvores caídas, muitas cercas quebradas, mas nenhuma destruição foi causada à casa ou ao celeiro. Aos fundos, vejo o que sobrou da festa – mesas viradas, cadeiras quebradas – espalhado pelo quintal. Presa a um galho, uma toalha de mesa bate contra o tronco de uma árvore. Stanton encosta na frente da casa enquanto o senhor Monroe, pai de Jenny, entra em sua caminhonete, a esposa a seu lado. Então ele sai cantando pneus, dirigindo como um demônio fugindo do inferno. Vejo o rosto do senhor Monroe quando eles passam – um rosto apertado, tenso, aterrorizado. Então Jenny corre em direção à sua própria caminhonete, J. D. ao seu lado, Presley e Ruby junto. E Jenny também sai dirigindo.

– O que aconteceu? – pergunto. – Alguém se feriu?

Stanton estaciona e sai rapidamente do veículo. Estou ao seu lado enquanto ele corre na direção de sua mãe, que mantém uma expressão tão atordoada e preocupada quanto a dos demais membros da família.

– Está tudo bem, Mama?

Ela pousa a mão no braço dele.

– A vovó…

CAPÍTULO 21

STANTON

Quando eu era novo, o pastor costumava falar sobre o inferno em seus sermões. Fazia o lugar soar como o interior de um vulcão em erupção, com lagos em chamas, lava derretida e profundidades dolorosas. Porém, não acho que o inferno seja fogo e enxofre.

Acho que o inferno é uma sala de espera.

Interminavelmente longo, cada segundo corre como se a bateria do relógio estivesse acabando. Frustração, medo – até mesmo tédio – são tão fortes que sua cabeça chega a pulsar.

– A vovó vai morrer, papai?

Sentada ao meu lado no banco, Presley inclina o corpo contra o meu, e eu a abraço. Sofia está do outro lado, segurando a minha mão. Jenny continua em busca de informações, mas, muito embora trabalhe aqui, tudo o que ela descobre é que "temos que esperar o resultado dos exames". J. D. vai buscar café para ela, diz para se sentar e se acalmar. Os pais de Jenny e os meus estão na sala de espera, junto a vários vizinhos cujos parentes se feriram durante a tempestade.

– Não sei, filha – acaricio seus cabelos. – A vovó é uma mulher muito forte. Você deveria mandar pensamentos positivos para ela, fazer uma prece.

E, nesse momento, o doutor Brown aparece. No mesmo instante, June, Wayne, Jenny, J. D. e Ruby se unem na frente dele.

– Foi um ataque cardíaco – ele explica, olhando para a mãe de Jenny. – Um ataque forte. Mas a situação dela é estável. Vai passar alguns dias internada porque precisamos fazer mais exames, mas parece que o ataque não deixou sequelas.

Todos suspiram em conjunto, um suspiro de alívio. June pergunta:

– Podemos vê-la?

O médico responde:

– Sim, ela pode receber visitas, uma de cada vez. Mas pediu para falar com Stanton.

E o suspiro de todos se transforma em uma onda de "que diabos está acontecendo?".

Fico em pé.

– Eu? Tem certeza?

O rosto dele diz que não havia segunda opção para Vovó.

– Ela foi muito insistente.

Meu olhar encontra o de Jenny e nós dois estamos muito confusos. Então, encolho os ombros e sigo o doutor Brown pelo corredor, deixando June Monroe na sala de espera cacarejando como uma galinha cujo ovo foi levado.

O médico me deixa na porta fechada do quarto da vovó. Abro-a lentamente e entro com cuidado, ciente de que estou invadindo o quarto de uma idosa que ameaçou, em mais de uma ocasião, atirar em mim. E que possivelmente afanou uma agulha ou um bisturi e pretende lançá-lo contra minha cabeça.

Ou contra algum ponto mais abaixo.

Mas, quando entro, vejo apenas Nana em uma cama de hospital com as cobertas puxadas até o queixo. E, pela primeira vez na vida, ela parece… frágil. Velha.

Fraca.

Quando engulo em seco, sinto o gosto das lágrimas. Não acho que eu seja menos homem por admitir isso. Hoje foi um dia pesado.

E todo herói precisa de um inimigo. E só nesta fração de segundo me dou conta de como a vovó sempre foi um inimigo maravilhosamente formidável para mim. Quão errado seria – e quanta saudade eu sentiria – se ela não estivesse mais nesse papel.

Suas próximas palavras, ofegantes e fracas, atraem as lágrimas direto aos meus olhos.

– Olá, rapaz.

Mesmo com a voz um pouco embargada, sorrio:

– Senhora.

Suas mãos fracas batem no espaço entre nós, então me sento na cadeira ao lado da cama.

Ela me observa com uma expressão de cansaço, mas, mesmo assim, cheia de determinação, decidida a dizer o que tem a dizer.

– Sabe por que nunca gostei de você, rapaz?

Engulo o nó em minha garganta e respondo:

– Porque eu engravidei sua neta...?

– Há! – Ela dispensa minha resposta com um aceno de mão. – Não. Eu já tinha minha *Juney* na barriga dois meses antes de me casar.

Bem, eu poderia passar sem essa informação.

– Foi por que não me casei com ela? – tento outra vez.

Ela nega com a cabeça.

– Não. – E respira pesadamente. – É porque, mesmo quando você apareceu farejando a minha netinha, um garoto insignificante de doze anos trazendo uma bola de futebol na mão... mesmo ali eu podia ver onde você chegaria. Tinha uma coisa nos seus olhos, um desejo por estar em outro lugar. Mais ou menos como um potro olha para um portão fechado, esperando alguém abrir o trinco. Desejando ir embora...

Concordo lentamente com a cabeça. Porque ela não está errada.

– E eu sabia que... se pudesse... você a levaria consigo.

Seus olhos turvos me encaram e é como se enxergassem o meu interior.

– Mas você não vai mais levá-la com você, vai, rapaz?

Expiro pesadamente e me ajeito na cadeira. Tudo o que tem me confundido, girado em minha cabeça nos últimos dias, de repente parece se ajeitar. Tudo fica muito claro. A resposta é simples.

– Não, senhora. Não vou.

O rosto da vovó adota uma expressão mais tranquila, como se ela sentisse alívio com a minha confirmação.

– Alguns cavalos preferem ficar fechados. Pertencer a alguém, pastar na terra que conhecem... Eles não têm nenhum desejo de se aventurar por aí.

E penso na conversa que Jenny e eu tivemos à margem do rio, já tarde da noite, uma conversa banhada pelo estalar da fogueira e por sonhos. Uma conversa sobre o "diferente". E mentalmente percebo o que aquele garoto de dezessete anos não percebeu – o entusiasmo de Jenny sempre foi por *mim*, mas nunca por *nós*. Porque seu coração estava aqui, nesta cidadezinha, com este povo acolhedor. Ela não precisava de mais do que isso... E eu já estava em outro lugar.

Vovó dá tapinhas em minha mão enquanto diz:

– É importante que uma mulher não se sinta como a irmã feia. Como a segunda opção, a segunda escolha. Isso é uma amargura que nunca se torna doce.

Pisco os olhos para ela.

– Como é que a senhora...?

– O fato de eu estar ficando cega não significa que eu não veja...

Fecho os olhos e é o rosto de Sofia que brota em minha mente. Seu sorriso, sua risada, sua boca carnuda, os braços que podem abraçar com força e também com ternura. Eu poderia tranquilamente passar o resto da minha vida naqueles braços.

Cubro a boca com a mão.

Puta merda!

– Eu estraguei as coisas, senhora. Estraguei tudo. Estraguei feio.

– Bem, então conserte – ela sugere. – É isso o que os homens fazem... Eles consertam as coisas.

– Não sei por onde começar. – Ergo a mão. – E, antes que você diga "do começo", nós já começamos. Como eu posso mostrar para ela que sempre foi ela, especialmente agora, depois que tudo o que falei e fiz dava a entender que não era?

Um sorriso brota nos lábios da vovó.

– Meu Henry, que descanse na paz de Deus, não era um homem muito habilidoso. Certa vez, comprou para mim um galpãozinho de jardinagem, para eu guardar as ferramentas. Vinha com um manual de instruções em dez línguas. Henry montou o galpão e aquilo foi a coisa mais penosa que já vi. Paredes tortas, porta de cabeça para baixo. Então… ele desmontou e começou tudo outra vez. Precisou de um pouco de tempo, mas valeu a pena, porque, no fim, aquele galpãozinho ficou perfeito. Você também precisa começar tudo outra vez, do começo.

Penso na vida em Washington. Em tudo o que eu quero fazer para ela, todas as palavras que quero dizer… recomeçar. Mostrar para ela. Mas terá que ser depois do casamento. Depois que a poeira assentar aqui, com Jenn. Assim Sofia vai ver com seus próprios olhos que já superei o que aconteceu. Que o que eu divido com Jenny não diminui o que eu sinto por ela. Assim ela não vai ter dúvida e vai acreditar em mim.

Vovó fecha uma carranca.

– Agora, não saia por aí contando para todo mundo o que conversamos. Isso fica entre nós. Eu tenho uma reputação a zelar.

Dou risada. Tanto por causa do aviso de Nana quanto porque agora tenho um plano.

Ela aponta para a porta.

– Então vá. Traga a minha filha aqui antes que ela arrebente essa porta.

Inclino-me para a frente, assumo o controle da minha vida. E dou um beijo na bochecha da vovó.

– Obrigado, senhora.

– Foi um prazer, rapaz.

—

De volta à sala de espera, aceno para June entrar. Em seguida, respondo ao olhar questionador de Jenny.

– Está tudo bem com ela. – Aperto-lhe o ombro. – Não se preocupe. Aquela mulher é malvada demais para morrer.

Jenny ri e, aliviada, me dá um abraço. Depois, digo a ela que vou levar Presley para passar a noite com meus pais. Em seguida, passo o braço pela cintura de Sofia e nós três saímos pela porta.

CAPÍTULO 22

SOFIA

Na manhã de sexta-feira, sou arrancada do sono profundo após o enorme desgaste emocional. Sinto o sol no rosto… e cócegas no nariz. Abro os olhos e… o rosto de Brent Mason, sorridente como o palhaço Parcimonioso, é a primeira coisa que vejo.

– Hora de acordar, docinho de abóbora!

– Ahh! – grito, rebatendo, atingindo a testa de Stanton com a parte de trás da minha cabeça.

Presley voltou para casa com a gente ontem à noite, e Stanton a colocou para dormir no quarto de Carter antes de nós dois virmos juntos para cá e rapidamente cairmos no sono.

Pelo amor de Deus, o que Brent está fazendo aqui? No quarto de Stanton? Em Missi-Meio-Do-Nada-ssippi?

O braço de Stanton me puxa para perto e sua mão me empurra de volta na direção do travesseiro.

– É um pesadelo – ele murmura. – Volte a dormir e eles vão desaparecer.

Eles?

Sento-me rapidamente na cama. Jake Becker acena para mim da cadeira no canto.

– O que vocês dois estão fazendo aqui? E, mais importante, onde está o meu cachorro?

Brent observa os troféus de Stanton.

– Sherman está bem... Ficou com Harrison, os dois já viraram melhores amigos.

Harrison é o mordomo de Brent. É um jovem adorável, refinado, de 21 anos que vem de uma família com um longo histórico de mordomos. O pai de Harrison é mordomo dos pais de Brent... São como uma família de mordomos felizes. Parte da missão de Brent nesta encarnação é fazer Harrison se comportar como um jovem de 21 anos... pelo menos uma vez na vida.

– Mas por que vocês estão aqui? – pergunto com a voz ainda sonolenta.

Brent dá de ombros.

– Já visitei Milão, Paris, Roma, mas nunca estive na Costa do Golfo. Pensei que seria interessante conhecer a cidade de Shaw no fim de semana para expandir meus horizontes. Jake já veio aqui antes, ele conhecia o caminho. E sentimos saudades de vocês... Temos nos sentido muito solitários no escritório sem sua presença. Você fez parecer que a cidade era incrível quando nos falamos ao telefone, então imaginei que deveria vir ver com meus próprios olhos.

Em seguida, Jake conta o verdadeiro motivo:

– Os pais de Brent decidiram pegar um voo para passar o fim de semana na capital. Ele saiu correndo como se houvesse um touro atrás dele.

Brent fecha uma carranca para Jake.

– Não me julgue. Minha mãe é uma mulher assustadora.

– É uma mulher com pouco mais de um metro e meio e quarenta quilos que só fala aos sussurros – Jake ironiza. – Muito assustadora, mesmo.

– Dois primos meus acabam de anunciar que estão noivos e um terceiro disse que vai ter o primeiro filho. Minha mãe ia aparecer com uma lista de debutantes e se recusaria a ir embora até eu escolher uma. Seria brutal.

Jake se levanta.

– Por falar em mães, Mama Shaw nos falou para vir chamá-los para o café da manhã. – Ele joga uma calça jeans na cabeça de Stanton. – Acho melhor você vestir isso aí.

Com um despertar assim, fico feliz por estar usando um pijama bastante conservador.

– Como está indo a Operação Destruidores de Casamento? – Brent pergunta enquanto Stanton e eu saímos da cama.

Adoto um tom de voz mais leve do que realmente me sinto:

– Bem, ontem tivemos um tornado. Deve ter destruído tudo.

Stanton esfrega uma mão cansada no rosto.

– Não, não destruiu, não.

Realmente surpresa, viro a cabeça para ele.

– Sério? Você acha que não?

Ele veste a camiseta.

– Se tem uma coisa que os cidadãos de Sunshine sabem fazer bem é se virar com o que têm em mãos.

—

No caminho para a casa, contamos a Brent e Jake sobre o tornado. Na cozinha, a mãe de Stanton arruma os pratos sobre a mesa enquanto Marshall enfia uma colherada de mingau de aveia na boca, olha na direção da escada e grita o nome da irmã.

O senhor Shaw saiu horas antes para consertar alguns danos provocados pela tempestade. Fecho os olhos e tomo um gole do meu tão necessário café quentinho. Brent comenta que o rancho é lindo e agradece à senhora Shaw pela hospitalidade. A conversa se transforma em um bate-papo sobre as semanas de verão dos tempos em que Stanton estava na faculdade e vinha visitar a cidade, trazendo Jake consigo.

Então, para o alívio de seu irmão, uma Mary saltitante desce as escadas, vestida para ir à escola, usando saia bege e blusinha rosa. Ela cumprimenta a mim, a Stanton e a Jake, e seus olhos se iluminam feito um abajur quando pousam em Brent.

– Por que ainda não fui apresentada a essa delícia? – ela provoca. E estende a mão: – Sou Mary Louise. Você é...?

Brent engole um pedaço de biscoito e oferece um aperto de mãos.

– Brent Mason. É um prazer.

Enquanto se senta na cadeira vazia ao lado dele, Mary sussurra:

– Posso apostar que vai ser.

Ele lança um olhar questionador para mim. Mas só consigo encolher os ombros em resposta.

– Você trabalha com meu irmão? – Mary pergunta, inclinando o corpo para a frente.

– Exatamente – responde Brent.

– Que interessante. – Ela suspira, descansando o queixo na mão. – É estagiário?

Brent raspa a garganta.

– Não... Sou advogado, um advogado velho e chato. – Quando ela continua olhando-o com adoração, ele acrescenta: – *Muito* velho.

– Eu realmente queria que vocês ficassem com a gente – lamenta a senhora Shaw quando finalmente se senta para tomar o café da manhã. – Não parece certo ficarem no hotel.

O hotel... Porque, como o semáforo, é o único da cidade.

– Brent pode dormir no meu quarto – oferece Mary. Antes que sua mãe responda com qualquer coisa além de um franzir de testa, ela ri: – Só estou brincando.

Então, Mary se vira para Brent e diz em silêncio, piscando o olho como se fosse a Lolita:

– Não estou, não.

Cubro a boca ao perceber a expressão horrorizada dele e olho em volta para ver se alguém mais viu o que acabou de acontecer. Jake está concentrado em terminar de comer. Já Stanton... Stanton olha desanimado para sua xícara de café.

– Obrigado, senhora Shaw, mas o hotel é ótimo. De verdade.

Mary leva o corpo para perto do encosto da cadeira, suas mãos desaparecem sob a mesa... e, dez segundos depois, Brent pula como se tivesse sido eletrocutado.

– Eita!

Todos os olhares se voltam para ele. Mary bate os cílios inocente.

– Qual é o seu problema? Nervosismo? Ansiedade? – Jake quer saber.

Brent abre a boca como um peixe em busca de água.

– Eu... Eu só não vejo a hora de conhecer o resto do rancho! Aliás, na vida não se pode desperdiçar um segundo. Vamos indo?!

Levo as louças à pia e nós quatro seguimos na direção da porta.

– Tchau, Brent – diz Mary quase cantarolando.

Brent acena com certo desconforto. Depois, sussurra para mim:

– Está decidido... Vou deixar a barba crescer.

—

Passamos o resto da manhã mostrando o rancho para Jake e Brent. Stanton está quieto... distraído.

Durante a tarde, ele leva nossos amigos da capital ao pasto para ajudar seu pai. Enquanto eles estão lá, a senhora Shaw me diz que, à noite, vamos à taberna da cidade e que eu deveria ir me arrumar. O sol já está se pondo quando saio do banheiro usando meu vestido vermelho preferido e vejo que Stanton voltou e está no meu quarto, me esperando.

Sozinho.

Ele me olha como se me visse pela primeira vez, me encara por tempo suficiente para minha barriga gelar.

– Você está linda – diz com uma voz grossa, impressionada, com apenas um leve toque do sotaque sulista.

Três palavras.

Um cumprimento tão simples. Mas, como vem dele, parece ser a coisa mais maravilhosa que alguém poderia me dizer.

A taberna é um lugar pequeno, com chão de madeira, um bar de carvalho surrado, algumas mesas espalhadas e duas outras de sinuca no salão aos fundos. Cinco de nós nos sentamos juntos. Jake está tendo uma conversa agitada com Ruby Monroe, a irmã de Jenny, e Brent parece mais à vontade sem ter que se esquivar da mão boba de Mary Shaw.

Peço licença para ir ao banheiro. Quando estou voltando, fico paralisada. Porque, em meio às pessoas, vejo Stanton se levantar da cadeira e ir até a jukebox. Ele pega algumas moedas em seu bolso e logo as notas do piano se sobressaem ao barulho da conversa em um bar lotado. Em seguida, Stanton vai aonde Jenny e J. D. estão sentados lado a lado, e seus lábios se movimentam, fazendo uma pergunta que sou incapaz de decifrar. J. D. assente com a cabeça e, após um instante, aperta a mão de Stanton. Em seguida, Jenny se levanta e, juntos, os dois vão à pista de dança. A voz lúgubre de Willie Nelson preenche o ar, cantando "Always on My Mind".

Observo enquanto ele abraça Jenny com aqueles braços fortes e lindos que já me seguraram, que já me fizeram sentir desejada com seu calor. Os braços que agarrei com prazer e paixão mais vezes do que posso me lembrar. Ele a puxa mais para perto de seu peito, o peito no qual deitei o rosto ainda ontem à noite, quando caí no sono ao som de seu coração batendo forte.

E, juntos, os dois dançam.

Não sinto as lágrimas brotando até elas embaçarem minha visão e escorrerem por meu rosto. Minha garganta se aperta e a mais pura das dores estrangula meu peito como um torno mecânico cruel.

Não consigo mais.

Agora eu sei. Não posso ficar parada aqui, fingindo ajudá-lo a lutar por ela.

Porque quero que ele lute por mim.

Mais do que qualquer coisa.

Que ele me queira não como apenas uma amiga ou amante. Mas como seu "para sempre".

Como ela é.

Jenny olha nos olhos de Stanton. Os dois mantêm expressões afetuosas enquanto conversam, e dou graças a Deus por não conseguir ouvir as palavras. Depois, ele ergue a mão para tocar o rosto dela... E eu fecho os olhos com muita força para bloquear aquele gesto íntimo.

Um instante depois, estou andando na direção da porta. A autoproteção me força a fazer isso, a letra de amor e arrependimento de Willie me persegue, mas não olho para trás.

Ali fora, envolta pelo ar úmido e pesado, engulo os soluços patéticos e busco conforto em meus próprios braços.

– Sofia?

A voz de Brent, vinda da minha esquerda, se aproxima enquanto ele chama meu nome. Não tento esconder minha... tristeza? Essa palavra não me parece forte o suficiente. A devastação me atinge em cheio. Sinto-me como uma construção prestes a desmoronar; o alicerce que construí, a estrutura que achei que me manteria em pé está caindo à minha volta. E Brent vê tudo isso acontecer.

Ele inclina a cabeça em um reflexo cheio de compaixão, mas o que mais me espanta é que... ele não está surpreso. Nem um pouquinho.

Brent se senta no banco na calçada e dá tapinhas em seu colo.

– Parece que alguém aqui precisa dar uma voltinha no trem da terapia. Entre no vagão. Conte ao doutor Brent tudo que está acontecendo.

Não sinto vergonha ao me ajeitar em suas coxas.

– Ele não dança – sussurro.

Brent assente devagarinho, esperando que eu continue. E faço justamente isso:

– Mas está dançando com ela.

As palavras soam completamente ridículas assim, ditas em voz alta, mas não dou a mínima. As comportas se abrem e meu rosto se aperta.

– Pensei que eu tivesse uma muralha, entende? Não pensei que seria aquela que quer mais. Sou uma idiota, Brent.

Um risinho reverbera em seu peito.

– Você não é idiota, minha querida... Essa designação pertence ao sulista cego por quem você está chorando.

Ergo a mão e olho nos olhos azuis sempre gentis de Brent. Ele sempre me fez lembrar de meu irmão Tomás. Os dois têm esse mesmo jeito reconfortante que faz você sentir que qualquer coisa que surja no caminho deles, independentemente de quão devastadora possa ser, sempre vai ser enfrentada e superada.

– Como ele pode não perceber? – pergunto. – Por que não consegue ver como é difícil para mim?

Brent afasta os cabelos dos meus ombros.

– Para ser justo com Stanton, você é uma boa atriz. E... às vezes, é difícil para os homens ler o que há nas entrelinhas, entender tudo o que não é verbalizado. Alguns precisam que alguém explique tudo.

Brent me segura por mais alguns minutos enquanto absorvo sua calma, transformando-a em minha. Então, passo os dedos abaixo dos olhos, limpando o rímel que derreteu e provavelmente me deixou parecendo um guaxinim.

– Soph? – A voz, transbordando preocupação, vem da escuridão atrás de nós. Sinto-o se aproximando, mesmo sem me virar. – O que foi? O que aconteceu?

Tendo toda a atenção de Stanton, sentindo a sua preocupação e sabendo, no fundo do coração, que ele iria até as últimas consequências para me defender, devo admitir que me sinto bem. Por um instante. Mas é só uma migalha emocional. Uma migalha que costumava me satisfazer, mas que agora só vai aumentar esse vazio. Só vai me deixar sedenta por tudo aquilo que ele não sente por mim.

Recompondo-me, levanto do colo de Brent e o encaro. Stanton estende a mão para tocar em mim, mas me afasto.

– Eu estou bem.

– É claro que não está. O que aconteceu?

Balanço a cabeça em negação.

– Não estou me sentindo bem. – Pelo menos agora estou dizendo a verdade. – Quero voltar para casa.

– Tudo bem, eu…

Dou mais um passo para trás, colidindo com o banco.

– Não. Você, não.

A ideia de estar fechada com ele no carro é aterrorizante. Preciso de mais tempo para me recompor e não me transformar em uma criatura aos seus pés, implorando que ele me ame.

Isso não seria interessante?

A confusão toma o lugar da preocupação que até agora turvava seus olhos.

– Mas…

– Eu levo a Sofia.

Todos nos viramos para a porta do bar, onde a pequena, loira e perfeita Jenny Monroe está atrás de seu marido. Eu não tinha percebido que havíamos atraído uma pequena plateia. E, embora Jenny não seja exatamente minha pessoa preferida neste momento, vou aceitar sua oferta.

– Obrigada.

Passo por Stanton, sigo Jenny, que procura a chave na bolsa dependurada em seu ombro enquanto anda apressada em direção ao estacionamento.

Stanton nos segue obstinado.

– Ei! Só um...

– Volte ao bar, Stanton! – Jenny grita. – Tome uma cerveja com J. D. e encontrem uma forma de evitar que seu irmão tire as roupas.

Em um tom conspiratório, ela revela para mim:

– Carter fica agitado quando está bêbado, e aí suas tendências nudistas se tornam incontroláveis. O idiota vai estar com a bunda de fora antes da meia-noite.

Com um toque no chaveiro, Jenny abre as portas da picape Ford preta e lustrosa, e me ajeito no banco do passageiro como uma adolescente fugindo de um maníaco armado. Ela liga o motor, engata a marcha, e os faróis iluminam Stanton Shaw, teimosamente apoiando as mãos no capô, bloqueando nosso caminho.

Jenny abre a janela.

– Rapaz, se você não sair daí, vou passar por cima. Não vai matá-lo, mas você certamente não vai ficar tão persuasivo andando de muletas nos tribunais.

Mantendo as mãos na caminhonete, Stanton se aproxima da janela de Jenny. Continuo olhando para a frente, mas sinto-o me encarar.

– Sofia. – Sua voz é dura, mas, ao mesmo tempo, suplicante. – Sofia, olhe para mim, caramba!

Jenny se inclina para a frente, obstruindo a visão dele.

– Deixe-a quieta, Stanton. Às vezes uma mulher só precisa da companhia de outra mulher. Dê um pouco de espaço a Sofia.

De canto de olho, vejo-a dar tapinhas no antebraço de Stanton. E, depois de um instante, as mãos dele se soltam da caminhonete. Ela não dá tempo para Stanton mudar de ideia; os pneus logo cospem terra e pedras conforme deixamos o estacionamento.

—

Com a exceção do meu fungar esporádico, o silêncio prevalece dentro da cabine da caminhonete enquanto seguimos por ruas escuras e vazias. Não sei como devo me sentir com relação à mulher ao meu lado. Basicamente, ela é minha concorrente. Estou familiarizada com a rivalidade. Vivo dela, respiro-a em minha carreira. Tenho que vencer os procuradores nos julgamentos, vencer meus colegas advogados enquanto todos desejamos nos tornar sócios de nossos escritórios. Há ocasiões em que sei que sou melhor do que meu rival; outras vezes, tenho que me esforçar muito para superar aqueles que são iguais a mim, ou mesmo mais talentosos.

A diferença aqui é que realmente gosto de Jenny. Se as circunstâncias fossem outras, ela e eu poderíamos ser amigas. Jenny é inteligente, divertida, agradável. Posso entender por que Stanton a ama. E o meu lado que é amigo dele – que deseja sua felicidade mais do que a minha própria – não quer que Jenny se case com J. D.

Todavia, existe o outro lado, aquele que ama Stanton, que quer arrancar os olhos de Jenny. Quer que ela desapareça. Ou, ainda melhor, que jamais tivesse existido.

– Há quanto tempo você o ama?

A pergunta é colocada em um tom suave, como um pediatra pergunta aos pais de uma criança há quanto tempo ela se sente mal.

– Acho que desde o começo. Eu não… não admitia. Pensei que não passasse de atração física… amizade… convivência. Mas agora… Agora me dou conta de que sempre foi mais.

Ela assente.

– Existe alguma coisa nos homens do Mississippi. Esse maldito charme sulista está no DNA… Eles nem precisam se esforçar. – Ela faz uma pausa enquanto entra em uma rua igualmente deserta. – E com Stanton é ainda pior. Ele é brilhante, trabalha duro, é bonito e fode feito um animal.

Só consigo latir uma risada.

Jenny também ri.

– Minha mãe quebraria os meus dentes se me ouvisse falar assim. Mas, santo Deus, é verdade!

Nossas risadas ficam para trás e Jenny suspira:

– Uma mulher teria que ser realmente idiota para não se apaixonar por esse homem. – Ela olha intencionalmente na minha direção. – E, para mim, você não parece uma idiota.

Enquanto ela vira o rosto, continuo encarando-a.

– Como você conseguiu? Como deixou de amá-lo?

Os últimos dias foram uma verdadeira tortura. Todas as declarações dos sentimentos de Stanton por ela me atingiram como um chicote. O desejo que vi naqueles olhos verdes maravilhosos, a ternura que eles demonstravam por ela, tudo isso queimava como um choque elétrico, deixando-me sem ar.

O sexo com Stanton é delicioso; trabalhar com ele é um privilégio. Mas amá-lo... Amá-lo é simplesmente dolorido.

Jenny repuxa os lábios.

– Não acho que eu tenha deixado de amar. O amor só... se transformou em uma coisa. Algo mais tranquilo, menos louco. Quando você é jovem, adora fogos de artifício porque eles são barulhentos e fortes e emocionantes. Mas aí você cresce. E vê que a luz de velas não é tão emocionante, mas faz tudo ser melhor. E percebe que a luz de uma lareira pode ser tão excitante quanto fogos de artifício. Mesmo queimando com uma chama mais baixa, ela mantém a casa iluminada e aquecida a noite toda. Stanton foi como fogos de artifício para mim. J. D. é minha lareira.

– Mas Stanton morre de amores por você.

Ela me olha de relance.

– Você acredita mesmo nisso?

– Em que eu acredito não importa. O que importa é o que ele faz.

Ela nega com a cabeça.

– Você deveria conversar com ele... contar o que sente.

Para ela, é fácil falar. Jenny mora do outro lado do país. Eu terei que vê-lo e trabalhar ao seu lado todos os dias depois deste fim de semana. Eu ainda tenho sua amizade, sua admiração. Seu respeito.

Não sei se conseguiria viver com ele sentindo pena de mim.

Jenny leva o carro até a parte de trás da casa dos pais de Stanton, parando na entrada do celeiro. Antes de sair do veículo, viro-me para ela.

– Foi realmente um prazer conhecê-la, Jenny. Sua filha é linda e espero… Espero, de verdade, que seu casamento seja perfeito.

Ela inclina a cabeça.

– Você não vai estar aqui amanhã para a cerimônia?

Confirmo sua suspeita negando com a cabeça.

Ela assente, compreensiva.

– Espero… Bem, eu espero que você volte aqui um dia, Sofia, e que, quando voltar, esteja sorrindo.

Então ela me abraça. Um abraço caloroso e gentil e, acima de tudo, sincero.

—

Arrumar as malas leva mais tempo do que eu tinha imaginado. Por que, *por que* eu trouxe tanta coisa? Três malas e duas outras de mão. Pego minha última camiseta na gaveta e me viro para ajeitá-la na mala aberta sobre a cama. Mas fico paralisada ao ouvir a voz rouca e embargada vinda da porta.

– Você vai embora?

Eu realmente pensei que conseguiria fazer as malas e deixar a cidade sem encará-lo? Sem ter essa conversa? *Sofia, como você é idiota!*

Não olho para ele. Se fizer isso, vou me desintegrar em lágrimas. Preciso de tempo… de distância.

– Tenho que ir para casa. Estou com muito trabalho atrasado…

Ele se posiciona à minha frente. Olho para seu peito, que sobe e desce sob a camiseta de algodão. Stanton puxa a peça de roupa da minha mão.

– Você não vai a lugar nenhum sem antes conversar comigo.

Fecho os olhos, sentindo minha pulsação no pescoço.

– O que aconteceu, Sofia?

Contra minha vontade, ergo o olhar, encarando-o. Percebo ali a preocupação, a confusão… a afeição, o cuidado.

Porém, não é suficiente.

– O que aconteceu? Eu me apaixonei por você. – As palavras saem em um sussurro, tudo o que sinto por ele é como um espinho alojado em minha garganta. E a dor por ele não sentir a mesma coisa me deixa cada vez mais sufocada. – Amo tudo em você. Amo observá-lo no tribunal, a forma como você fala, como se movimenta. Amo vê-lo morder o lábio quando está pensando no que dizer. Amo a sua voz, amo as suas mãos e a forma como me tocam. – Minha voz estremece e meus olhos se fecham, liberando as lágrimas. – Amo... seu jeito de olhar para sua filha, amo ouvir sua voz dizendo meu nome.

– Não, querida, não chore – ele implora.

Suas mãos tocam meu rosto, mas eu me afasto, temendo que o contato possa me fazer desmoronar. As palavras simplesmente saem:

– Sei que você não sente a mesma coisa. Tentei ignorar, deixar de lado. Mas dói muito vê-lo com...

Ele abaixa a cabeça para não ver a minha dor.

– Sofia, eu sinto muito... Mas deixe...

Balanço a cabeça e aperto outra vez os olhos.

– Não precisa sentir, Stanton. Não é culpa sua. Eu só preciso... superar tudo isso. Vou conseguir. Não posso... Não posso continuar com você deste jeito. Sei que vai sofrer por causa de tudo o que está acontecendo com Jenny, mas...

– Não é disso que estou falando. Espere um pouco, por favor. *Ouça* o que tenho a dizer.

O problema é que, se eu parar para ouvir, não vou conseguir me expressar. Ele nunca vai entender. E fui sincera no que disse... Não quero perdê-lo.

– Seremos amigos outra vez. Isso não vai nos atrapalhar. Podemos voltar ao passado e...

Não consigo concluir meu pensamento. Sua boca cobre a minha, interrompendo minhas palavras, engolindo-as. Ele segura meu rosto, puxando-me para perto, tocando-me como nunca me tocou antes. Com desespero, como se fosse morrer se me soltasse.

Seu desejo por mim é uma dor palpável, forte, que se espalha entre nós. E eu me entrego a ela, disposta a me afogar. Seus dedos estão quentes em minha pele, queimando-me a ponto de deixar cicatrizes. E espero que deixem. Desejo guardar essa memória. A prova de que estive aqui, de que sentimos isso. A prova de que foi real, mesmo que apenas por um momento.

Ele se vira e nós dois caímos na cama. Sinto o peso de sua força, de seu tamanho enorme pressionado contra mim, um peso bem-vindo. E me contorço embaixo de Stanton enquanto ele rasga minhas roupas como se elas fossem o inimigo.

Não é um movimento inteligente; quando amanhecer, vou sentir a dor. Mas não vou dizer não agora. Isto… Isto eu posso ter.

O arfar de sua respiração, o roçar de seus dentes, o som de seus gemidos, a pressão de seus beijos molhados e perfeitos. São momentos… São memórias às quais vou me agarrar e as quais vou celebrar.

Porque serão as últimas.

CAPÍTULO 23

STANTON

Todo mundo sempre comenta que o interior é silencioso e tranquilo. Porém, tal afirmação não é totalmente verdadeira. A cacofonia começa no crepúsculo – gafanhotos, mosquitos, grilos berrando mais alto do que qualquer um conseguiria imaginar. E, na alvorada, tem o ruído dos animais, o cantarolar das cigarras, o bater dos cascos e a sonata ensurdecedora dos pássaros cantando.

E são os pássaros que me tiram do sono – o sono profundo de um homem que está em paz com a escolha que fez.

Ainda antes de meus olhos se abrirem, sei que ela se foi.

Sinto o espaço vazio ao meu lado, a ausência do cheiro de shampoo e gardênia e Sofia. Sento-me agitado na cama, apertando os olhos, e analiso o quarto.

Malas? Desapareceram.

Calça jeans na escrivaninha? Não está lá.

Vestido vermelho no chão? Desapareceu.

Porra!

Como eu pude dormir sem conversar com ela primeiro? Sem confessar que...

– Puta merda!

Pulo dentro de uma calça jeans e corro sem camisa e descalço escada abaixo. Avanço rumo à casa principal, ainda mantendo a esperança.

Mas, quando chego lá, a única pessoa na cozinha é Brent, tomando uma xícara de café e comendo um dos muffins de mirtilo da minha mãe.

– Aonde ela foi? – rosno, irritado comigo mesmo, mas disposto a descontar nele.

Brent engole um pedaço de muffin enquanto me observa com olhos distantes, mas atentos.

– Ela ligou para o hotel por volta das quatro da manhã e pediu um táxi para o aeroporto. Jake não a deixou ir sozinha e remarcou a passagem para acompanhá-la.

Meu peito afunda. Eu estraguei tudo.

Mas aí lembro:

– Sofia não viaja de avião.

O olhar de Brent se torna um pouco mais aquecido. Com pena.

– Então acho que ela queria mesmo ir embora. Porque tomou o avião hoje cedo.

Solto o corpo na cadeira, minha cabeça gira, tentando saber onde ela estaria, pensando em detê-la se isso for necessário.

– Por que você não me acordou?

– Ela pediu para a gente não fazer isso. Disse que precisava se recompor. Prometeu que, quando a gente chegar, tudo vai voltar ao normal. – Ele faz uma pausa. – Sinto muito, Stanton.

Dou um soco na mesa.

– Não quero que as coisas voltem ao normal! Eu amo essa mulher, Brent!

Ele coça a barba por fazer, que começa a crescer em seu queixo.

– Bem, não sou o doutor Phil nem um psicólogo-celebridade, mas acho que você devia ter dito isso a ela.

Chega um momento na vida de todo homem em que ele precisa se avaliar profundamente e admitir que tem agido como um idiota. Idiota e egoísta.

Não sei se acontece a mesma coisa com as mulheres, mas, se você é um cuzão, este momento é inevitável. Porque até mesmo os homens bons, os corajosos, os líderes mundiais, os cientistas, os teólogos e os intelectuais de renome têm um lado ganancioso e egoísta. Um buraco negro infantil, carente, que nunca está satisfeito. "Olhe para mim, ouça o que eu digo", insiste esse buraco. Ele quer o que não pode ter, além de tudo aquilo que pode. Quer comer todos os doces do planeta. Sabe que o mundo não gira à sua volta, mas isso não o impede de tentar desafiar as leis da física e agir assim.

Este é o momento em que vi o idiota que sou. Abandonado pela mulher que amo. Pela mulher linda e enfurecida sem a qual não tenho intenção de viver.

A pior parte é que sei por que tudo deu errado. Conheço todos os erros. Todas as escolhas ruins.

Se eu tivesse tomado o cuidado de me afastar e observar a situação de longe, nada disso teria acontecido. No entanto, eu estava enfiado naquele buraco negro – apenas eu e eu mesmo.

Minha mãe diria que as galinhas vieram usar o banheiro de casa. É uma metáfora adequada. As galinhas têm uma quantidade infinita de merda que deixam orgulhosamente para trás por onde passam. Então quando vão ao banheiro?

Tudo isso é uma merda.

Brent limpa a boca com um guardanapo e se levanta.

– De qualquer forma, são 9h30... O casamento começa em duas horas. Preciso de uma carona até o hotel para me arrumar. J. D. me convidou ontem à noite... O cara é gente boa.

Só consigo bufar.

– Claro... J. D., o santo J. D....

Brent dá um tapa em meu braço.

– Não se preocupe. Você ainda é o sulista mais legal que conheço.

E é só neste momento que me dou conta de como a casa está vazia. Esta casa nunca fica assim, em silêncio.

– Onde está todo mundo?

Brent anda na direção da porta, gesticulando com os dedos.

– Sua mãe está arrumando os cabelos. Seu pai está dormindo, coisa que parece ser rara. Carter está apagado no sofá da sala, e pelado. E seu irmão mais novo ainda não voltou para casa. – Então ele aponta para mim. – Ah, e Mary, sua irmã? Ela me dá medo. Se eu desaparecer esta noite, prometa que o armário dela será o primeiro lugar onde você vai me procurar.

Dou risada. E me forço a enterrar meus sentimentos – o pânico, o desejo… por Sofia. Engulo esses sentimentos. Porque hoje… Hoje a minha garota vai se casar.

—

A igreja está totalmente lotada. A senhora Bea toca a Marcha Nupcial no velho órgão. Presley joga pétalas de rosas pela igreja. E Jenny… Jenny está linda, como eu sabia que estaria. Vejo o rosto de J. D. quando ela entra na igreja – um rosto maravilhado, cheio de gratidão e amor.

E eu não sinto vontade de socá-lo. Nenhuma vontade. A situação não me deixa triste.

Só parece… que o que está acontecendo é certo.

A recepção é realizada do lado de fora, atrás da igreja, sob tendas brancas com mesas elegantemente decoradas e cadeiras dobráveis estofadas. A grama é tão verde quanto a dos pastos do meu pai; o céu, tão azul quanto os olhos da minha filha. A cidade toda está aqui – as pessoas que me conhecem desde antes de eu nascer. Brent conversa com o pastor Thompson. Marshall inclina o corpo contra uma árvore, tentando parecer bacana enquanto bate-papo com uma garota. Mary está cercada por um grupo de garotas, rindo, cochichando, de olhos arregalados. Carter é o centro das atenções no gramado, pregando para um grupo de jovens que o idolatram como se ele fosse o próprio Jesus Cristo na Montanha. Meus pais dançam ao som da banda.

Só falta… ela.

Tentei telefonar algumas vezes, mas a ligação foi direto para a caixa de mensagens. Disse a mim mesmo que Sofia esqueceu-se de ligar o celular depois do voo, mas meus poderes de persuasão parecem ser mais fortes diante de um júri do que dentro da minha própria cabeça.

– Reservei uma dança para você. Vamos?

Jenny fica ao meu lado e, sorrindo, me dá a mão. Andamos até a pista de dança improvisada com madeira. Enquanto acompanhamos a música lenta, elogio:

– Você está linda.

Ela bate os cílios.

– Eu sei.

Damos risada e depois, com toda a delicadeza, Jenny pergunta:

– Sofia foi para a capital?

Confirmo com a cabeça.

– Gostei dela, Stanton. Espero que você não planeje deixá-la fugir.

– Não tenho intenção de deixá-la fugir... Ela só não sabe disso ainda. – Olho para os olhos azuis de Jenny, aperto-a em um abraço... Minha mais querida e mais doce amiga. – E fico feliz por você não ter deixado J. D. fugir. Porque merece ser olhada da forma como ele olha para você.

Ela afasta os cabelos da minha testa.

– Você também merece isso. – Olha por sobre meu ombro por um instante e logo volta a me observar. – Lembra aquele dia no rio? Quando você disse que Presley e eu somos sua família?

– Lembro.

Os olhos de Jenny brilham cheios de emoção.

– Nós sempre seremos a sua família.

Sinto um calor no estômago – um calor reconfortante, tenro. A voz de Presley atrai a nossa atenção, e então olhamos para nossa filha linda, que está rindo.

– A gente fez um bom trabalho, não fez, Stanton? De modo geral.

Minha voz sai rouca, carregada de sentimento.

– Ah, Jenn... A gente fez um ótimo trabalho. Olhe para ela.

E passamos um tempo fazendo justamente isso. Intimamente ligados pelas memórias e pelo amor infinito que sentimos por essa mesma pessoinha.

– Se eu pudesse voltar no tempo e fazer tudo outra vez com você, eu faria – Jenny sussurra. – Não mudaria nada.

Olho em seus olhos e pressiono meus lábios suavemente em sua testa.

– Eu também. Não mudaria nada, mesmo.

E é assim que me despeço de Jenny.

—

Mais tarde, estou sentado em um balanço de madeira de dois lugares com Presley, vendo a festa prosseguir.

– E aí, quando as aulas acabarem, você vai passar o verão em Washington.

– O verão inteiro? Promete?

– O verão inteiro – afirmo, confirmando com a cabeça. – Você tem a minha palavra.

– A senhora Sofia vai estar lá?

– Vai estar lá, sim.

Minha filha me olha de soslaio com seus olhos redondos e desconfiados.

– Você estragou as coisas, papai?

– Um pouquinho, sim. Mas vou consertar tudo.

Ela mostra aprovação movendo rapidamente a cabeça.

– Legal.

Um menino loiro, de camisa e gravata, se aproxima.

– Ei, Presley! A gente vai brincar no rio… Quer vir?

– Já vou – ela grita em resposta.

Franzo a testa.

– Esse não é Ethan Fortenbury?

– Sim, é ele.

– Pensei que Ethan fosse um ânus de asno.

Presley suspira.

– Bem… Ele pediu desculpas por dizer que eu tinha mãos de homem. Contou que só falou aquilo porque o irmão mais velho o desafiou.

Isso me soa desconfortavelmente familiar.

– Esses irmãos mais velhos podem mesmo ser uma encrenca.

Então minha filha sorri timidamente.

– Ele me acha bonita. E gosta do meu jeito de jogar futebol.

Puta merda!

– Quer dizer que ele não precisa usar óculos, então?

– É.

Presley se levanta e arruma o vestido de cetim azul. Antes que ela se vá, imploro:

– Filha, pode me prometer uma coisa?

– Claro.

– Espere mais alguns anos para começar a fazer minha barba ficar branca, está bem?

Ela dá risada e beija a minha bochecha.

– Está bem, papai... Eu prometo.

E sai saltitando.

Sacudo a cabeça.

– Ethan Fortenbury dos infernos! Filho de uma mãe!

CAPÍTULO 24

STANTON

Brent e eu fazemos o caminho até Washington em tempo recorde. Levei meu Porsche ao limite e ele não me decepcionou. Recusei-me a parar para dormir, então um de nós dormia no banco do passageiro enquanto o outro continuava dirigindo. Para dois homens com mais de 1,80 m de altura, dormir em um Porsche não é exatamente algo que traga sonhos agradáveis. Mesmo assim, Brent não reclamou. Ele sabia que a distância estava me matando, então colocou a "Cavalgada das Valquírias" no *repeat* para ajudar a melhorar o clima.

Estaciono na frente de sua casa e corro até a quadra de Sofia. Enquanto me aproximo, avisto caixas na varanda e móveis na calçada. Meu coração começa a violentar o peito. Ela estaria se mudando?

Bato com força à porta, sentindo a impaciência me empurrar. Alguém abre… um gigante, agora olhando para mim. Um gigante, mesmo. Dois metros de altura, braços de um lutador profissional e olhar ameaçador.

– O que você quer?

E me sinto como uma criança de dez anos.

– Sofia está em casa?

– Quem quer saber?

Seus olhos me analisam dos sapatos à cabeça. Olhos castanhos. Olhos como aqueles com os quais estou tão intimamente familiarizado.

Aponto o dedo.

– Você é o irmão... Aquele que ela disse que poderia chutar o meu rabo. O médico. – Ele não confirma, mas também não diz que estou errado. – Eu sou... Sua irmã e eu somos... – Recuso-me a chamá-la de "amiga" porque Sofia é muito mais do que isso. Então, pela primeira vez na vida, gaguejo como um perfeito idiota. – Eu sou o... Nós somos... Ela me falou tudo a seu respeito.

Ele cruza os braços, tornando-os ainda maiores.

– Ela não me disse nada sobre você.

Antes que eu possa responder, outro cara aparece na porta – esse de tamanho normal, um pouco menor do que eu. Tem cabelos castanhos, curtos e pesados, um sorriso e um olhar amigáveis... Exatamente como Sofia o descreveu.

– Vamos, Victor, o sofá não vai se carregar sozinho – diz ao Gigante. Então ele percebe que eu estou ali. – Oi.

Estendo a mão, ansioso por me apresentar ao irmão mais próximo de Sofia.

– Stanton Shaw. Você é Tomás?

Ele oferece um aperto de mãos e seu sorriso se torna mais acentuado.

– Exato. Como tem passado, Stanton? Entre. Sofia me contou tudo a seu respeito.

O Gigante dá um passo para o lado para me deixar passar pela porta.

– Por que ela não *me* contou *nada* sobre ele?

Tomás lança para o irmão um olhar que eu já recebi dos meus irmãos.

– Porque você não sabe guardar segredos, então nenhum de nós lhe conta nada. – Ele me dá um tapinha nas costas e pergunta: – Você veio se arrastar?

Talvez me sentindo um pouco nervoso, dou risada.

– Sim, como você sabe?

– Eu conheço a minha irmã.

– Por que ele veio se arrastar? – o Gigante quer saber.

– Não importa. O importante é que ele está aqui – Tomás responde.

Então vamos à sala de estar, desviando de caixas e móveis. Parece que o tornado passou por aqui, e não pelo Mississippi.

– Sofia disse que a casa precisava de uma boa reforma – explica Tomás. – Ela fica assim quando está estressada. Então, convocou toda a tropa, e cá estamos.

Na cozinha, avisto outro rapaz de cabelos escuros usando óculos redondos, estilo John Lennon. Lucas, o irmão número dois, imagino. Perto do sofá está um homem mais velho, mas em boa forma, com cabelos grisalhos. O pai de Sofia.

Vou até ele e estendo a mão.

– Olá, senhor Santos. Sou Stanton Shaw. É uma honra conhecê-lo. Acho sua filha uma mulher incrível, senhor.

Ele me prende com o olhar por alguns momentos. Em seguida, sorri e oferece um aperto de mãos.

– É muito bom conhecê-lo, senhor Shaw.

Todas as cabeças se voltam à mulher descendo as escadas. Ela é menor do que eu imaginei que a mãe de Sofia seria, com cabelos escuros na altura dos ombros e traços adoráveis e familiares. Seu olhar pousa em mim, reconhecendo-me... com animosidade. E me dou conta de que Tomás não é o único membro da família com quem Sofia se abriu.

Aproximo-me dela e estendo a mão.

– É um prazer conhecê-la, senhora Santos. Eu sou...

Ela olha com desdém para minha mão e me interrompe... Falando em português.

– Você é um idiota que machucou a minha filha. Se as coisas pudessem ser do meu jeito, ninguém jamais encontraria o seu corpo.

Que maravilha.

Balanço a cabeça.

– Estou aqui para fazer isso direito – respondo também em português, com meu sotaque carregado. – Sofia significa... tudo para mim.

Espero ter, pelo menos, conseguido me expressar.

Seus olhos brilham surpresos.

– Sofia está ensinando português para mim – explico, agora de novo em inglês. – Eu aprendo rápido.

Um sorriso relutante se forma nos lábios da senhora Santos, que inclina a cabeça com uma aprovação contrariada. Então, dá um passo para o lado enquanto diz:

– Ela está no andar de cima, no quarto, pintando.

– Obrigado, senhora Santos.

—

Com passos suaves, atravesso a passagem da porta. Ela está de costas para mim, olhando a tinta fresca. Aproveito a oportunidade para absorvê-la como se eu fosse uma planta que há um ano não vê o sol. Os cabelos estão presos em um coque no topo da cabeça, com alguns fios soltos acariciando a doce pele atrás das orelhas. Observo seus ombros delicados cobertos por uma camiseta vermelha, as calças de yoga, a curva elegante de sua espinha que leva à curva suculenta de suas nádegas – também doces.

– O que acha, mamãe? – pergunta sem se virar, mantendo a cabeça inclinada. – Não sei se gosto deste amarelo. Está sem vida se comparado à imagem original.

– Para mim, parece xixi seco de cachorro, se quer saber.

Ela se vira, os olhos arregalados como se estivessem vendo um fantasma.

– Stanton! – Depois de um instante, Sofia pisca, tentando disfarçar a surpresa. Tentando agir casualmente. – Quando você chegou na sua casa?

Mas que se dane a casualidade.

– Não fui em casa. Parei na casa de Brent e vim direto para cá. Para você.

Agora eu devoro a imagem formada pela parte frontal do corpo de Sofia – aqueles lábios, os seios maravilhosos nos quais quero descansar a cabeça, o brilho em seus olhos, que mais parecem pedras preciosas.

Ergo o queixo na direção das latas de tinta.

– O que é isso?

Ela desliza nervosamente o olhar entre mim e as latas.

– Redecorando. Achei este um bom momento para recomeçar.

Vou para a frente, precisando tê-la mais perto. E porque já me segurei o quanto podia.

– Santo Deus, como eu senti saudade, Soph. Os últimos dois dias pareciam não acabar nunca.

Seu olhar desliza pelo chão.

– Sinto muito por tê-lo deixado para trás sem avisar, mas eu precisava…

– Não… – Atravesso o quarto. – Você teve a sua chance de falar. Apresentou todos os seus argumentos. Agora é a minha vez. – Chuto uma cadeira dobrável na direção dela e percebo um tom claro de aviso em minha voz. – Então, sente-se e ouça.

Seus olhos ficam arregalados e, por um segundo, acho que Sofia vai querer discutir. Mas ela logo atende ao meu pedido.

Posiciono-me à sua frente.

– Tudo começou no jogo, com Amsterdam olhando para a sua bunda.

– Stanton, eu já disse que…

– Silêncio – repreendo, pressionando o indicador delicadamente contra seus lábios. – Quando eu quis arrancar os olhos dele porque ele olhou para a sua bunda, foi a primeira vez que pareceu algo… mais. Eu não estava em posição de dizer para aquele cara não olhar para você, mas queria estar.

Passo a mão pelos cabelos, tentando explicar para que ela entenda. E prossigo:

– Foi por esse motivo que pedi para você me acompanhar, muito embora eu não tivesse me dado conta quando pedi. Porque eu não queria estar longe de você, não queria perdê-la para outro homem. E, quando a vi lá, na minha casa, junto com as pessoas mais importantes da minha vida… Aí tudo se tornou mais intenso. Esperar, precisar de você, sentir uma gratidão enorme por tê-la ali. Mas tudo foi arruinado… Sentimentos confusos pelo fato de Jenny estar prestes a se casar, a sensação de que eu precisava fazer alguma coisa para não a perder.

Ela inclina o corpo para a frente, atenta a cada palavra. Seu olhar parte o meu coração cheio de esperança e medo. Continuo com minha explicação:

– Quando consegui separar as coisas na minha cabeça, quando finalmente tive coragem de admitir para mim mesmo, já era tarde demais. Eu não sabia se havia alguma chance de você estar sentindo a mesma coisa. Não sabia como contar para você sem fazê-la parecer uma segunda opção. E nunca quis fazê-la sentir-se como uma segunda opção… nem por um minuto. Jenny sempre será minha amiga, a mãe da garotinha que é dona do meu coração, a primeira mulher que amei.

Faço uma pausa. Com a voz embargada, estrangulada pelas emoções, continuo:

– Mas você, Sofia… Juro que, se me aceitar, você será a última mulher.

Vejo lágrimas em seus lindos olhos, lágrimas escorrendo pelas maçãs do rosto. Agacho-me à sua frente, correndo as mãos por seus ombros, segurando sua nuca.

– E estou irritado pra caralho com você. Quero me sentar naquela cama, arrancar as suas roupas e bater na sua bunda até ela ficar vermelha como aquela parede lá embaixo.

Ela gagueja:

– Irri… Irritado comigo? Por quê?

– Porque você me deixou feri-la. E nunca disse nada. Quando penso em como deve ter sido para você… imagino que foi um terror.

Envolvo seu rosto com minhas mãos, uso o polegar para secar suas lágrimas. Porque não consigo não a tocar, nem por um minuto.

Ela pisca os olhos para mim, engolindo a respiração.

– Esse foi um argumento final fortíssimo, Stanton.

Olho-a nos olhos.

– É o que eu faço. Mas… qual é o veredito?

Com uma expressão tenra e suave, Sofia passa os dedos em meus cabelos.

– O veredito é… não.

Eu sabia! Nunca duvidei do meu poder de persuasão. Sabia que, se eu tivesse uma chance de explicar, ela acabaria… *espere aí!*

Como é que é?

Solto o corpo.

– Como assim? O que você quer dizer com *não?* Não pode dizer não!

O suor brota em minha testa; meu coração protesta no peito.

Ela dá de ombros.

– Acabei de dizer.

Em um gesto inconsciente, minhas mãos se apertam em seu maxilar.

– Que porra é essa, Soph? Dois dias atrás, você disse que estava apaixonada por mim. Ninguém se desapaixona por outra pessoa em dois malditos dias!

– Exatamente – ela confirma baixinho.

– Eu não entendo...

– Eu o vi se arrastar por outra mulher na última semana. Por meses, ouvi você falar de Jenny. Jenny isso, Jenny aquilo. E, agora que ela não é mais uma opção, você de repente percebe que quer ficar comigo?

– Eu não amo Jenny há muito tempo, Soph. Eu só não sabia ainda. – Engulo em seco. – Você não... não acredita em mim?

Ela toca em meu rosto, contorna meu maxilar enquanto observa muito atentamente o caminho traçado por seus dedos.

– Eu quero acreditar. Quero muito acreditar. – Nesse momento, Sofia se afasta. – Mas... Não posso ser sua segunda opção. Não vou aceitar. Isso acabaria comigo, Stanton. Uma semana atrás, eu não tinha problemas em tê-lo quando fosse possível, mas não aceito mais isso. Quero você *todo* para mim. De verdade. E para sempre.

Aproximo-me, olhando-a nos olhos.

– Querida, você tem a mim. Pelo coração, pelas bolas, de qualquer jeito que quiser.

Um sorriso se forma em seu rosto.

– Então prove.

Seus dentes roçam em meu lábio inferior enquanto penso em todas as formas gloriosas de demonstrar o que essa mulher significa para mim... em formas de demonstrar várias e várias vezes. Percebo a risada em minha voz quando pergunto:

– Isso é um desafio?

Suas bochechas ficam coradas e o clima entre nós muda. Torna-se mais intenso, mais quente... Não apenas com atração, mas com a promessa de uma coisa maior. Um futuro. Juntos.

– É.

Puxo-a mais para perto e encosto meus lábios aos dela com um toque levíssimo. E prometo:

– Está bem... Vamos começar de novo, começar do começo. Da maneira como deveríamos ter começado. Nada de amizade colorida.

Vou fazer tudo do jeito certo... Vou levá-la a lugares lindos, passar o fim de semana todo ao seu lado. Quero que você se vista para mim para que eu use todo o tempo do mundo despindo-a. Quero memorizar cada centímetro do seu corpo e ouvir tudo o que você pensa. E aí você não vai ter dúvida nenhuma de que a única mulher que eu desejo, a única mulher que amo... é você.

Sofia chega mais perto. Sua bochecha e seu nariz esfregam-se em mim. A voz sai ligeiramente falha enquanto ela pergunta:

– Então... Então você está me convidando para sair, certo?

– Sem dúvida.

E seus olhos brilham.

– Quero deixar claro que estou totalmente aberta a fazer sexo no primeiro encontro.

Só consigo gargalhar.

– Eu esperava, de verdade, que você fosse dizer isso.

Então pressiono meus lábios aos seus. Sua boca se abre, recebendo a minha. Sua doce língua encontra a minha no meio do caminho. Sinto suas mãos agarrando minha camisa, deslizando por meus ombros, por meu pescoço, acariciando meu maxilar. Puxo-a contra mim, abraçando--a, deixando claro a cada toque dos meus dedos, a cada palavra sussurrada, que jamais quero perdê-la. E ela sente a mesma coisa – alívio, alegria a cada suspiro, a cada promessa pronunciada suavemente. Sofia e eu já nos beijamos centenas de vezes, mas nunca assim. Agora é diferente. Melhor.

Perfeito pra caralho.

—

A maioria das histórias termina no fim. Mas esta não.

Esta termina com um novo começo.

EPÍLOGO

STANTON

SETEMBRO

Reclinamos nossos corpos em um cobertor no gramado do Washington Mall, em um espaço quase isolado, distante da multidão. O céu está escuro, mas as luzes da cidade são fortes demais para nos permitir ver uma estrela sequer. Sofia se apoia em meu peito e minhas mãos deslizam preguiçosamente por seu corpo, estudando seus flancos cobertos por um vestido curto e rosa, e também seus braços nus. O clima de setembro é agradável, com uma brisa deliciosa. Um suspiro contente escapa de seus lábios e tomo um gole do bourbon no copo de plástico que venho usando durante toda a noite. Dou um leve beijo em sua têmpora enquanto Elton John toca as notas finais de sua canção mais recente.

Eventos como este – um festival de música – são gratuitos; quem chega primeiro fica com os melhores lugares. Muito embora Sofia tenha se mostrado toda animada ao saber que Elton John tocaria, a gente não se matou para tentar pegar lugares na primeira fila. Ela ficou contente simplesmente com a oportunidade de relaxar depois de uma semana infernal e longa de trabalho no escritório. Com a oportunidade de curtir a música... de curtirmos um ao outro.

Mas, quando os acordes conhecidos de "Your song" começam a sair pelas caixas de som, esfrego a boca em sua orelha, sentindo sua pele arrepiar.

– Dance comigo – sussurro.

Ela arqueia as costas para me encarar; seus olhos estão suaves e lânguidos, quase do modo como ficam quando me arrasto sobre seu corpo depois de usar a boca para levá-la ao paraíso.

– Não me diga que está começando a gostar de dançar!

Beijo a ponta de seu nariz.

– Não. Nunca vou ser fã de dançar. – Então me levanto, trazendo-a comigo, mantendo-a em meus braços. – Mas sempre estarei disposto a dançar com você. Em qualquer momento, em qualquer lugar. Além do mais, esta é a *sua música*.

É uma surpresa que planejei; um presente para ela. Tenho certeza de que vai acariciar seu ego, e estou ansioso por vê-la acariciar outra coisa em agradecimento durante todo o resto da noite.

O anúncio de Elton chega no momento perfeito.

– Quero dedicar uma música, senhoras e senhores. Esta canção é para Sofia, com o amor de Stanton.

E ele começa a cantar.

Sofia fica de olhos arregalados enquanto seu corpo se solta contra o meu, levemente em choque.

– Meu Deus! Não acredito que fez isso! Como conseguiu? – Encolho o ombro.

– Conheço algumas pessoas que conhecem outras pessoas que conhecem um pessoal que trabalha com Elton John. Então pedi esse favor.

Ela fica na ponta dos pés e me beija intensamente, fazendo-me acreditar que essa foi a melhor ideia que já tive na vida. Nos meus lábios, ela diz:

– Eu te amo.

E descansa a cabeça em meu peito enquanto sussurro:

– Eu também te amo.

– Tenho o melhor namorado do mundo.

Meu peito ressoa com o riso.

– É verdade. Tem, sim.

How wonderful life is, while you're in the world.

E dançamos.

—

NOVEMBRO

– Empurre!

– Eu *estou* empurrando! Está apertado!

– Vá com mais força.

– Se eu fizer mais força, vou acabar arrebentando alguma coisa.

– Apenas empurre e enfie.

– Estou tentando – gemo.

– Alguém mais está ficando com tesão só de ouvir essa conversa? – A voz inabalada de Jake vem do outro lado da mesa pesada que estou tentando fazer passar pela porta.

Urrando, conseguimos colocá-la para dentro, então a ajeitamos diante da janela – como Sofia e eu tínhamos concordado. Assim podemos desfrutar da luz do sol enquanto eu estiver fodendo-a em cima dessa superfície.

– Estou cansado demais para sentir tesão – rebato, secando o suor na minha testa.

Nesse momento, Sofia entra na sala e meu olhar naturalmente recai sobre a blusa confortável com gola rolê que destaca seus seios.

– Esqueça. Não estou cansado, não.

– Ficou ótimo assim! – ela elogia animada e com um sorriso no rosto. – Não falta mais nada.

Na semana passada, Sofia me chamou para morar com ela. De qualquer forma, desde o meio do verão eu vinha vivendo aqui. Mas a ideia de que tudo se tornaria oficial, de que acordaríamos juntos todas as manhãs e voltaríamos a ficar juntos aqui todas as noites, é maravilhosa. Sua casa é maior do que o meu apartamento e já está mobiliada, então a maioria dos meus móveis ficou para trás, com Jake. Com a exceção dos itens do quarto de Presley, que agora estão no terceiro quarto lá em cima, a única coisa que insisti em trazer foi a minha mesa de trabalho. Então, em vez de um quarto de hóspedes, transformamos o segundo quarto em um escritório para nós dois.

Sofia gosta tanto quanto eu dessa mesa enorme de carvalho. Especialmente pelo espaço extra que ela oferece para trabalhar – e, como eu disse, para transar.

Brent entra na sala trazendo taças e Sofia estoura o champanhe. Enchemos as taças, cada um pega uma e propomos um brinde.

– Minha mãe sempre diz que nossa casa é onde o coração está. Mas até agora não tinha me dado conta de como ela estava certa. – Olho para Sofia. – Você é o meu coração, então minha casa sempre será onde você estiver.

Ela beija meus lábios.

– Certo, agora estou mesmo excitado – comenta Jake. Então ele diz para Brent: – Está pronto para sair, para ir a algum bar?

– Eu já nasci pronto – Brent responde. Em seguida, pergunta: – Vocês nos acompanham, nos dão esse prazer?

Abraçando-me na altura da cintura, Sofia diz:

– Planejo dar prazer daqui a pouco, mas não é para você.

E ela me beija mais uma vez.

– Que nojo! – exclama Brent. – Vocês dois são nojentos.

Acompanhamos nossos amigos até a porta.

– Falando sério – Brent insiste. – Vocês não vêm?

Dou um tapinha em suas costas.

– Não posso, cara... Tenho muito trabalho a fazer.

Agradecemos e nos despedimos dos dois. Por fim, tranco a porta.

Sofia olha para mim.

– Você ainda tem que trabalhar no caso de Penderson hoje?

Dou risada.

– Não, Soph. Eu não estava falando desse tipo de trabalho.

Ela repuxa os lábios.

– E estava falando de que tipo de trabalho, então?

Seguro-a em meus braços.

– Batizar todos os cômodos desta casa. Vai ser um trabalho duro, vai rolar muito suor.

—

FEVEREIRO

Hoje foi um dia horrível. O horrível começou com um cliente irritante insistindo com uma condenação por assalto em outro Estado, depois se transformou na notificação de uma apelação que não me favorecia. Para piorar tudo, uma onda de frio ártico decidiu recair sobre Washington, tornando a cidade mais gelada do que uma geladeira – o tipo de frio que faz parecer que agulhas espetam seu rosto toda vez que o vento sopra.

A única coisa boa é que o dia está prestes a acabar. E que consegui encontrar uma vaga de estacionamento bem na frente do tribunal – e estou agora percorrendo o caminho entre o carro e a entrada. Depois de passar pela segurança, volto a sentir as pontas dos dedos enquanto entro no prédio e me sento ao fundo do tribunal. Respiro fundo. E a assisto. Vejo-a fazendo as perguntas após o interrogatório principal, voltando à mesa da defesa, seus saltos pretos estalando no chão. Todos os olhares estão voltados para Sofia – não apenas porque seu traseiro tem uma aparência fenomenal debaixo daquela saia preta metálica, mas por sua presença. Sua postura, o tom de voz – ela comanda a sala e atrai a atenção de todos.

A frustração do dia desaparece, sendo substituída por uma paz e um orgulho enormes – porque essa mulher incrível, fascinante e competente é minha.

Depois que a sessão é suspensa, aproximo-me por trás enquanto ela arruma os papéis em sua pasta. Passo o braço em volta de sua cintura e beijo-a atrás da orelha. Ela fica tensa por uma fração de segundo antes de relaxar e se entregar ao meu abraço. Porque, mesmo sem se virar, Sofia sabe que sou eu.

– Belo trabalho.

Ela sorri por sobre o ombro, olhando para mim.

– Obrigada. O que você está fazendo aqui? Pensei que fosse me encontrar em casa.

– Está frio lá fora... Eu não quis deixá-la ir embora a pé.

Então puxo um buquê de rosas que estou escondendo atrás do corpo. Seus olhos amendoados derretem e seus lábios perfeitos se alargam em um sorriso mais acentuado.

– Por que trouxe essas rosas?

Ela leva as flores ao nariz e inala.

Beijo-lhe a testa.

– Porque eu posso.

—

A luz passa suavemente pelas janelas, transformando a casa em um espaço de calor e conforto. Assim que entramos pela porta, Sherman disputa nossa atenção. A cauda balançando e a língua lambendo são para dizer que ele se comportou e que os sapatos de Sofia ainda estão inteiros – pelo menos por hoje. Ela prepara uma dose de bourbon para mim e uma taça de vinho para si enquanto tiro da geladeira a carne, que passou o dia marinando no meu molho especial. Conversamos sobre os eventos do dia, os planos para amanhã e vários outros assuntos enquanto vou à varanda e acendo a churrasqueira. Porque, mesmo que estejamos no inverno, mesmo que não seja domingo e aqui não seja o Mississippi, Sofia adora o meu churrasco.

Mais tarde, depois que as louças estão lavadas e secas, o noticiário passa na TV com o som baixinho e saio do banho com uma toalha na cintura. Sofia reclina o corpo na cama, mantendo uma perna dobrada e o notebook na barriga. Está usando apenas uma blusinha de renda rosa e calcinha combinando. Seus olhos se fixam em mim, devorando todos os músculos torneados. Então ela fecha o notebook.

E solto a toalha.

Subo na cama como um predador, minhas intenções tão expostas quanto meu traseiro. Ela grita quando me coloco sobre seu corpo, as gotículas de água escorrendo do meu cabelo e caindo em sua clavícula.

– Você está molhado – diz em um sussurro rouco.

Lambo o lábio inferior e roço a mão em sua pele suave, descendo até entre as pernas, onde ela já está úmida e desejosa.

– Você também está.

Uso todo o tempo do mundo para fazer amor lentamente com ela, sentindo essa paixão sempre presente ferver. Depois, fazemos amor selvagem. Amanhã ela terá ferimentos no quadril e terei arranhões nas costas. Dormimos em cima das cobertas; nossa pele está mais quente do que seria necessário para nos manter aquecidos.

O dia pode ter sido horrível... mas a noite foi tão perfeita quanto poderia ser.

—

SUNSHINE, MISSISSIPPI
MAIO

Jenny estaciona sua caminhonete na frente da casa dos meus pais e, assim que os pneus param, Presley sai correndo do banco do passageiro.

– Oi, papai! Oi, Sofia!

Ela nos abraça demorada e docemente.

– Parece que você cresceu uns sete centímetros desde a última vez que te vi.

Que foi na primavera, quando ela nos visitou na capital.

Com o braço sobre os ombros da minha filha, Sofia olha para ela e pergunta:

– Quer andar a cavalo?

Presley assente; eu apenas sorrio, provocando:

– Alguém aqui está pensando que é a rainha dos equestres!

Sofia esfrega o indicador e o dedo médio e rebate:

– Blackjack e eu somos assim. Temos toda uma relação mental... Ele me entende.

Ainda estou rindo quando vou à caminhonete para ajudar Jenny.

– Oi! – Beijo-lhe a bochecha e dou-lhe um abraço. Ou o mais próximo de um abraço que consigo, levando em conta o tamanho de sua barriga. – Caramba, Jenny, você está gigante!

Ela franze a testa.

– Por que você não morre e vai direto para o inferno, Stanton? Como se atreve a dizer algo assim a uma mulher grávida?

– Só estou sendo sincero. Não me lembro de tê-la visto tão grande assim quando estava grávida de Presley. Tem certeza de que não tem dois aí?

Ela esfrega a mão na barriga de oito meses.

– Não. É só um. Um já é o suficiente... E, desta vez, vou tomar remédios.

Dou risada.

– Se a enfermeira Lynn estiver lá, não vai, não.

Sofia cumprimenta Jenny com um abraço.

– A gente podia ter ido buscar Presley...

Jenny acena com a mão.

– Não... É bom eu sair para dar uma volta. Ando ficando muito em casa. O chão está tão limpo que chega a ficar escorregadio. J. D. disse que vai colocar fitas de isolamento em casa.

Conversamos por alguns minutos antes de Jenny ir embora e nós seguirmos rumo ao estábulo. Presley anda à nossa frente e eu seguro a mão de Sofia, que me acompanha ao meu lado.

– Então... Você já pensou no assunto?

– Em que assunto?

Aponto com a cabeça na direção em que Jenny estava.

– Filhos?

– Um filho – confirmo.

– Você e eu?

– Bem... eu ficaria muito puto se fosse seu com outra pessoa.

Ela ri.

– Stanton, eu estou tentando crescer na carreira e me tornar sócia do escritório.

– Eu sei.

– E você também está.

– É verdade. – Andamos silenciosamente. Depois, me aproximo dela e arrisco: – Então é um sim?

Ela sorri.

– Sim... Pensarei no assunto.

Ofereço a ela aquele sorriso de que tanto gosta.

– Que bom!

Sofia ergue o dedo.

– Mas não agora.

– Não.

– Informe isso ao seu esperma. Ele tem um histórico de trapaceiro.

Confirmo com a cabeça.

– Vou enviar um e-mail ao meu esperma e copiar seus ovários.

Ela assente.

– Mas logo.

– Logo me parece bom. – Balanço nossas mãos unidas. – Mas a gente deveria se casar primeiro.

Sofia fica paralisada e olha para mim.

– Você está me pedindo em casamento?

Viro-me e acaricio seu rosto. Deslizo o dedo por seus belos lábios.

– Querida, quando eu for pedir, você não vai precisar perguntar para confirmar. – E a beijo suavemente. – Mas será logo.

Ela abre um sorriso enorme.

– Logo me parece bom.

Jake Becker adora sua carreira como um grande e poderoso advogado de Washington. Portanto, seria impossível uma jovem de 26 anos que cria seis sobrinhos capturar seu coração… certo?

Não perca o próximo volume da série *Legal Briefs,* de Emma Chase, autora de best-seller do *The New York Times.*

SUSTAINED

Quarta-feira é um dia arrastado. Reclino o corpo na cadeira e olho pela janela, para a rua ensolarada lá embaixo. Um passeador de cães frustrado briga com seus clientes de quatro patas, tentando guiá-los enquanto eles embaraçam as guias. Um ônibus de dois andares, desses para turistas, passa, deixando uma nuvem de fumaça escura pelo caminho. Um corredor avança com um carrinho de bebê e quase tromba com um dos cachorros, mas, no último minuto, consegue desviar pelo gramado.

Talvez seja o bebê no carrinho, talvez sejam os cachorros de pelos longos e bagunçados, talvez seja o fato de eu não transar há duas semanas, mas a imagem provocante de Chelsea McQuaid invade minha mente.

Outra vez.

É a única imagem em que penso toda vez que me masturbo – o que tem acontecido com uma frequência patética.

Aqueles olhos azuis cristalinos, os lábios rosados, sorrindo, o pescoço longo e elegante que implora para ser lambido, os membros ágeis, que posso apostar que também são flexíveis, e o mais importante: os seios firmes e de tamanho perfeito. Insulto a mim mesmo por não ter pego seu número de telefone.

Ela é velha demais – e gostosa demais – para ser virgem aos 26 anos, mas alguma coisa naquela mulher parecia… pura. Intocada. Inexplorada. E é um caminho que eu sem dúvida adoraria desbravar.

Esfrego a mão nos olhos. Preciso transar. Essa bobagem de "ter a oportunidade de conhecer a mulher antes" está se tornando um incômodo muito maior do que eu esperava. O risco de contrair uma DST é mesmo tão relevante assim? Mas logo me lembro de como me senti esperando aqueles resultados do exame. O terror gelado e perfurante que vinha com a possibilidade de eu ter contraído uma doença – uma doença que poderia me acompanhar pela vida toda. Ou, ainda mais assustador, uma doença que pudesse encurtar minha vida. Porra, sim... É relevante pra caramba.

Independentemente de quão espetacular possa ser, não vale a pena morrer por causa de uma trepada.

Isso deveria ser o slogan de toda campanha por sexo seguro nos colégios.

Minha secretária, a senhora Higgens – uma senhorinha gentil que parece uma vovó – abre a porta do meu escritório.

– A senhora Chelsea McQuaid está aqui para vê-lo, doutor Jake. E trouxe consigo toda uma creche.

Meu sorriso lentamente se torna enorme e tomado por gratidão. Não acredito em sinais, mas, se acreditasse, esse seria uma placa de neon muito brilhante.

Ajeito a gravata.

– Diga a ela para entrar, senhora Higgens.

A secretária concorda com a cabeça e, momentos depois, Chelsea e seu grupo de sobrinhos agitados e barulhentos invadem o escritório. Ela está vestindo "roupas comportadas de mamãe", mas aquele corpo grita sensualidade. Um suéter verde-escuro que destaca seus cabelos ruivos. Calça jeans confortável enfiada nas botas marrons altas que acentuam aquelas pernas infinitas – e também o volume de suas nádegas. É uma surpresa agradável... Não reparei em seu traseiro quando nos conhecemos, mas de fato é maravilhoso.

Ela segura o carrinho de bebê com mais força e seu sorriso fica tenso.

– Olá, senhor Becker.

Levanto-me atrás da mesa.

– Chelsea, que bom vê-la outra vez! O que a traz...?

Meu olhar desliza rapidamente pelos rostos na sala. Depois, quando percebo que algo está faltando, segue para a porta aberta.

– Onde está Rory?

Chelsea suspira. Antes que ela consiga falar, a garota mal-humorada – Riley, de quatorze anos – responde em seu lugar:

– O idiota foi preso. Foi pego roubando um carro.

– Um *carro?*

Em uma semana, o merdinha se transformou de um batedor de carteiras em um grande ladrão de carros. A coisa claramente saiu de controle.

Rosaline, a pequenina de cabelos loiros, continua:

– E depois bateu.

A criança de dois anos contribui com o efeito sonoro:

– *Buuuum!*

Raymond, o esperto, acrescenta:

– E não foi um carro qualquer... Foi uma Ferrari 458 Itália Edição Limitada. O preço da versão mais simples é novecentos mil dólares.

Olho para Chelsea, que assente.

– É... O que aconteceu foi basicamente isso. Ele está em um centro de reabilitação de jovens... e, desta vez, realmente encrencado.

A expressão "desta vez" implica que houve outras vezes – meu quase-roubo, inclusive. *Jesus Cristo, garoto!*

Chelsea explica com uma voz tensa:

– Meu irmão tem dezenas de advogados em sua lista de contatos, mas nenhum deles é advogado criminalista. Eu tinha o seu cartão... e você me pareceu ser um bom advogado.

Por curiosidade, pergunto:

– O que a leva a pensar que eu sou bom?

Ela ergue o queixo e me olha nos olhos:

– Você parece um homem que sabe ganhar uma briga. E é disso que eu preciso, é disso que Rory necessita.

Preciso de alguns momentos para pensar – para planejar.

Acredito que Chelsea tenha entendido meu silêncio como uma rejeição, pois sua voz se torna quase suplicante:

– Não sei o valor dos seus honorários, mas tenho dinheiro se...

Meu dedo em riste a detém:

– Creio que não será necessário. Espere aqui. – Em seguida, aponto para Raymond: – Venha comigo. – E aponto também para a garota mais velha: – Você também, Sorridente.

Enquanto eles me acompanham, a adolescente cismada me corrige:

– Meu nome é Riley.

– Eu sei. Mas vou chamá-la de Sorridente.

– Por quê? – quer saber, deixando transparecer que aquela é a maior ofensa que ela já ouviu.

Ofereço um risinho cínico.

– Porque sorridente é justamente o que você não é.

Ela vira os olhos.

Levo-os ao escritório ao lado. A cabeça morena de Sofia Santos está inclinada sobre a mesa; as mãos com as unhas perfeitamente feitas escrevendo rapidamente em um documento. Ela nos olha quando entramos.

– Oi, Sofia. – Aponto com o polegar para a garota amargurada atrás de mim. – Esta aqui é Sorridente McQuaid. Sua tia é uma cliente nova e preciso acompanhá-la ao centro da cidade, onde passaremos algumas horas. Você poderia ficar com a garota?

Presley, a filha de Stanton, tem quase doze anos. Imagino que se alguém aqui está apta a lidar com uma pré-adolescente, esse alguém é Sofia.

– Sem problemas. Vou passar a tarde toda aqui.

Riley se posiciona ao meu lado.

– Meu nome é *Riley*.

Sofia abre um sorriso.

– Oi, Riley! – Depois, aponta para uma cadeira no canto, perto de uma tomada. – Pode carregar o celular ali, se quiser.

Riley quase abre um sorriso. *Quase*.

– Da hora!

Viro-me para o companheiro de escritório de Sofia, que está vendo fotos no computador. E peço a Deus que não seja pornografia.

– Brent, este é Raymond. Raymond, este é Brent. Brent, pode tomar conta dele por algumas horas?

Meu colega assente. Em seguida, com a animação de um menino que recebe autorização para assistir ao seu primeiro filme de terror, pergunta a Raymond:

– Quer ver fotos cheias de sangue?

O garoto dá um passo para a frente:

– São tão legais quanto parece?

– *Muuuito* mais legais.

– Oba!

E meu trabalho aqui está terminado.

Volto ao escritório e, gesticulando com o dedo, chamo Rosaline. Ela olha para a tia, que concede permissão, e depois me acompanha até a mesa da senhora Higgens.

– Senhora Higgens, esta é Rosaline. Poderia cuidar dela um pouquinho, enquanto eu e sua tia vamos ao tribunal?

Rosaline olha timidamente para baixo e a senhora Higgens puxa uma cadeira ao seu lado.

– Sem problemas. Tenho uma neta da sua idade, Rosaline. E deixo alguns livros de colorir guardados aqui para quando ela vem me visitar. Você gosta de pintar?

Rosaline assente animada, subindo na cadeira.

– E qual é a sua cor preferida?

A garota nem precisa pensar para responder:

– O arco-íris.

A senhora Higgens pega os tais livros e os lápis de cor.

– Uma escolha maravilhosa, minha querida.

Volto ao escritório, onde Chelsea e as duas crianças mais novas aguardam. Aponto para eles.

– Vocês parecem ser os verdadeiros encrenqueiros do grupo, então, vão ter que nos acompanhar.

– Oi! – responde a criança de dois anos com um sorrisinho ilusoriamente doce.

Nego com a cabeça.

– Ah, não. Você não vai me enganar outra vez.

Puxo o carrinho de bebê das mãos de Chelsea e quase o derrubo.

– Uau! – exclamo, olhando para baixo. – Você é mais pesado do que parece.

Ele dá risada e baba.

Viro-me para Chelsea.

– Você pega o outro. Vamos.

A voz dela me faz parar. É um sussurro baixinho e curioso.

– Jake?

É a primeira vez que ela diz o meu nome. Uma palavra curta, que faz meu estômago se apertar. E que me faz desejar ouvir esse nome outra vez – em um gemido, em um arquejo. Em um grito tomado pelo prazer.

– Posso perguntar uma coisa antes de partirmos?

Engulo e percebo que, de repente, minha boca está seca.

– Claro.

– Se não é pelo dinheiro... então por que você está nos ajudando?

É uma indagação interessante. Agir com nobreza não faz o meu estilo. Sou mais do tipo "cada um por si". Por que, então, estou ajudando?

Porque quero tirar as calças dessa mulher, obviamente. Oferecer um favor a Chelsea é um caminho direto para fazê-la se oferecer para mim.

Mas não posso dizer isso.

Então, encolho os ombros.

– Eu adoro uma causa perdida.

E, como não consigo mais me segurar, estendo a mão e acaricio a pele de marfim de seu rosto. É mais suave do que eu poderia imaginar.

– E um rosto lindo.

—

Vamos até a garagem e Chelsea ajeita as crianças no carro e fecha o cinto de segurança. Dou uma olhada no veículo. Uma caminhonete gigante, azul-escura. Ela percebe que estou achando tudo estranho e explica:
– É a caminhonete do meu irmão.

Arqueio uma sobrancelha.

– Seu irmão, aquele que fazia lobby por questões ambientais, dirigia uma Yukon XL que só sabe beber gasolina e poluir?

Ela se posiciona no banco do motorista.

– Ele tinha seis filhos. Não dava para levá-los todos numa bicicleta.

Dou instruções de como chegar ao fórum de Moultrie, de onde ela recebeu um telefonema informando que Rory havia sido levado esta manhã. Não tenho muita experiência com vara de família, mas conheço o suficiente do processo para explicar o que deve acontecer a partir de agora.

– Rory vai ser encaminhado para um oficial de justiça que deve analisar as acusações e seu histórico para então fazer uma recomendação ao PG.

Esse oficial de justiça vai decidir se Rory será liberado hoje ou se precisa continuar internado até o julgamento. Também vão tentar um acordo judicial.

A boa notícia é que eu conheço intimamente uma das oficiais do Moultrie. Costumávamos transar com frequência – e loucamente – até ela ficar noiva. E terminamos nossa relação de forma amigável.

Um leve "V" se forma na testa de Chelsea.

– Ao PG?

– Procurador Geral. É quem vai dar continuidade ao caso. Mas não se preocupe, as coisas não devem chegar muito longe.

Os casos envolvendo jovens são diferentes dos casos envolvendo adultos. O sistema ainda tem esperança nos delinquentes juvenis – tudo é uma questão de reabilitação e redenção. Salvá-los antes que sigam por esse caminho obscuro e errado que não leva a lugar algum. Nas varas criminais, a questão principal é *se* você cometeu o crime. Nas varas de família, tudo é uma questão de *por que* você fez o que fez. Um garoto de nove anos que acaba de ficar órfão e, enquanto enfrenta a morte dos pais, rouba um carro vai ter muito mais leniência do que um garoto de dezoito anos que decide roubar um carro para dar uma volta.

O tribunal de Moultrie é uma construção intimidadora, de concreto, com um labirinto cavernoso de corredores. Depois de passar pela segurança, somos levados até uma sala de espera com uma dúzia de mesas iguais e cadeiras espalhadas. E há máquinas de venda de comidas e bebidas encostadas nas paredes. Alguns outros visitantes ocupam a sala, corpos encolhidos, falando em sussurros cheios de confiança.

Chelsea e eu nos sentamos diante de uma mesa vazia. Coloco o carrinho de bebê sobre a mesa e Reggie, a bebê loira, se contorce no colo da tia. Um guarda abre a porta do outro lado da sala e se aproxima, trazendo Rory, que ainda está usando o uniforme do colégio: calça cargo, camisa branca e blazer azul.

Seus lábios jovens estão duramente franzidos; os olhos azuis tão cheios de ressentimento que você chega a ouvir um "vá se ferrar". Não é a expressão de uma alma triste e perdida, que sabe que fez coisa errada, mas a de um querubim desesperadamente tentando parecer malvado, que preferiria queimar no inferno a admitir que estava errado.

Por um segundo, chego a pensar em desistir de ajudá-lo; alguns dias numa penitenciária juvenil poderiam ser a prescrição médica perfeita.

Mas Chelsea o abraça e dá um beijo em sua testa, murmurando palavras de amor, alívio e ameaças, tudo ao mesmo tempo.

– Graças a Deus você está bem! A gente vai dar um jeito, Rory, não tenha medo. Que diabos você estava pensando? Um carro? Você nunca mais vai sair do quarto! Nunca mais!

Reclino o corpo na cadeira, só observando. Ele ignora as palavras e dá de ombros.

– Saia daqui. Eu estou bem. Não foi nada demais.

– Não foi nada demais? – Ela fecha uma carranca e vejo um tom de mágoa em seu olhar. – Você poderia ter matado... a si mesmo ou a outras pessoas.

– Mas eu não matei ninguém, entendeu? Então, pare de surtar.

Eu já vi o suficiente.

– Chelsea, vá buscar um refrigerante ou um suco para Reggie. – Puxo algumas notas da carteira. Ela hesita. Inclino a cabeça na direção de Rory. – Dê um minuto a nós dois.

Ainda parecendo insegura, ela coloca a criança de dois anos no chão e vai.

Quando estamos sozinhos, Rory se senta.

– O que você está fazendo aqui?

– Sua tia estava procurando um bom advogado. Para a sua sorte, eu sou o melhor. E, por acaso, tinha a tarde livre.

– Dane-se.

Lanço um olhar atento a ele.

– Você está muito encrencado, garoto.

Como se soubesse de tudo, ele fecha a cara e diz:

– Tenho nove anos. O que de tão ruim eles podem fazer comigo?

– Mantê-lo aqui pelos próximos nove anos. No mínimo – declaro.

Pela primeira vez desde que chegou a esta sala, ele se torna menos confiante. As bochechas ficam coradas e a voz sobe meia oitava quando ele diz:

– Nem é tão ruim assim aqui.

É uma pequena rachadura na superfície – mesmo assim, é uma rachadura.

Não perco tempo dizendo que ele é muito convencido. Inclino o corpo para a frente e explico:

– Quer saber o que vai acontecer? Vou chamar sua tia de volta aqui e você vai se desculpar pela maneira como falou com ela.

Por essa ele não esperava. Aperta os olhos.

– Por quê?

– Porque ela não merece ser tratada desse jeito.

Quase envergonhado, o garoto olha para baixo. Talvez ainda haja esperança para esse pivete.

– Depois, vai se sentar ali e deixar sua tia beijá-lo e abraçá-lo por todo o tempo que ela quiser.

Ele ergue o queixo, ainda disposto a seguir brigando.

– E se eu não fizer isso?

Olho-o direto nos olhos.

– Aí vou deixá-lo apodrecer aqui.

E vou, mesmo.

O garoto não parece nada feliz; não gosta de ser encurralado. Quer continuar se defendendo, fazer o oposto do que estou mandando, simplesmente porque é uma ordem.

Sei o que ele está sentindo. Entendo muito bem sua situação.

No passado, eu *fui* esse garoto.

Ele precisa de uma alternativa, de uma forma de desistir da batalha sem sentir que perdeu a guerra. Então, ofereço essa saída:

– Você não precisa me mostrar que é durão, Rory... Eu já vi que é. Eu era muito parecido com você na sua idade. Era um idiota durão e irritado. A diferença é que eu fui esperto o suficiente para não magoar as pessoas que se importavam comigo. – Arqueio as sobrancelhas. – E você, é?

Ele me observa. Usa aquele sexto sentido que todas as crianças têm para saber se estou sendo sincero ou se só estou dando um sermão. Depois de um instante, assente discretamente e diz em voz baixa:

– Tudo bem. Vou pedir desculpa para a tia Chelsea. E vou deixá-la me beijar e abraçar, se isso a faz feliz.

Abro um sorriso.

– Muito bom. Inteligente e durão. Já estou gostando mais de você, rapaz.

—

Deixo Chelsea com as crianças e vou ao andar de cima, onde ficam os escritórios. Bato à porta de Lisa DiMaggio, muito embora já esteja aberta. Ela se vira na cadeira, os cabelos loiros voando logo atrás.

– Jake Becker – constata.

Então se levanta, permitindo que eu veja as pernas bronzeadas e torneadas abaixo da saia preta. E me abraça. Ter terminado nossa relação em termos amigáveis definitivamente trouxe alguns benefícios.

– O que você está fazendo no meu local de trabalho? – ela pergunta, dando um passo para trás e abrindo um sorriso. – Ou só veio me ver?

– Estou aqui para falar de um cliente.

– Desde quando você trabalha com vara de família?

– É uma longa história. – Encolho o ombro. – E o nome dele é Rory McQuaid.

– Ah… – Ela puxa um arquivo que está sobre a mesa. – Meu ladrão de carro. Conversei com ele hoje de manhã. E ele disse que pegou o carro porque, e eu o cito aqui, "queria saber se dirigir era tão fácil quanto no Mario Kart". – Ela balança a cabeça. – Essas crianças de hoje em dia!

Apoio o corpo na parede.

– Não é por isso que ele pegou o carro. Há um atenuante.

– Então explique para mim. Ainda não tive a oportunidade de conversar com os pais dele.

– Os pais faleceram – conto. – Robert e Rachel McQuaid foram mortos em um acidente horrível dois meses atrás, deixando Rory e seus *cinco* irmãos e irmãs sob os cuidados da tia, o único parente vivo.

Ela se senta na cadeira.

– Santo Deus!

– O garoto está tendo que enfrentar muita coisa e não está conseguindo suportar todo esse peso. Mas não merece ficar preso. Converse com um assistente social. Aposto minha bola esquerda que ele era um santo até os pais morrerem.

– Isso significa muito… Sei que suas bolas são muito preciosas para você.

Confirmo com a cabeça.

Lisa suspira.

– Infelizmente Rory escolheu roubar o carro da pessoa errada. – E ela cita o nome de um ex-candidato à presidência que sempre foi muito mal-humorado. – E agora o político quer o rabo do garoto em uma bandeja.

– Puta que pariu! – rosno.

Não sei se é porque tenho tesão por sua tia ou por ele lembrar tanto eu mesmo quando era novo, mas, qualquer um que queira um pedaço do garoto vai ter que passar por cima do meu cadáver primeiro.

– E digo mais – continuo. – Um funcionário público não deveria ter um carro daquele.

– Certo. E o que você propõe? – Lisa quer saber.

– Mandado judicial, terapia uma vez por semana, relatórios mensais de progresso.

– Terapia *duas* vezes por semana – ela rebate. – E eu vou escolher o terapeuta. Não vou aceitar qualquer charlatão desses que existem por aí.

– Combinado.

Lisa percorre meu corpo, da cabeça à virilha, com o olhar.

– Estou surpresa, Jake… Não lembro de tê-lo visto ser tão… mole.

Dou um passo à frente, apoiando as mãos no braço da cadeira de Lisa, prendendo-a ali.

– Mole não está no meu vocabulário… Ainda sou durão. – E dou um sorrisinho: – E duro.

Ela observa a minha boca.

– Que bom ouvir isso. Especialmente porque Ted e eu terminamos.

E ergue a mão esquerda *sem* a aliança.

Lisa definitivamente entra na categoria das "conhecidas", o que significa que não terei que enfrentar uma conversa desconfortável no primeiro jantar, nada de duzentas perguntas que não quero fazer, menos ainda responder. Não… Vamos direto à foda.

Excelente.

– É uma longa história – ela diz. – E é por isso que você não vai se interessar nada, nada por ela.

Sim. Lisa me conhece bem.

– Você ainda gosta de tequila? – pergunto.

– Sem dúvida. Você ainda tem o número do meu telefone?

– É claro.

Ela lentamente abre um sorriso muito promissor.

– Ótimo. Use-o, então.

Eu me levanto e sigo na direção da porta.

– Farei isso.

– E eu vou começar a trabalhar no processo do menino.

—

Algumas horas mais tarde, depois da aprovação dos serviços para a infância e uma visita compulsória a um juiz indiferente, Rory deixa o tribunal ao nosso lado. E seus irmãos parecem felizes em vê-lo – isso se os comentários afetuosos, tipo "palerma idiota", e as perguntas sobre sua visita à "cadeia" servirem como indicador. Quando acompanho Chelsea e suas crianças de volta ao carro, o céu já escureceu. Espero ao lado da porta do passageiro enquanto ela os ajeita e fecha os cintos de segurança.

Então Chelsea dá a volta na caminhonete e para à minha frente com olhos calorosos e uma gratidão delicada. E fico mais uma vez impressionado com a perfeição suave de sua pele sob a luz da lua.

Linda pra caramba.

Estando tão perto assim, percebo as adoráveis sardas que se espalham por seu nariz arrebitado e me pergunto se ela teria sardas em outras partes do corpo. Sem dúvida farei uma busca lenta e exaustiva para descobrir. E sou o cara perfeito para esse trabalho.

Ela prende os cabelos atrás da orelha.

– Obrigada, Jake. Muito obrigada, mesmo. Eu não sei o que eu teria feito sem…

– Tia Chelsea, eu estou morrendo de fome!

– Podemos passar no McDonald's?

– Você sabe com que é feito o lanche do McDonald's? Nem os insetos querem comer aquilo!

– Cale a boca, Raymond, não estrague a minha experiência com fast-food.

– Ai, cale a boca você!

– Não, cale a boca você!

– Tia Chelsea!

– Aiiiiiiii!

Não consigo segurar a risada. E me perguntar se ela tem tampões de ouvido em casa.

Chelsea ofega levemente enquanto seus lábios perfeitos mantêm um sorriso aberto.

– É melhor eu ir antes que eles comecem a devorar uns aos outros.

– Talvez não seja uma ideia tão ruim. Tem crianças demais aí.

Ela balança a cabeça e sobe na caminhonete; depois, abre a janela.

– Obrigada, mais uma vez, Jake. Fico devendo essa.

Dou um tapinha na lateral da caminhonete enquanto ela dá partida.

– Sim, fica devendo, mesmo.

E é uma dívida que não vejo a hora de vê-la pagar.